Goldmann Science Fiction

D1928464

Von Robert A. Heinlein
sind außerdem im Goldmann Verlag lieferbar:

Tür in die Zukunft. 23351
Revolte im Jahre 2100. 23352
Die Ausgestoßenen der Erde. 23353
Bürgerin des Mars. 23354
Die grünen Hügel der Erde. 23355
Die Leben des Lazarus Long. 23357

ROBERT A. HEINLEIN

Die Tramps von Luna

THE ROLLING STONES

Science Fiction-Roman

Wilhelm Goldmann Verlag

Aus dem Amerikanischen übertragen von
Birgit Reß-Bohusch

Herausgegeben von Dr. Herbert W. Franke

Made in Germany · 7/80 · 1. Auflage · 1112
© der Originalausgabe 1952 by Robert A. Heinlein
Published by agreement with the author and the author's agents,
The Spectrum Literary Agency
Der Band erschien 1970 im Moewig-Verlag, München,
unter dem Titel ›Die Tramps von Luna‹
© der deutschsprachigen Ausgabe 1980 by Wilhelm Goldmann Verlag, München
Umschlagentwurf: Atelier Adolf & Angelika Bachmann, München
Umschlagillustration: Jürgen F. Rogner, München
Gesamtherstellung: Mohndruck Graphische Betriebe GmbH, Gütersloh
Verlagsnummer 23359
Lektorat: Helmut Putz/Peter Durin · Herstellung: Peter Papenbrok
ISBN 3-442-23359-3

I

Die Brüder begutachteten das alte Wrack. »Schrott«, entschied Castor.

»Kein Schrott«, widersprach Pollux. »Ein altes Monstrum — zugegeben. Eine Badewanne. Aber kein Schrott.«

»Du bist ein Optimist, Kleiner.«

Beide Jungen waren fünfzehn; aber Castor war zwanzig Minuten älter als sein Bruder.

»Ich bin zuversichtlich — und du solltest es besser auch sein. Darf ich dich vielleicht daran erinnern, daß wir nicht genug Geld für etwas Besseres haben? Oder hast du Angst, das Ding hochzujagen?«

Castor sah an dem Schiff entlang in die Höhe. »Überhaupt nicht; denn es kommt gar nicht hoch genug, um ordentlich abzustürzen. Wir brauchen ein Schiff, das uns zu den Asteroiden hinausbringt — klar? Diese verhutzelte Zigarre schafft es nicht einmal bis zur Erde.«

»Sie wird es schaffen, wenn ich sie überhole — mit deiner linkischen Hilfe. Sehen wir uns einmal rasch an, was sie alles braucht.«

»Hör mal, Opa, kaufen wir ein Schiff, oder ist das Abendessen wichtiger?«

Castor zuckte mit den Schultern. »Ganz wie du meinst, Kleiner.« Er schob die Antenne zusammen und kletterte die Strickleiter nach oben, die man für etwaige Käufer angebracht hatte. Er benutzte nur seine Hände, und trotz des plumpen Raumanzuges waren seine Bewegungen leicht und geschmeidig. Pollux folgte ihm.

Castors Laune besserte sich, als sie den Kontrollraum betraten. Das Schiff war nicht, wie die meisten anderen hier, ausgeschlachtet worden. Gewiß, der Ballistik-Computer fehlte, aber die übrigen Astrogationsinstrumente waren an ihrem Platz, und auch die Bedienungselemente im Maschinenraum schienen vollständig zu sein. Die verbeulte Kiste war kein Wrack — nur ziemlich veraltet. Eine hastige Überprüfung der übrigen Räume schien das zu bestätigen.

Zehn Minuten später drängte Castor seinen Bruder die Leiter hinunter. Er dachte immer noch an das Abendessen. Als Castor den Boden erreicht hatte, fragte Pollux: »Na?«

»Ich übernehme das Verhandeln.«

Das Verkaufsbüro des Platzes befand sich in einer Plastikkuppel etwa eine Meile entfernt. Sie liefen mit den langen, lockeren Sprüngen der geübten Mondbewohner darauf zu. An der Luftschleuse des Büros stand ein großes Schild mit der Aufschrift:

ALTEISEN-DAN
Der Mann, den Sie suchen
Schiffe aller Art — Ersatzteile —
Altmetall — Treibstoff-Service
(AEC-Lizenz Nr. 739024)

Sie betraten die Schleuse und halfen einander beim Lösen der Helme. Das äußere Büro war mit einem Gitter versehen, hinter dem ein Mädchen arbeitete. Im Augenblick feilte sie ihre Fingernägel und sah sich die Nachrichten an. Sie sprach, ohne die Blicke vom Bildschirm zu wenden: »Wir kaufen nichts, Jungs — und Arbeit haben wir auch keine.«

»Sie verkaufen Raumschiffe?« fragte Castor.

Sie sah auf. »Viel zu selten.«

»Dann sagen Sie Ihrem Boß, daß wir ihn sprechen möchten.«

Ihre Augenbrauen hoben sich. »Sonny, wen willst du wohl an der Nase herumführen? Meister Ekizian ist ein vielbeschäftigter Mann.«

Pollux sagte zu Castor: »Gehen wir hinüber zum Ungarn,

Cas. Die Leute hier wollen gar kein Geschäft machen.«

»Schon möglich.«

Das Mädchen sah vom einen zum anderen, zuckte mit den Schultern und drückte auf eine Taste. »Mister Ekizian — da sind zwei Pfadfinder, die behaupten, daß sie ein Raumschiff kaufen möchten. Wollen Sie sich mit ihnen abgeben?«

Eine tiefe Stimme erwiderte: »Und warum nicht? Schließlich haben wir Schiffe zu verkaufen.«

Nach kurzer Zeit kam ein glatzköpfiger, behäbiger Mann aus dem inneren Büro. Er trug einen verknautschten Mondanzug und stützte sich müde auf das Trenngeländer. Seine Blicke waren scharf, doch seine Stimme klang jovial. »Ihr wollt mich sprechen?«

»Sie sind der Besitzer?« fragte Castor.

»Dan Ekizian höchstpersönlich. Verratet mir, was ihr wollt, Jungs. Zeit ist Geld.«

»Ihre Sekretärin hat Ihnen bereits Bescheid gesagt«, erklärte Castor nicht gerade höflich. »Ein Raumschiff.«

Alteisen-Dan betrachtete sie. »Tatsächlich? Was wollt ihr mit einem Raumschiff anfangen?«

»Fertigen Sie Ihre Kunden immer hier draußen ab?« fragte Castor und warf einen Blick auf das Mädchen.

Ekizian zuckte mit den Schultern. »Verzeihung. Kommt herein.« Er öffnete die Tür im Geländer, führte sie in sein Büro und bot ihnen Stühle an. Als er ihnen zeremoniell Zigarren reichte, lehnten die Jungen ebenso zeremoniell ab. »Also, heraus damit, Jungs. Und keine Scherze.«

»Wir brauchen ein Raumschiff«, wiederholte Castor.

Der Händler machte schmale Lippen. »Eine Luxusjacht vielleicht? Im Moment habe ich keine da, aber ich könnte eine ankaufen.«

Pollux stand auf. »Er macht sich über uns lustig, Cas. Gehen wir zu dem Ungarn.«

»Einen Augenblick, Pol. Mister Ekizian, Sie haben auf der Südseite des Platzes eine alte Schrottkutsche stehen, einen 93er *Detroiter*, Klasse VII. Wieviel verlangen Sie pro Tonne

Altmetall?«

Der Händler sah sie überrascht an. »Das hübsche kleine Ding? Also, ich könnte es mir nicht leisten, das Schiff als Schrott herzugeben. Und überhaupt, selbst als Schrott würde es noch eine Menge Geld kosten. Wenn ihr auf Metall aus seid, Jungs, da habe ich das Richtige für euch. Sagt mir nur, wieviel und von welcher Sorte.«

»Wir sprachen über den *Detroiter.*«

»Ich glaube nicht, daß ich euch schon mal gesehen habe, Jungs.«

»Verzeihung, Sir. Ich bin Castor Stone. Das hier ist mein Bruder Pollux.«

»Freut mich, Mister Stone. Stone — Stone ... Irgendwie verwandt mit den ›Unheiligen Zwillingen‹?«

»Lächeln Sie, wenn Sie das sagen«, meinte Pollux.

»Halte den Mund, Pol. Wir sind die Stone-Zwillinge.«

»Ihr habt das frostsichere Atmungsventil erfunden, nicht wahr?«

»Ja, das stimmt.«

»Ich habe selbst eines in meinem Anzug. Ein toller Trick — Ihr Jungs seid keine schlechten Ingenieure.« Er musterte sie von neuem. »Vielleicht meint ihr das mit dem Schiff wirklich ernst?«

»Aber natürlich.«

»Hm — ihr habt es nicht auf Schrott abgesehen; ihr braucht etwas zum Herumgondeln. Ich habe genau das Richtige für euch, einen *General Motors Springkäfer*, praktisch neu. Zwei Thoriumprospektoren kauften ihn und konnten nicht bezahlen. So mußte ich ihn zurückfordern. Die Laderäume sind nicht radioaktiv.«

»Kein Interesse.«

»Seht ihn euch doch an. Automatische Landung, und mit drei Sprüngen seid ihr rund um den Äquator. Genau das Richtige für zwei unternehmungslustige Männer.«

»Und der *Detroiter* — wieviel war der Schrottpreis?«

Ekizian sah gekränkt drein. »Das ist ein Schiff für den tiefen Raum, mein Sohn — als Transportmittel nützt er euch überhaupt nichts. Und als Schrott kann ich ihn nicht hergeben — kommt nicht in Frage. Es war eine Familienjacht. Nie über sechs g beschleunigt. Nie eine Notlandung gemacht. In dem Ding stecken noch Hunderte Millionen Meilen. Selbst wenn ihr mir den Fabrikpreis zahlen würdet, könnte ich das Schiff nicht als Schrott verkaufen. Es wäre eine Schande. Ich liebe Schiffe. Was nun diesen *Springkäfer* betrifft . . .«

»Sie können den *Detroiter* nur als Schrott abgeben«, erwiderte Castor. »Soviel ich weiß, sitzt er seit mindestens zwei Jahren auf Ihrem Alteisengelände. Wenn Sie gehofft hätten, ihn noch als Schiff loszuwerden, hätten Sie den Computer nicht ausgebaut. Die Kiste ist zerfressen, ihre Düsen taugen nichts mehr, und das Überholen kostet mehr, als sie wert ist. Was verlangen Sie also als Schrottpreis?«

Alteisen-Dan schaukelte in seinem Stuhl hin und her, er schien Qualen auszustehen. »Dieses Schiff verschrotten? Gebt ihr Sprit, und sie startet, wohin ihr wollt — Venus, Mars oder gar zu den Jupitermonden.«

»Wie lautet Ihr Barpreis?«

»Bar?«

»Bar.«

Ekizian zögerte und nannte dann einen Preis. Castor stand auf und sagte: »Du hattest recht, Pollux. Gehen wir hinüber zum Ungarn.«

Der Händler wand sich. »Und selbst wenn ich sie für mich selbst übernehmen würde, billiger wird sie nicht. Meine Partner lassen es nicht zu.«

»Komm, Pol.«

»Hört mal Jungs, ich kann euch nicht zu dem Ungarn lassen. Er betrügt euch garantiert.«

Pollux sah ihn wütend an. »Vielleicht tut er es wenigstens höflich.«

»Sei du still, Pollux«, meinte Castor und wandte sich an den Händler: »Entschuldigen Sie, Mister Ekizian, mein Bruder benimmt sich manchmal daneben. Aber aus dem Geschäft wird nichts.«

»Einen Augenblick. Euer Ventil war ja wirklich eine tolle Sache. Ich glaube, ich schulde euch etwas dafür.« Er nannte eine niedrigere Summe.

»Tut mir leid. Soviel haben wir nicht.« Er ging hinter Pollux her zur Tür.

»Wartet.« Ekizian nannte einen dritten Preis. »Bar«, fügte er hinzu.

»Gut.«

»Setzen Sie sich, meine Herren. Ich hole meine Sekretärin herein, und wir stellen die Papiere gleich aus.«

»Das eilt nicht«, meinte Castor. »Wir müssen uns erst noch ansehen, was der Ungar auf seinem Platz hat. Und die Regierungsverkaufsstelle ist auch noch da.«

»Wie? Der Preis gilt nur, wenn ihr sofort kauft. Alteisen-Dan hat keine Zeit, zweimal zu verhandeln.«

»Wir kommen morgen noch einmal vorbei. Wenn die Kiste bis dahin nicht verkauft ist, können wir ja weitermachen, wo wir heute aufgehört haben.«

»Wenn ihr den Preis halten wollt, müßt ihr eine Optionszahlung leisten.«

»Aber nein, wir verlangen keinesfalls, daß Sie ein Geschäft unseretwegen nicht machen. Wenn bis morgen jemand vorbeikommt, der das Schiff nimmt, wollen wir ihn nicht daran hindern. Komm jetzt, Pol.«

Ekizian zuckte mit den Schultern. »Hat mich gefreut, euch kennenzulernen, Jungs.«

»Danke, Sir.«

Als sie die Schleuse hinter sich schlossen und warteten, bis der Druckausgleich stattfand, sagte Pollux: »Du hättest ihm einen Optionspreis zahlen sollen.«

Sein Bruder sah ihn an. »Bei dir stimmt was nicht, Kleiner.«

*

Nachdem die Brüder Alteisen-Dan verlassen hatten, begaben sie sich im Laufschritt in Richtung Raumhafen, um noch rechtzeitig die Untergrundbahn zur Stadt zu erreichen. Wenn sie zum Abendessen daheim sein wollten, hatten sie noch eine knappe halbe Stunde Zeit. Normalerweise hätten sie nichts auf Pünktlichkeit gegeben, aber Castor begann nicht gern eine Familiendebatte, wenn er sich wegen irgendeiner Nebensache in der Defensive befand. Deshalb trieb er Pollux zur Eile an.

Auf halbem Wege wurden sie von einem Traktor der General Synthetics eingeholt. Sie winkten dem Fahrer, und der Mann fragte per Funk: »Was gibt's?«

»Sie sind doch sicher zur Terra-Fähre unterwegs?«

»Natürlich.«

»Mensch, das ist Jefferson«, sagte Pollux. »He, Jeff — wir sind es, Cas und Pol. Kannst du uns an der Bahnstation absetzen?«

»Klettert nur nach oben.« Neugierig fuhr er fort: »Was bringt euch potentielle Selbstmörder in diese Außenbezirke der Kultur?«

Castor zögerte und sah Pollux an. Sie kannten Jefferson James seit einiger Zeit und hatten in der Stadtliga gegen ihn gespielt. Er war ein alter Mondhase, aber kein Eingeborener. Kurz bevor sie auf die Welt kamen, war er auf Luna gelandet, um Eindrücke für seinen Roman zu sammeln. Der Roman war immer noch nicht fertig.

Pollux nickte, und Castor fragte: »Kannst du ein Geheimnis behalten, Jeff?«

»Klar — aber vergeßt nicht, daß jeder x-beliebige unser Gespräch abhören kann. Sprecht lieber mit eurem Anwalt, bevor ihr ein Verbrechen begeht.«

Castor sah sich um, aber außer zwei Lastern in der Ferne war nichts zu erkennen. »Wir wollen ins Geschäft einsteigen.«

»Seid ihr das nicht schon?«

»Es geht um etwas ganz Neues — interplanetarischer Handel. Wir wollen ein Schiff kaufen und es selbst lenken.«

Der Fahrer stieß einen Pfiff aus. »Erinnert mich daran, daß ich meine Exportaktien schleunigst verkaufe. Wann soll denn die große Sache starten?«

»Wir sind dabei, ein Schiff zu kaufen. Weißt du etwas Ordentliches?«

»Ich werde meine Spione verständigen.« Danach schwieg er, weil der Verkehr in Richtung Raumhafen ständig zunahm. »So, hier sind wir«, meinte er nach einer Weile. Die Jungen kletterten von der Ladefläche, und er fügte hinzu: »Wenn ihr noch ein Mannschaftsmitglied braucht, denkt an mich.«

»Gut, Jeff. Danke fürs Mitnehmen.«

Dennoch kamen sie zu spät. Ein Trupp Soldaten füllte den ersten Wagen; als der nächste eintraf, hatten die Passagiere des inzwischen gelandeten terranischen Schiffes den Vorrang. Und danach mußten sie mit der abgelösten Arbeiterschicht von General Synthetics um Plätze kämpfen. Als sie die Wohnung erreichten, war das Abendessen längst vorbei.

Mister Stone sah auf, als sie hereinkamen. »Ah! Ihr habt wohl auswärts gegessen?« Er hatte ein Tonband auf dem Schoß und ein Mikrofon um den Hals.

»Paps, es war unvermeidlich«, begann Castor. »Wir . . .«

»Es ist immer unvermeidlich«, unterbrach ihn sein Vater. »Die Einzelheiten interessieren mich nicht. Euer Essen ist warmgestellt. Ich wollte es zurückschicken, aber eure Mutter wurde weich.«

Dr. Stone sah von ihrem Platz am anderen Ende des Wohnzimmers auf, wo sie ihre älteste Tochter Meade modellierte. »Korrektur«, erklärte sie. »Euer Vater wurde weich. Ich hätte euch verhungern lassen. Meade, hör' auf, dich dauernd umzudrehen.«

»Schach«, verkündete ihr vierjähriger Bruder und erhob sich vom Fußboden, wo er mit Großmutter Schach gespielt hatte. Er lief auf die beiden zu. »He, Cas, Pol, wo wart ihr? Am Hafen? Warum habt ihr mich nicht mitgenommen? Und habt ihr mir was mitgebracht?«

Castor packte ihn an den Füßen und hob ihn hoch, daß sein Kopf nach unten pendelte. »Ja. Nein. Vielleicht. Hier, Pol — fang ihn.« Er ließ den Kleinen durch die Luft segeln. Sein Zwillingsbruder fing ihn auf — ebenfalls an den Beinen.

»Selber Schach«, verkündete Großmutter, »und matt in drei Zügen. Lowell, laß dich von der Familie nicht ablenken.«

Der Kleine pendelte in der Luft und sah auf das Schachbrett hinunter. »Falsch, Hazel. Jetzt lasse ich dich meine Königin nehmen und dann — *boing*!«

Seine Großmutter sah wieder das Brett an. »Wie? Moment — angenommen, ich lasse dir die Königin und . . . also, dieser Fratz! Hat er mich schon wieder erwischt!«

»Du solltest ihn nicht so oft gewinnen lassen, Hazel«, sagte Meade. »Das verdirbt ihn.«

»Meade, zum neunten Mal, dreh dich nicht dauernd um!«

»Entschuldige, Mutter. Machen wir eine Pause.«

Großmutter fauchte: »Du glaubst doch nicht, daß ich mich absichtlich schlagen lasse? Spiel' du mal mit ihm! Mir reicht es.«

Meade sprach im gleichen Augenblick wie ihre Mutter; Pollux warf den Kleinen zurück zu Castor und meinte: »Nimm du ihn. Ich will jetzt essen.«

Das Kind quietschte.

Mister Stone brüllte: »RUHE!«

»Und ich will nichts mehr hören«, fuhr er fort. Er nahm das Mikrofon ab. »Wie soll ein Mensch bei diesem Höllenlärm seinen Lebensunterhalt verdienen? Dieses Kapitel muß noch einmal vollkommen überarbeitet, morgen nach New York geschickt, gefilmt, verteilt und gesendet werden. Das ist unmöglich.«

»Dann laß es doch«, erklärte Dr. Stone heiter. »Oder arbeite in deinem Zimmer — es ist schalldicht.«

Mister Stone wandte sich seiner Frau zu. »Liebling, ich habe dir schon tausendmal erklärt, daß ich allein nicht arbeiten kann. Ich schlafe ein.«

»Wie wird es, Vater?« fragte Castor. »Hart?«

»Nun, wenn du mich schon fragst, die Gauner sind ein gutes Stück voraus, und ich sehe noch keine Chance für die Helden.«

»Mir fiel etwas ein, während Pol und ich draußen waren. Du läßt den Kleinen, den du in die Handlung eingeführt hast, nachts in den Kontrollraum schleichen. Sie denken nicht an ihn, verstehst du, er ist so jung, daß sie ihn nicht in Eisen geschlossen haben. Sobald er im Kontrollraum ist . . .« Castor unterbrach sich und sah ratlos drein. »Nein, das geht nicht; er ist zu jung, um das Schiff zu bedienen.«

»Weshalb denn?« widersprach sein Vater. »Ich muß nur dafür sorgen . . .« Seine Blicke gingen in die Ferne. »Nein«, sagte er.

»Doch nicht so gut, was?«

»Wie? Was? Es ist faul, aber vielleicht kann ich es trotzdem benutzen. Stevenson hat in seiner Schatzinsel etwas Ähnliches gemacht — und er hatte es, glaube ich, von Homer. Mal sehen, wenn wir . . .« Wieder versank er in Trance.

Pollux hatte den Warmhalteschrank geöffnet. Castor ließ seinen kleinen Bruder los und fing das Essenspaket auf, das ihm sein Zwilling zuwarf. Er öffnete es. »Schon wieder Fleischpastete«, stellte er angewidert fest. »Und synthetisch noch dazu.«

»Sag' das noch einmal lauter«, munterte ihn seine Schwester auf. »Ich versuche, Mutter seit Wochen zu einem anderen Restaurant zu bewegen.«

»Nicht sprechen, Meade«, erklärte Dr. Stone. »Ich modelliere gerade deinen Mund.«

Großmutter Stone runzelte die Stirn. »Ihr Jungen habt es zu leicht. Als ich auf den Mond kam, gab es eine Zeitlang nur Sojabohnen und Pulverkaffee.«

»Hazel«, erwiderte Meade, »das letzte Mal hast du von Tee gesprochen.«

»Wer lügt hier, mein Fräulein, du oder ich?« Hazel stand auf und ging zu ihren Zwillingsenkeln. »Was habt ihr auf

Ekizians Schrottplatz gesucht?«

Castor sah Pollux an, und der erwiderte den Blick. Vorsichtig fragte Castor: »Woher weißt du denn das?«

»Versucht nicht, eure Großmutter anzuschwindeln. Wenn man . . .«

». . . so lange auf dem Mond war wie ich . . .«, stimmte die Familie im Chor ein.

Hazel zog die Nase kraus. »Manchmal frage ich mich, weshalb ich geheiratet habe.«

»Versuche lieber nicht, die Frage zu beantworten«, meinte ihr Sohn und wandte sich den Zwillingen zu: »Nun, was habt ihr wirklich da draußen gemacht?«

Castor konsultierte Pollux mit einem Blick und begann: »Also, Paps, es ist so . . .«

Sein Vater nickte. »Eure besten Ideen fangen immer so an. Alles aufpassen!«

»Du weißt doch — das Geld, das du für uns verwaltest . . .?«

»Was ist damit?«

»Drei Prozent Zinsen sind nicht sehr viel.«

Mister Stone schüttelte heftig den Kopf. »Eure Dukaten werden nicht in irgendein verrücktes Unternehmen investiert. Vielleicht waren Finanzgenies in meiner Generation nicht in Mode, aber ich verspreche euch, daß ich euch das Geld eines Tages so übergebe, wie ich es bekommen habe.«

»Das ist es ja. Es macht dir Sorgen. Du wärst sie los, wenn du uns das Geld gleich geben würdest.«

»Nein. Ihr seid zu jung.«

»Zum Verdienen waren wir nicht zu jung.«

Seine Mutter kicherte. »Jetzt haben sie dich festgenagelt.«

Dr. Stone sagte heiter: »Streite nicht mit Roger, wenn er die Zwillinge maßregelt, Mutter. Meade, dreh dich etwas nach links.«

Mister Stone meinte: »Das ist richtig, Cas. Aber ihr seid vielleicht doch zu jung, um das Geld zusammenzuhalten. Worauf wollt ihr hinaus?«

Castor blinzelte, und Pollux löste ihn ab. »Paps, wir haben eine wirklich ein-ma-lige Gelegenheit, dieses Geld für uns arbeiten zu lassen. Nichts Verrücktes, wirklich nicht. Wir sehen jeden Penny vor uns. Und wir könnten herrliche Gewinne machen.«

»Hmm — wie?«

»Wir kaufen ein Schiff und setzen es als Transportmittel ein.«

Als sein Vater den Mund öffnete, fügte Castor rasch hinzu: »Wir können einen *Detroiter* billig bekommen und selbst überholen. Wir brauchen also keinen Cent Reparaturkosten zu bezahlen.«

Pollux schloß lückenlos an: »Du hast selbst gesagt, daß wir geborene Mechaniker sind, Paps.«

»Wir würden das Ding wie ein rohes Ei behandeln; schließlich wäre es unser eigenes Schiff«, meinte Castor.

Pollux: »Wir haben beide Flugscheine, für den Kontroll- und Maschinenraum. Wir brauchen also nicht einmal eine Mannschaft.«

Castor: »Keinen Boß — große Klasse.«

Pollux: »Wir bringen Handelsgüter zu den Asteroiden hinaus und kommen mit hochwertigen Erzen zurück. Es kann gar nichts schiefgehen.«

Castor: »Vierhundert Prozent Gewinn, vielleicht fünfhundert.«

Pollux: »Eher noch sechshundert.«

Castor: »Wir würden dich nicht dauernd ärgern.«

Castor: »Und würden nicht zum Abendessen zu spät kommen.«

Pollux hatte den Mund bereits wieder geöffnet, als sein Vater »RUHE!« brüllte. Er fuhr fort: »Edith, bring das Faß. Diesmal wird es ernst.« Mister Stone vertrat die — oft ausgesprochene — Theorie, daß man Söhne in einem Faß aufziehen und durch das Spundloch füttern solle. In der Praxis existierte das Faß nicht.

Dr. Stone sagte: »Ja, Liebling«, und modellierte weiter.

Großmutter Stone sagte: »Verschwendet euer Geld nicht an einen *Detroiter*. Sie sind instabil; das Gyrosystem funktioniert nicht recht. Ich möchte keinen geschenkt. Warum nehmt ihr keine *Douglas*?«

Mister Stone wandte sich an seine Mutter: »Hazel, wenn du die Jungen zu diesem Unsinn noch ermutigst . . .«

»Überhaupt nicht! Eine rein intellektuelle Diskussion. Mit einer *Douglas* könnten sie Geld verdienen. Eine *Douglas* hat ein sehr vorteilhaftes . . .«

»Hazel!«

Seine Mutter schwieg und sagte dann nachdenklich vor sich hin: »Ich weiß, daß es auf dem Mond Redefreiheit gibt; ich habe es selbst in die Charta eingetragen.«

Roger Stone wandte sich wieder seinen Söhnen zu: »Hört mal her, Jungs. Als sich die Handelskammer entschloß, die Pilotenausbildung in ihr Jugendwohlfahrtsprogramm aufzunehmen, war ich voll und ganz dafür. Ich war sogar für die Pilotenlizenzen, die sie an Absolventen ihrer Kurse ausgaben. Als ihr beide mit euren Urkunden ankamt, war ich stolz auf euch. Es ist ein Beruf für junge Männer; Handelspiloten beginnen mit achtzehn und . . .«

». . . werden mit dreißig aus dem Verkehr gezogen«, ergänzte Castor. »Wir haben also keine Zeit zu verschwenden.«

»Halte den Mund. Jetzt rede ich eine Weile. Wenn ihr glaubt, daß ich dieses Geld von der Bank hole und euch Teufelsbraten in einem Schrotthaufen losschicke, der in die Luft geht, sobald ihr zwei g überschreitet, dann habt ihr euch gewaltig getäuscht. Außerdem sollt ihr im September auf die Erde. Die Vorlesungen beginnen.«

»Wir waren schon auf der Erde«, erwiderte Pollux.

»Und es war abscheulich«, ergänzte Castor.

»Und soo laut.«

»Überall Erdmaden«, beendete Castor die Beschreibung.

Mister Stone winkte ab. »Zwei Wochen wart ihr dort — das reicht nicht, um sich ein Urteil zu bilden. Es wird euch gefallen, wenn ihr euch erst einmal daran gewöhnt habt. Ihr könnt reiten, Baseball spielen und segeln lernen.«

»Segeln — in einem schmutzigen Meer«, maulte Castor.

»Pferde sind zum Essen da.«

»Und dann Baseball«, fuhr Castor fort. »Es ist unpraktisch. Wie kann man sich bei einem g die Wurfkurven ausrechnen? Wir sind keine Wunderkinder.«

»*Ich* habe Baseball gespielt.«

»Du bist auch bei einem g aufgewachsen; du hast ein verzerrtes Bild von der Physik. Überhaupt, weshalb sollen wir Baseball spielen? Wenn wir heimkommen, nützt es uns überhaupt nichts. Wir würden höchstens das Helmglas dabei zerbrechen.«

Mister Stone schüttelte den Kopf. »Spiele sind ja nicht die Hauptsache. Mir egal, ob ihr euch mit Baseball anfreundet oder nicht. Aber ihr braucht eine Ausbildung.«

»Und bekommen wir die am Luna-City-Technikum nicht? Und wenn nicht, weshalb? Paps, du warst schließlich selbst im Erziehungsbeirat.«

»Nein, war ich nicht — ich war Bürgermeister.«

»Was dich automatisch zum Mitglied ex officio machte — Hazel hat es uns erzählt.«

Mister Stone sah seine Mutter an, aber die schaute interessiert in eine andere Richtung. »Das Technikum ist eine gute Schule«, erklärte er. »Aber wir können nicht behaupten, daß wir hier alles zu bieten haben. Schließlich ist der Mond immer noch ein Außenposten, ein Grenzbereich, der . . .«

»Aber du hast in deiner Abschiedsrede als Bürgermeister gesagt, daß Luna City das Athen der Zukunft und die Hoffnung eines neuen Zeitalters sei«, meinte Pollux.

»Dichterische Freiheit. Das Technikum ist dennoch nicht Harvard. Wollt ihr Jungs denn nicht die großen Kunstwerke der Erde sehen? Wollt ihr nicht die einmalige Literatur kennenlernen?«

»*Ivanhoe* haben wir gelesen«, sagte Castor.

»Und *Die Mühle am Bach* interessiert uns nicht«, fügte Pollux hinzu.

»Deine Sachen sind schöner.«

»Meine Sachen? Die haben doch mit Literatur nichts zu tun. Die sind so etwas wie Zeichentrickfilme.«

»Uns gefallen sie«, sagte Castor fest.

Sein Vater holte tief Atem. »Vielen Dank. Das erinnert mich daran, daß ich heute abend noch ein ganzes Kapitel fertig machen muß. Ich werde die Diskussion also abbrechen. Erstens könnt ihr ohne meinen Daumenabdruck nicht an das Geld heran — von jetzt an werde ich übrigens Handschuhe tragen. Und zweitens seid ihr beide zu jung für eine unbeschränkte Pilotenlizenz.«

»Du könntest eine Erklärung für uns unterschreiben, daß wir das System verlassen dürfen. Und wenn wir zurückkommen, sind wir alt genug für die volle Lizenz.«

»Ihr seid zu jung!«

Castor sagte: »Also, Paps, vor einer halben Stunde hast du mir für dein Kapitel einen Gag abgenommen, in dem ein Elfjähriger ein ganzes Schiff steuert.«

»Ich werde sein Alter heraufsetzen.«

»Dann ist der Gag verpfuscht.«

»Verdammt! Es ist doch nur Unterhaltungslektüre — und miese Unterhaltung obendrein. Kitschiges Zeug, gerade recht für Warenwerbung.« Er sah seinen Sohn plötzlich mißtrauisch an. »Cas, du hast mir den Gag absichtlich aufgeschwätzt. Nur um dir ein Argument bei deinem verrückten Plan zu verschaffen — habe ich recht?«

Castor sah ihn unschuldig an. »Also, Vater, wie kannst du so etwas denken?«

»Sag' nicht ›Vater‹ zu mir! Ich kann eine *Hawk* nicht von einer *Hanshaw* unterscheiden.«

»Das kann doch jeder«, mischte sich Großmutter Hazel ein. »Die *Hawk* ist ein reines Handelsschiff, während die *Hanshaw* hauptsächlich als Sportjacht verwendet wird. Wenn ich es bedenke, Jungs, ist eine *Hanshaw* vielleicht noch besser als eine *Douglas*. Mir gefällt die genaue Steuerung und . . .«

»Hazel!« fauchte ihr Sohn. »Hör' auf, die Jungen zu unterstützen! Und gib nicht so an! Du bist nicht der einzige Ingenieur in der Familie!«

»Aber der einzige gute«, erwiderte sie friedlich.

»Tatsächlich? Bisher hat sich noch niemand über meine Arbeit beschwert.«

»Weshalb hast du sie dann aufgegeben?«

»Das weißt du genau. Da plagt man sich monatelang mit ekligen Zahlen, und was hat man am Ende? Eine Reparaturwerft. Oder ein Stampfwerk. Und wen kümmert das?«

»Also bist du kein Ingenieur. Du bist nur ein Mann, der diesen Beruf zufällig erlernt hat.«

»Und du? Du bist auch nicht dabeigeblieben.«

»Nein«, gab sie zu. »Aber aus anderen Gründen. Ich mußte miterleben, wie drei affige Männer vor mir befördert wurden, obwohl keiner von ihnen eine partielle Integration ohne Bleistift durchführen konnte. Das ließ mich zu der Überzeugung gelangen, daß die Atomenergie-Kommission etwas gegen weibliche Angestellte hatte, auch wenn es nicht den Regeln des öffentlichen Dienstes entsprach. Und da begann ich eben zu schmuggeln. Luna City bot damals noch nicht sehr viel — und ich mußte dich ernähren.«

Der Streit schien langsam abzuebben; Castor fand, daß es Zeit wurde, ihn wieder zu schüren. »Hazel, glaubst du wirklich, daß wir eine *Hanshaw* nehmen sollen? Ich weiß nicht, ob wir uns das leisten können.«

»Hm, bei einer *Hanshaw* braucht ihr ein drittes Mannschaftsmitglied . . .«

»Möchtest du dich nicht einkaufen?«

Mister Stone mischte sich ein. »Hazel, ich lasse es nicht zu, daß du die Kerle ermutigst.«

»Mit mir kannst du nicht streiten. Wenn man fünfundneunzig ist, hat man ziemlich feste Anschauungen von der Welt.«

»Fünfundneunzig! Letzte Woche warst du fünfundachtzig!«

»Es war auch eine schwere Woche. Aber zurück zum Thema — warum wirst *du* nicht ihr Partner? Du könntest mitfliegen und sie vor Schwierigkeiten bewahren.«

»Was? Ich?« Mister Stone holte tief Luft. »Erstens könnte ein ganzes Kommando von Raumsoldaten diese beiden Möchtegern-Napoleons nicht vor Schwierigkeiten bewahren. Ich weiß es, denn ich habe es bereits versucht. Zweitens hasse ich *Hanshaws*, weil sie soviel Treibstoff verbrauchen. Drittens muß ich wöchentlich drei Kapitel für *Die Geißel des Universums* abliefern — einschließlich der heutigen Episode, die aber niemals fertig wird, wenn die Familie nicht endlich den Mund hält.«

»Roger«, entgegnete seine Mutter, »ein Streit ist für unsere Familie wie Wasser für den Fisch. Und kein Mensch hat von dir verlangt, daß du eine *Hanshaw* kaufst. Was deinen dritten Punkt angeht — gib mir eine leere Spule, und ich diktiere die nächsten drei Kapitel heute abend beim Haarebürsten.« Hazels Haar war immer noch dicht und rot. Bis jetzt hatte sie noch niemand dabei ertappt, daß sie es färbte. »Überhaupt wird es höchste Zeit, daß du den Vertrag brichst; deine Wette hast du gewonnen.«

Ihr Sohn zuckte zusammen. Vor zwei Jahren hatte er sich zu einer Wette verleiten lassen, daß er besseres Zeug als das schreiben konnte, was von der Erde herauf gesendet wurde. Und er war mit Schecks und Optionszahlungen geradezu bombardiert worden. »Ich kann es mir nicht leisten, aufzuhören«, sagte er schwach.

»Was nützt dir das Geld, wenn du keine Zeit hast, es auszugeben? Gib mir die Spule und das Mikrofon.«

»Du kannst nicht schreiben.«

»Wollen wir wetten?«

Ihr Sohn zog sich zurück. Bis jetzt hatte noch kein Mensch eine Wette gegen Hazel gewonnen. »Das steht außer Frage. Ich habe Edith, Meade und Buster zu versorgen.«

Meade drehte sich herum. »Mich brauchst du nicht einzubeziehen, Paps. Ich würde liebend gern durch die Gegend gondeln. Ich war noch *nirgends* — bis auf die eine Reise zur Venus und die zwei Ausflüge nach New York.«

»Halt still, Meade«, sagte Dr. Stone ruhig. Sie wandte sich an ihren Mann: »Weißt du, Roger, ich dachte erst kürzlich darüber nach, wie beengt wir hier leben. Und wir waren wirklich nirgends mehr, seit wir von der Venus zurückkamen. Meade hat recht.«

Mister Stone starrte sie an. »Du auch? Edith, diese Wohnung ist größer als jede Schiffskabine. Du weißt das.«

»Ja, aber ein Schiff kommt einem größer vor. Im freien Fall kann man den Raum viel besser ausnützen.«

»Liebling, heißt das, daß du diesen Unsinn unterstützt?«

»Aber nein! Ich habe ganz allgemein gesprochen. Doch an Bord eines Schiffes schläft man besser. Du schnarchst im freien Fall nicht.«

»Ich schnarche nie!«

Dr. Stone gab keine Antwort. Hazel kicherte. Pollux blinzelte seinem Bruder zu, und Castor nickte. Die beiden gingen stillschweigend auf ihr Zimmer. Es war schwer, Mutter in einen Familienstreit hineinzuziehen; aber es lohnte sich. Wichtige Dinge wurden immer erst entschieden, wenn sie mitmachte.

Meade klopfte kurze Zeit später an ihrer Tür; Castor ließ sie herein und sah sie an. Sie war gekleidet, als müßte sie in den amerikanischen Westen ziehen. »Schon wieder ein Square-Dance-Fest?«

»Heute sind die Ausscheidungen. Hör' mal, Cas, selbst wenn Paps das Geld herausrückt, könnte man euch wegen der Altersgrenze auf Eis legen.«

»Wir rechnen mit einer Mündigkeitserklärung.«

»Aber vielleicht bekommt ihr sie nicht. Dann denkt daran, daß ich nächste Woche achtzehn werde. Bis später.«

»Gute Nacht.«

Als sie fort war, sagte Pollux: »Die spinnt. Die hat noch nicht mal die begrenzte Lizenz.«

»Nein, aber sie hatte Astrogation in der Schule, und den Rest könnten wir ihr beibringen.«

»Cas, du bist verrückt. Wir können sie nicht durch das ganze System mitschleppen. Mädchen sind nur eine Last.«

»Falsch, Kleiner. Du wolltest ›Schwestern‹ sagen — Mädchen sind nämlich okay.«

Pollux überlegte. »Da hast du wohl recht.«

»Ich habe immer recht.«

»Oh? Und wie war das mit der flüssigen Luft?«

»Sei doch nicht kleinlich.«

Großmutter Hazel streckte als nächste den Kopf herein. »Nur ein kurzer Lagebericht, Jungs. Euer Vater ist groggy, aber er kämpft noch wacker.«

»Wird er uns an das Geld heranlassen?«

»Sieht bis jetzt nicht so aus. Sagt mal, wieviel verlangte Ekizian für diesen *Detroiter*?«

Castor nannte ihr die Summe, und sie pfiff durch die Zähne. »Der Ganove«, sagte sie leise. »Diese unverschämte Erdmade — ich werde dafür sorgen, daß sie ihm die Lizenz abnehmen.«

»Oh, wir haben uns zu nichts verpflichtet.«

»Unterschreibt erst, wenn ich neben euch stehe. Ich weiß, wie man mit dem Gauner fertig wird.«

»In Ordnung. Hazel, glaubst du wirklich, daß ein *Detroiter VII* instabil ist?«

Sie runzelte die Brauen. »Die Kreisel sind zu leicht für das Schwerkraftmoment des Schiffes. Ich hasse es, wenn Schiffe schaukeln. Wenn wir ein Tripel-Duo-Kreiselsystem von einem alten Kriegsschiff ergattern könnten, ließe sich damit etwas anfangen. Ich werde mich einmal umhören.«

Sehr viel später sah Mister Stone bei ihnen vorbei. »Immer noch wach, Jungs?«

»Ja, komm nur herein.«

»Um noch einmal auf unser Gespräch von heute abend zurückzukommen . . .«

»Gibst du uns das Geld?« fragte Pollux.

Castor stieß ihm in die Rippen, aber es war bereits zu spät. Ihr Vater sagte: »Kommt nicht in Frage, das wißt ihr. Ich wollte nur folgendes fragen: Habt ihr bei eurer Suche auch größere Schiffe gesehen?«

Castor sah ihn verständnislos an. »Nein, Sir. Größere Schiffe können wir uns nicht leisten — oder, Pol?«

»Niemals. Weshalb fragst du, Paps?«

»Nur so. Gute Nacht.«

Er ging. Die Zwillinge sahen einander an und reichten sich feierlich die Hand.

2

Beim Frühstück am nächsten Morgen — »Morgen« natürlich nach Greenwich-Zeit — spielten die Stones die Episode, die Hazel am Abend zuvor für Mister Stones Marathonserie diktiert hatte. Großmutter Hazel hatte die Spule in aller Frühe in die Kopiermaschine gesteckt, und so war für jeden ein Exemplar da. Sogar Buster hatte eine kleine Seite, und Hazel spielte mehrere Rollen zugleich, wobei ihre Stimme von einem knarrenden Baß zum höchsten Sopran umschlug.

Alle ließen sich fesseln — nur Mister Stone nicht, der mit einer säuerlichen Mich-bringt-ihr-nicht-zum-Lachen-Miene danebensaß.

Hazel kippte bei dem grandiosen Finale an der Klippe ihren Kaffee um. Sie holte die Tasse aus der Luft und hielt eine Serviette unter die braune Flut, bevor sie in der geringen Schwerkraft des Mondes den Boden erreichte. »Nun?« wandte sie sich an ihren Sohn, immer noch atemlos von den Versuchen des galaktischen Herrschers, seinem gerechten Schicksal zu entgehen. »Ist das nicht Zucker? Haben wir ihnen eine Gänsehaut verschafft oder nicht?«

Roger Stone gab keine Antwort, sondern rümpfte nur die Nase. Hazel sah ihn erstaunt an. »Es hat dir *nicht* gefallen?

Also, Roger, ich glaube, du bist eifersüchtig. Ich hätte nie gedacht, daß ein Sohn auf seine eigene Mutter neidisch sein könnte. Was habe ich da großgezogen?«

Buster meldete sich zu Wort. »Mir hat es gefallen. Spielt noch mal die Stelle, wo ich den Raumpiraten erschieße.« Er deutete mit spitzem Finger auf die Familie und zischte dazu. »Uiii! Blut an allen Wänden!«

»Da hast du die Antwort, Roger. Dein Publikum. Wenn es Buster gefällt, bist du im Geschäft.«

»Ich fand es aufregend«, warf Meade ein. »Was hat dir nicht gefallen, Paps?«

»Ja«, forderte ihn Hazel kriegerisch auf. »Los, sag's uns!«

»Also schön. Erstens vollführen Raumschiffe keine Drehungen von hundertachtzig Grad.«

»Meines schon!«

»Zweitens — was zum Kuckuck soll der Blödsinn mit dem galaktischen Herrscher? Wie kam denn der ins Spiel?«

»Ach, der? Sohn, dein Stück war am Einschlafen, und da gab ich ihm eine Spritze.«

»Aber ›galaktischer Herrscher‹! Das hat soo einen Bart.«

»Ist das schlimm? Nächste Woche werde ich die *Hamlet* mit Atomantrieb ausstatten und mit der *Othello* in Verbindung bringen. Glaubst du, daß Shakespeare mich deswegen verklagt?«

Roger Stone zuckte mit den Schultern. »Ich schicke es ein. Wir haben keine Zeit mehr für eine zweite Version, und im Vertrag steht nicht, daß das Zeug gut sein muß. Außerdem wird es in New York ohnehin umgeschrieben.«

»Wetten, daß deine Fan-Post diese Woche um fünfundzwanzig Prozent steigt?«

»Nein, danke. Außerdem möchte ich dir in deinem Alter nicht zumuten, sie zu beantworten.«

»Was paßt dir nicht an meinem Alter? Früher habe ich dich zweimal pro Woche verprügelt, und das würde ich auch heute noch schaffen. Komm nur her!«

»Zu früh nach dem guten Kaffee.«

»Feigling!«

»Schicke deine Sekundanten. Es muß alles seine Ordnung haben. Inzwischen . . .« Er wandte sich an seine Söhne: »Was habt ihr für heute vor?«

Castor sah seinen Bruder an und meinte vorsichtig: »Hm, wir wollten uns noch ein wenig nach Schiffen umsehen.«

»Ich komme mit.«

Pollux warf ihm einen scharfen Blick zu. »Heißt das, daß wir das Geld bekommen?« Sein Bruder funkelte ihn wütend an.

»Nein«, erwiderte sein Vater. »Das Geld bleibt auf der Bank. Dort gehört es hin.«

»Weshalb willst du dann Schiffe ansehen?« Er erhielt einen Rippenstoß für diese Bemerkung.

»Ich möchte eben wissen, was so geboten wird. Willst du uns begleiten, Edith?«

»Ich verlasse mich auf dein Urteil, Liebling«, sagte Dr. Stone.

Hazel trank ihre Tasse leer und stand auf. »Ich komme mit.«

Buster hüpfte von seinem Stuhl. »Ich auch.«

Dr. Stone bremste seinen Tatendrang. »Nein, Liebling. Iß deinen Haferbrei auf.«

»Nein! Ich will auch mit. Ich darf doch, Hazel?«

Hazel überlegte. Wenn sie das Kind außerhalb der Stadt mitnahm, hatte sie alle Hände voll zu tun; Buster war noch nicht alt genug, um allein die Vakuumsteuerung seines Anzugs zu bedienen. Und diesmal wollte sie ihre Aufmerksamkeit anderen Dingen schenken. »Leider nicht, Lowell. Aber ich weiß etwas anderes. Ich lasse meine Telefonverbindung offen, und wir spielen Schach, während ich unterwegs bin.«

Busters Gesicht umwölkte sich. »Ich will nicht per Telefon Schach spielen. Da sehe ich nicht, was du denkst.«

Hazel starrte ihn an. »So ist das also! Ich hatte doch immer schon ein ungutes Gefühl. Nein, fang' jetzt nicht zu heulen an, sonst nehme ich dir eine Woche lang den Rechenschieber weg.« Der Kleine überlegte und wurde ruhig. Hazel wandte sich ihrem Sohn zu. »Glaubst du wirklich, daß er Gedanken lesen kann?«

Mister Stone sah seinen jüngsten Sprößling an. »Ich will es lieber nicht wissen.« Er seufzte. »Warum konnte ich nicht in eine nette, normal blöde Familie geboren werden? Du hast die Schuld daran, Hazel.«

Seine Mutter nahm ihn am Arm. »Keine Sorge, Roger. Du drückst den Durchschnitt beträchtlich.«

»Hmmph! Gib mir die Spule. Ich schicke sie nach New York, bevor ich die Nerven verliere.«

Als er die Spule einlegte und ans Telefon anschloß, sagte er: »Eigentlich sollte ich es nicht tun. Zu deinem galaktischen Herrscher kommt noch, daß du vier meiner Standardhelden umgebracht hast.«

Hazel behielt die Spule im Auge. Als sie zu laufen begann, meinte sie: »Ich habe mir alles genau überlegt. Du wirst schon sehen.«

»Wie? Soll das heißen, daß du noch mehr Kapitel schreiben willst? Ich bin versucht, dir alles in den Schoß zu legen — mich ekelt es an, und für dich wäre es eine gerechte Strafe. Galaktischer Herrscher, das hat noch gefehlt!«

Seine Mutter beobachtete weiterhin die laufende Spule. Als sie leer war, atmete Hazel erleichtert auf. Das Kapitel war jetzt entweder in New York oder wurde in der Luna-City-Telefonzentrale festgehalten, bis der Weg zur Erde frei war. In beiden Fällen konnte man es nicht mehr zurückholen.

»Selbstverständlich schreibe ich noch mehr Kapitel — insgesamt sieben.«

»Wie? Weshalb gerade sieben?«

»Hast du dir nicht denken können, weshalb ich deine Helden der Reihe nach umbringe? Sieben Kapitel bedeuten das Ende des Quartals und ein neues Optionsangebot. Diesmal werden sie es bleiben lassen, denn der letzte deiner Charaktere hat bis dahin sein Leben ausgehaucht. Ich nehme dir die Last dieser Serie von den Schultern, Sohn.«

»*Was*? Hazel, das darfst du nicht! Abenteuer-Serien gehen nie zu Ende!«

»Steht das in deinem Vertrag?«

»Nein, aber . . .«

»Du hast gejammert, wie gern du von dieser goldenen Tretmühle abspringen würdest. Selbst hättest du nie den Mut dazu, und deshalb ist dir deine liebende Mutter zu Hilfe gekommen. Du bist wieder ein freier Mann, Roger.«

»Aber . . .« Seine Züge entspannten sich. »Hm, vielleicht hast du recht. Allerdings würde ich lieber auf meine Weise literarischen Selbstmord begehen. Hör' mal, Hazel, was willst du mit John Sterling machen?«

»Oh, unser Held bleibt natürlich bis zur letzten Episode am Leben. Er und der galaktische Herrscher erledigen sich dann gegenseitig. Langsame Musik. *Finis.*«

»Ja, so müßte es sein. Aber du kannst es nicht machen.«

»Weshalb nicht?«

»Weil ich darauf bestehe, diese Szene selbst zu schreiben. Ich habe diesen Leisetreter von einem Galahad seit seiner Geburt gehaßt. Den bringt mir keiner um. Den Spaß möchte ich selbst genießen.«

Seine Mutter verbeugte sich. »Wie es beliebt, Sir.«

Mister Stones Miene hellte sich auf. Er griff nach seiner Tasche und schlang sie sich um die Schulter. »Und jetzt sehen wir uns ein paar Raumschiffe an.«

»Geronimo!«

Als die vier die Wohnung verließen und auf die Rollbahn traten, fragte Pollux seine Großmutter: »Hazel, was bedeutet ›Geronimo‹?«

»Alter Druidenspruch für ›Verschwinden wir von hier, selbst wenn wir zu Fuß gehen müssen!‹«

3

An der Ostschleuse blieben sie stehen und schlüpften in ihre Anzüge. Wie gewöhnlich schnallte Hazel ihre Pistole außen an den Vakuumanzug. Keiner der anderen war bewaffnet; überhaupt trugen höchstens Zivilwächter und Militärpolizisten Pistolen — und ein paar Oldtimer wie Hazel.

»Hazel, muß das sein?« fragte Castor.

»Es ist mein Recht. Außerdem könnte ich auf eine Klapperschlange treffen.«

»Hier auf dem Mond? Aber Hazel!«

»Nichts ›aber Hazel‹! Die meisten Klapperschlangen laufen auf zwei Beinen durch die Gegend. Da, helft mir den Helm schließen.«

Die Unterhaltung kam ins Stocken, als Buster seine Großmutter anrief und darauf beharrte, mit dem Spiel zu beginnen. Als Castor selbst den Helm aufgesetzt und die Funkverbindung eingeschaltet hatte, stritten die beiden gerade, wer beim letzten Mal die weißen Figuren benutzt hatte.

Ebenso wie der Schiffsfriedhof von Alteisen-Dan befanden sich das Grundstück der Regierung und das des ewig bankrotten Ungarn dicht am Raumhafen. Auf dem Platz des Ungarn forderte ein sonnenverblichenes Schild zum Kaufen auf. GELEGENHEITEN! GELEGENHEITEN! WEGEN GESCHÄFTSAUFGABE RADIKALE PREISSENKUNG! Aber es gab keine Gelegenheiten, wie Mister Stone nach zehn und Hazel nach fünf Minuten erkannte. Und der Regierungsplatz enthielt vor allem Robotfrachter ohne Kabinen — für einmalige Reisen gedacht — und veraltete Militärmodelle, die für den Privatgebrauch meist ungeeignet waren. Schließlich standen die Stones auf Ekizians Grundstück.

Pollux ging sofort auf das Schiff zu, das er und sein Bruder ausgewählt hatten. Sein Vater rief ihn zurück: »He, Pol! Wohin so eilig?«

»Willst du unser Schiff nicht sehen?«

»Euer Schiff? Leidest du immer noch unter der Vorstellung, daß ich euch Absolventen einer Baumschule einen *Detroiter* in die Hände geben würde?«

»Häh? Weshalb sind wir dann hergekommen?«

»Weil ich mir einige Schiffe ansehen möchte. Aber ein *Detroiter VII* interessiert mich nicht.«

»Aber . . .«, begann Pollux, doch Castor griff nach seinem Helm und schaltete das Mikrofon aus. Dann übernahm er die Konversation: »Was für eines suchst du, Paps? Wir haben uns die meisten Kähne im Laufe der Zeit angesehen.«

»Hm, nichts Besonderes. Eine konservative Familienkutsche. Sehen wir uns einmal die *Hanshaw* da vorne an.«

»Hast du nicht gesagt, daß die *Hanshaws* zuviel Treibstoff fressen?« erkundigte sich Hazel.

»Sicher, aber sie sind sehr bequem. Alles kann man nicht haben.«

»Weshalb nicht?«

Pollux hatte sein Mikrofon sofort wieder eingeschaltet. »Paps, wir brauchen keinen kleinen Flitzer. Die Dinger haben zuwenig Frachtraum.« Als Castor wieder nach dem Schalter greifen wollte, schwieg er.

Aber Mister Stone war durchaus gewillt, ihm zu antworten. »Vergiß das mit dem Frachtraum. Ihr beide würdet euer letztes Hemd verlieren, wenn ihr gegen die gerissenen Händler des Systems ankämpfen müßtet. Ich suche ein Schiff, in dem die Familie hin und wieder eine Vergnügungsreise unternehmen kann; ein Frachter nützt mir nichts.«

Pollux hielt den Mund, und sie gingen alle zur *Hanshaw* hinüber. Sobald sie ins Schiffsinnere geklettert waren, begab sich Hazel in den Maschinenraum. Die anderen besahen sich den Kontrollraum und die Wohnkabinen.

Das Schiff besaß eine Spinvorrichtung, so daß sich in den Außenbezirken eine gewisse Schwerkraft erzeugen ließ. Pollux rümpfte die Nase. So etwas brauchten seiner Meinung nach nur Terraner. Kein Wunder, daß die *Hanshaw* soviel Treibstoff schluckte.

Aber sein Vater war anderer Meinung. Er streckte sich glücklich im Pilotensitz und spielte an den Instrumenten herum. »Die Kleine gefällt mir«, verkündete er. »Wenn der Preis stimmt, nehmen wir sie.«

»Ich dachte, es sollte eine Familienjacht werden«, meinte Castor.

»Und?«

»Die Sache wird ziemlich eng, wenn man hier Zusatzliegen errichtet. Edith wird damit nicht einverstanden sein.«

»Mit Mutter spreche ich. Außerdem genügen doch die vier Liegen, die das Schiff hat. Eine für mich, eine für Mutter, und je eine für Großmutter und Buster. Wenn Meade mitkommt, müssen wir für das Baby eine Notliege hereinstellen. Ihr seht also, es ist mir mit eurer Schulbildung durchaus ernst. Nun dreht nicht gleich durch — vielleicht könnt ihr beide das Schiff in den Ferien benutzen. Ist das anständig?«

Die Zwillinge gaben ihm die schlimmste aller Antworten — gar keine. Ihr Gesichtsausdruck sprach Bände.

Bevor sich Mister Stone eine wirksame Erklärung zurechtlegen konnte, tauchte seine Mutter aus der Maschinenraumluke auf. Ihre Miene verriet, daß sie Unheil verkünden wollte.

»Was ist los, Hazel?« fragte Mister Stone. »Die Energieanlage ist doch tipptopp, oder?«

»Tipptopp sagt er! Ich würde diesen Kahn nicht bis auf zwei g beschleunigen.«

»Was fehlt ihm denn?«

»Ich habe noch nie ein so vergammeltes . . . Aber nein, ich sage lieber nichts. Sieh selbst nach. Du traust meinen Fähigkeiten nicht.«

»Hör' mal, Hazel, habe ich das je gesagt?«

»Nein, aber ich weiß es trotzdem. Sieh dich also selbst im Maschinenraum um.«

Ihr Sohn wandte sich ab, kletterte aus dem Schiff und sagte hochmütig: »Ich habe nie behauptet, daß du nichts von Energieanlagen verstehst. Und wenn du die Gantry-Konstruktion meinst, so muß ich dich daran erinnern, daß das inzwischen zehn Jahre her ist. Du kannst mir also verzeihen, daß ich damals recht hatte.«

Zur Überraschung der Zwillinge führte Hazel das Streitgespräch nicht fort, sondern folgte ihrem Sohn gehorsam durch die Luftschleuse ins Freie. Mister Stone kletterte die Strickleiter nach unten. Castor zog seine Großmutter zur Seite, schaltete die beiden Funkverbindungen aus und legte seinen Helm an den ihren. »Hazel, was war mit der Energieanlage los? Pol und ich haben uns das Schiff letzte Woche angesehen. Uns kam es ganz tüchtig vor.«

Hazel sah ihn mitleidig an. »Das ist doch eindeutig — das Schiff besitzt nur vier Liegen.«

»Oh.« Castor schaltete die Funkverbindung wieder ein und folgte seinem Vater und Bruder schweigend nach unten.

In das Heck des nächsten Schiffes war folgende Inschrift eingraviert: *Cherubim, Rom, Terra.* Es war tatsächlich eines der *Engel*-Modelle von Carlotti-Motors, aber es hatte wenig Ähnlichkeit mit den großen Erzengel-Frachtern. Es war kurz und schmal und mindestens zwanzig Jahre alt. Mister Stone hatte es nur widerwillig angesehen. »Zu groß für uns«, protestierte er, »und ich suche kein Frachtschiff.«

»Wieso zu groß?« widersprach Hazel. »Das ist eine Finanzfrage, sonst nichts. Und wenn die Frachtluke leer ist, dürfte das Ding allerhand Temperament entwickeln. Ich liebe Schiffe, die der Steuerung gehorchen — und du magst sie ebenfalls.«

»Mhm, ja«, gab er zu. »Nun, es kostet nichts, wenn wir es ansehen.«

»Du wirst mit jedem Tag normaler, Sohn«, lobte Hazel und kletterte die Strickleiter nach oben.

Das Schiff war alt und hatte viele Millionen Meilen im Raum zurückgelegt, aber dank der fehlenden Atmosphäre war es nicht gerostet, seit der letzte Besitzer es hier abgestellt hatte. Es schlief einfach vor sich hin und wartete auf den

Dornröschenkuß. Man hatte zwar viele der Einrichtungsgegenstände ausgebaut und verkauft, aber das Schiff selbst war durchaus raumtüchtig geblieben.

Hazel sah ihren Sohn an und erkannte, daß es bei ihm Liebe auf den ersten Blick war. Sie blieb ein Stück zurück und bedeutete den Zwillingen, unbedingt den Mund zu halten. Durch die offene Luftschleuse gelangten sie in das Wohnquartier: eine Küche mit Aufenthaltsraum, zwei separate Kabinen und ein Schlafraum. Der Kontrollraum befand sich darüber, und Mister Stone stürmte ihn sofort.

Unter den Wohnräumen befanden sich die Ladefläche und der Maschinenraum. Das kleine Schiff war ein Frachter mit Passagierbetrieb oder ein Passagierschiff mit Frachtbetrieb. Deshalb war es wahrscheinlich auch so lange verwaist auf dem Platz geblieben. Es flog zu langsam, um mit den großen Frachtern der Handelsgesellschaften konkurrieren zu können; es faßte nur so wenige Passagiere, daß es sich als Chartermaschine ohne Fracht nicht lohnte.

Die Zwillinge gingen hinunter zum Maschinenraum. Hazel inspizierte das Wohnquartier, nickte anerkennend, als sie die Kombüse sah, und begab sich schließlich auch in den Kontrollraum. Dort entdeckte sie ihren Sohn im Pilotensitz und rutschte prompt neben ihn in den Kopilotensitz, bei dem die Schaumgummipolsterung entfernt worden war. »Alle Stationen fertig!« sagte sie und sah ihren Sohn an.

Er warf ihr einen Blick zu und grinste. »Alles zum Start vorbereiten!«

»Kontrollen eingeschaltet. Towersignal positiv. Fertig zum Countdown!«

»Minus dreißig. Neunundzwanzig — achtundzwanzig . . .« Er unterbrach sich und meinte verlegen: »Das tut gut.«

»Und ob, Roger. Kaufen wir die Kiste, bevor wir zu alt dazu sind. Ich komme mir vor, als hätte ich Moos angesetzt.«

Roger Stone schwang seine langen Beine vom Sitz. »Hm, vielleicht hast du recht.«

Hazels Stiefel klirrten über die Deckplatten. »Das ist mein Sohn! Vielleicht mache ich doch noch einen ganzen Mann aus dir. Mal sehen, was die Zwillinge inzwischen zerlegt haben.«

Die Zwillinge waren immer noch im Maschinenraum. Roger stieg zuerst nach unten. Er wandte sich Castor zu: »Nun, Junge, wie sieht es aus? Wird es hoch genug aufsteigen, damit sich ein Absturz lohnt?«

Castor runzelte die Stirn. »Wir haben bisher noch nichts Negatives gefunden, aber die Schubeinheiten fehlen. Und der Reaktor ist nichts als eine Attrappe.«

»Was hattest du gedacht?« fragte Hazel. »Daß man einen Reaktor in einem abgemeldeten Schiff läßt? Selbst wenn ihn niemand stehlen würde, wäre bald das ganze Heck verseucht und . . .«

»Gib nicht so an, Hazel«, sagte ihr Sohn. »Cas weiß das doch. Die Logdaten können wir später studieren, wenn wir ein metallurgisches Gutachten bekommen haben. Das heißt, ich weiß noch gar nicht, ob wir das Schiff nehmen. Das Überholen kostet sicher ein Vermögen.«

»Pah!« widersprach Hazel. »Du bekommst wohl kalte Füße. Die Reparatur übernehme ich zusammen mit Pol und Cas. Das kostet dich nur eine Mietgebühr auf der Werft. Und über den Kaufpreis werden wir uns mit Ekizian lange unterhalten.«

»Ich werde die Reparaturen persönlich überwachen.«

»Willst du streiten? Egal, jetzt gehen wir erst zu Dan. Und *ich* rede mit ihm — verstanden?«

Alteisen-Dan freute sich über ihren Besuch, besonders, als er erfuhr, daß sie nicht den *Detroiter VII*, sondern ein größeres Schiff haben wollten. Hazel beharrte darauf, privat mit ihm zu verhandeln, und so führte er sie in das innere Büro. Mister Stone hatte nichts dagegen, denn er wußte, daß sie erbarmungslos schacherte. So wartete er mit den Zwillingen draußen. Eine Weile später rief Mister Ekizian seine Sekretärin zu sich.

Ein paar Minuten danach tauchte sie wieder auf, gefolgt von Dan und einer zufriedenen Hazel. »Alles erledigt«, verkündete Großmutter.

Der Händler grinste säuerlich hinter seiner Zigarre hervor. »Ihre Mutter ist eine kluge Frau, Herr Bürgermeister.«

»Immer langsam«, protestierte Roger Stone. »Das waren gleich zwei Irrtümer. Erstens ist noch nichts erledigt, und zweitens bin ich nicht mehr Bürgermeister. Wie sehen die Bedingungen aus?«

Ekizian sah Hazel an, und die preßte die Lippen zusammen. »Also, Sohn, es ist folgendermaßen«, sagte sie. »Ich bin zu alt, um mir das viele Hin und Her mitanzuhören. Deshalb habe ich das Schiff gekauft.«

»*Du*?«

»Ja. Das ganze wird ein Syndikat. Dan richtet das Schiff her; ich organisiere die Fracht und bringe sie zusammen mit den Jungs zu den Asteroiden. Natürlich mit einem dicken Gewinn. Ich wollte schon immer einmal Kapitän sein.«

Castor und Pollux hatten sich im Hintergrund gehalten und die anderen beobachtet. Auf Hazels Worte hin wollte Pollux etwas sagen, aber Castor blinzelte ihm zu und schüttelte den Kopf. Mister Stone fauchte: »Unmöglich! Da mache ich nicht mit!«

»Ich bin volljährig, Sohn.«

»Mister Ekizian, Sie müssen wahnsinnig sein.«

Der Händler nahm die Zigarre aus dem Mund und starrte das Ende an. »Geschäft ist Geschäft.«

»Nun — wenigstens werde ich meine Söhne daran hindern, diesen Unsinn mitzumachen.«

»Mhm . . .«, sagte Hazel. »Vielleicht. Vielleicht auch nicht. Frag' sie doch.«

»Sie sind noch nicht volljährig.«

»Nein — noch nicht ganz. Aber angenommen, sie gehen aufs Gericht und lassen mich zu ihrem Vormund bestellen?«

Mister Stone hörte ruhig zu und wandte sich dann an seine Söhne. »Cas — Pol — habt ihr das mit eurer Großmutter vereinbart?«

»Nein, Sir«, erwiderte Pollux.

»Würdet ihr tun, was sie da vorschlägt?«

»Also, Paps, gern würden wir es nicht tun«, entgegnete Castor.

»Aber ihr würdet es tun?«

»Das habe ich nicht gesagt, Sir.«

»Hmm . . .« Mister Stone wandte sich ab. »Das ist reine Erpressung — und ich lasse mir das nicht gefallen. Mister Ekizian, Sie wußten, daß ich herkam, um das Schiff zu kaufen. Sie wußten, daß meine Mutter in *meinem Auftrag* verhandeln sollte. Und doch haben Sie das Geschäft hinter meinem Rücken abgeschlossen. Entweder wird dieser Kuhhandel rückgängig gemacht, oder ich schleppe Sie ebenso wie meine Mutter vor das Schiedsgericht.«

Hazels Gesicht war ausdruckslos; Mister Ekizian betrachtete seine Ringe. »Sie haben nicht ganz unrecht, Mister Stone. Könnten wir nach drinnen gehen und die Sache unter uns besprechen?«

»Das halte ich für angebracht.«

Hazel folgte ihnen und zupfte ihren Sohn am Ärmel, bevor er etwas sagen konnte. »Roger? Du willst dieses Schiff wirklich kaufen?«

»Ja.«

Sie deutete auf die Papiere, die vor Mister Ekizian lagen. »Dann unterschreibe da und gib deinen Daumenabdruck her.«

Er nahm statt dessen die Papiere in die Hand. Es stand kein Wort von den Bedingungen darin, die Hazel genannt hatte. Statt dessen war er als künftiger Besitzer eingetragen, und das Schiff kostete bedeutend weniger, als er erwartet hatte. Nach einer hastigen Überschlagsrechnung wußte er, daß Hazel das Schiff nicht nur zum Schrottpreis bekommen hatte, sondern, daß Ekizian auch noch die Summe abgezogen hatte, die er für das Demontieren hätte bezahlen müssen.

Schweigend griff er nach Ekizians Schreibstift und unterzeichnete. Dann brachte er sorgfältig seinen Daumenabdruck an. Er sah auf und seiner Mutter in die Augen. »Hazel, du hast keinen Funken Ehrgefühl. Mit dir nimmt es noch einmal ein schlimmes Ende.«

Sie lächelte. »Roger, du sprichst ein großes Wort gelassen aus.«

Mister Ekizian seufzte. »Wie gesagt, Mister Stone, Ihre Mutter ist eine sehr kluge Frau. Ich habe ihr Partnerschaft bei meinem Geschäft angeboten.«

»Aber ich nahm nicht an«, erklärte Hazel. »Ich brauche Ellbogenfreiheit.«

Roger Stone grinste und stand achselzuckend auf. »So, und wer wird nun Kapitän?«

»Du natürlich, Käpt'n.«

Als sie herauskamen, fragten die Zwillinge gleichzeitig: »Paps, hast du es gekauft?«

»Nennt ihn nicht Paps«, riet Hazel. »Käpt'n gefällt ihm besser.«

»Oh!«

»Ebenfalls oh!« wiederholte Pol.

Dr. Stone sagte nur: »Ja, Liebling. Ich habe die Wohnung gekündigt.«

Meade wurde fast, Lowell ganz verrückt. Nach dem Abendessen nahmen Hazel und die Zwillinge Meade und das Baby mit zum Schiff. Dr. Stone, die sich nicht einmal während des Großen Meteorschauers aufgeregt hatte, blieb mit ihrem Mann daheim. Roger schrieb lange Listen von den Dingen, die noch erledigt werden mußten. Schließlich stellte er versuchsweise die Besatzung zusammen:

Ich — Kapitän
Castor — 1. Offizier und Pilot
Meade — 2. Offizier und Küchenassistentin
Hazel — Oberingenieur
Pollux — 2. Ingenieur und Ersatzpilot
Edith — Schiffsarzt und Köchin

Buster — allgemeine Aufsicht.

Er starrte die Aufstellung eine Zeitlang an und sagte dann leise: »Irgendwie habe ich das Gefühl, daß es so nicht klappen wird.«

4

Mister Stone zeigte die Liste nicht seiner Familie; insgeheim war ihm klar, daß die Zwillinge mitkommen würden, aber er wollte das noch nicht öffentlich zugeben. Das Thema wurde nicht angeschnitten, solange sie das Schiff überholten und raumtüchtig machten.

Die Zwillinge machten den Großteil der Arbeit und wurden dabei abwechslungsweise von Hazel und Vater überwacht. Hazel und Vater stritten dauernd. Wenn das geschah, arbeiteten die Zwillinge einfach weiter, und zwar so, wie sie es für richtig hielten. Keiner von ihnen hatte großes Vertrauen in die Fähigkeiten der Alten; zu ihrem natürlichen technischen Talent kam noch der jugendliche Hochmut, daß sie besser Bescheid wußten, als es in Wirklichkeit der Fall war.

Diese instabile Situation mußte zu einer Krise führen. Mister Stone hatte angeordnet, daß man bei allen zerlegbaren Teilen gleich neue Dichtungen einbauen sollte.

Da es sich bei dem Schiff um ein Modell mit verhältnismäßig niedrigem Druck handelte, waren die Dichtungen nicht aus Metall, sondern aus einer Silizium-Quarz-Schicht. Diese Dinge waren auf dem Mond nicht erhältlich und mußten von der Erde bestellt werden, was Mister Stone auch getan hatte.

Als nun die Zwillinge die Dichtungen ausbauten, stellten sie fest, daß sie so gut wie neu waren. Pollux wandte sich an Hazel. »Hazel, warum bauen wir die Dichtungen nicht wieder ein? Sie sehen völlig neu aus.«

Seine Großmutter nahm einen der Ringe, sah ihn an, bog

ihn hin und her und gab ihn zurück. »Noch schön elastisch, das steht fest. Hebt die Dinger als Ersatz auf.«

»Das hat Pol nicht gemeint«, erklärte Castor. »Die neuen Dichtungen sind frühestens in drei Tagen, wahrscheinlich aber erst in einer Woche da. Und wir können inzwischen nichts Neues anfangen.«

»Ihr könnt im Kontrollraum arbeiten. Euer Vater will, daß alle Teile ausgebaut werden, die starken Verschleiß haben.«

»Ach du liebe Güte! Paps ist viel zu vorsichtig. Das hast du selbst gesagt.«

Hazel sah zu ihrem Enkel auf. Er wirkte in seinem Druckanzug riesig. »Hör zu, du Fratz, dein Vater ist ein Eins-A-Ingenieur. Ich darf ihn kritisieren, aber euch steht das noch lange nicht zu.«

»Moment, Hazel«, warf Pollux hastig ein, »lassen wir doch persönliche Dinge aus dem Spiel. Ich will ganz objektiv von dir wissen, ob diese Dichtungen noch in Ordnung sind oder nicht.«

»Hm — ich würde sagen, daß man sie noch verwenden kann. Richtet das eurem Vater aus. Er muß jetzt jeden Moment kommen. Wahrscheinlich ist er meiner Meinung.«

Sie streckte sich. »Ich muß jetzt gehen.«

Mister Stone tauchte nicht rechtzeitig auf. Die Zwillinge warteten und sahen sich die Vorheizanlage an. Schließlich fragte Pollux: »Wie spät ist es?«

»Vier vorbei.«

»Paps kommt also heute nachmittag nicht mehr her. Hör' mal, diese Dichtungen sind wie neu. Ich möchte wetten, daß er den Unterschied nicht einmal merkt.«

»Und er würde bestimmt ja sagen, wenn er hier wäre.«

»Gib mir mal den Schraubenschlüssel.«

Hazel tauchte noch einmal auf, aber da war das Teil schon wieder zusammengebaut, und sie legte sich auf den Bauch, um mit Taschenlampe und Spiegel das Innere der Vorheizanlage zu begutachten. Sie konnte zwar keine schweren Arbeiten verrichten, aber ihre Augen waren immer noch besser als die der Jungen. Schließlich richtete sie sich auf. »So. Mal sehen, was unsere Köchin heute wieder zustande gebracht hat.«

Gemeinsam begaben sie sich zurück nach Luna City.

Während des Abendessens entbrannte ein heißer Streit über die nächste Folge der *Geißel des Universums.* Hazel schrieb die Kapitel immer noch, aber die ganze Familie mit Ausnahme von Dr. Stone wollte mitmischen. Und so erkundigte sich Mister Stone erst nach dem Essen, wie es mit der Arbeit im Schiff stand.

Castor erklärte, daß sie bald die Vorheizanlage schließen konnten. Mister Stone nickte. »Das geht ja schön voran. Aber, Moment — ihr werdet sie wieder öffnen müssen, wenn ... Oder sind die neuen Dichtungen schon angekommen?«

»Welche Dichtungen?« fragte Pollux unschuldig. Hazel warf ihnen einen schnellen Blick zu, aber sie schwieg.

»Die Dichtungen für die mittlere Einspritzfolge, das weißt du genau.«

»Ach, *die*!« Pollux zuckte mit den Schultern. »Die waren in Ordnung, auf neun Dezimalstellen. Deshalb haben wir sie wieder eingesetzt.«

»Oh, tatsächlich? Das ist interessant. Morgen könnt ihr sie wieder ausbauen — und ich werde persönlich neben euch stehen, wenn ihr die neuen einbaut.«

Castor übernahm die Verteidigung. »Aber, Paps, Hazel hat auch gesagt, daß sie noch gut sind.«

Roger Stone sah seine Mutter an. »Hazel?«

Sie zögerte. Sie wußte, daß sie den Zwillingen nicht ausdrücklich genug gesagt hatte, wessen Entscheidungen befolgt werden mußten; andererseits hatte sie ihnen befohlen, Rogers Entscheidung abzuwarten. »Die Dichtungen waren in Ordnung, Roger.«

Er sah sie nachdenklich an. »Du hast also meine Anordnungen geändert? Hazel, du willst wohl hierbleiben?«

Sie bemerkte den düsteren Tonfall und verschluckte ihre

wütende Antwort. »Nein«, sagte sie einfach.

»Nein, was?«

»Nein, Käpt'n.«

»Vielleicht noch nicht Käpt'n, aber die Idee hast du erfaßt.« Er wandte sich seinen Söhnen zu: »Ich möchte wissen, ob ihr Bengel sie auch erfaßt habt?«

Castor biß sich auf die Lippen. Pollux sah seinen Zwillingsbruder an und dann wieder seinen Vater. »Paps, *du* verstehst nicht, worum es geht. Du machst viel Lärm um nichts. Wenn es dich befriedigt, öffnen wir das Teil morgen wieder — aber du wirst sehen, daß wir recht hatten.«

»Vielleicht. Sogar wahrscheinlich. Aber die Befehle eines Kapitäns hinsichtlich der Schiffsreparatur können nicht von jedem beliebigen Werftarbeiter umgestoßen werden — und mehr als Werftarbeiter seid ihr im Moment nicht. Verstanden?«

»Gut, wir hätten warten sollen. Morgen öffnen wir das Gerät, damit du zufrieden bist, und dann schließen wir es wieder.«

»Falsch. Morgen öffnet ihr das Gerät, baut die alten Dichtungen aus und bringt sie mir her. Dann bleibt ihr daheim, bis die neuen Dichtungen ankommen. In der Zwischenzeit könnt ihr darüber nachdenken, daß Befehle zum Befolgen da sind.«

»Einen Augenblick, Paps«, sagte Castor. »Damit gerät die Reparatur um Tage in Verzug.«

»Ganz zu schweigen von der verschwendeten Arbeitszeit«, fügte Pollux hinzu.

»Mund halten!« Ohne abzuwarten, ob sie gehorchen würden, stand Roger Stone auf und packte je einen am Jackenkragen. Lunas Schwerkraft ließ diesen Kraftakt ohne weiteres zu. Er hielt sie hoch in die Luft, wo sie hilflos zappelten.

»Hört zu!« fauchte er. »Bis jetzt war ich noch nicht sicher, ob ich euch Wildlinge mitnehmen sollte oder nicht. Aber jetzt steht mein Entschluß fest.«

Die beiden schwiegen eine Zeitlang, dann sagte Pollux mit

Trauer in der Stimme: »Das heißt, daß wir hierbleiben müssen?«

»Das heißt, daß ihr mitkommt. Ihr sollt einmal merken, daß in puncto Disziplin auf einem Schiff ein anderer Wind weht als in der Schule. Bei mir wird gehorcht — rasch, fröhlich, ohne Widerrede. Verstanden? Castor?«

»Jawohl, Sir.«

»Pollux?«

»Aye, aye, Sir.«

»Merkt es euch gut. Wenn ihr mich auf dem Schiff mit einem derartigen Wortschwall überfallt, erschlage ich einen von euch mit dem anderen.« Er knallte ihre Köpfe schwungvoll gegeneinander und ließ sie los.

Als die Zwillinge am nächsten Tag die Dichtungen ausgebaut hatten, verbrachten sie ihre Freizeit damit, in der Stadtbibliothek die Gesetze der Raumfahrt nachzulesen. Die Texte waren ernüchternd, besonders da, wo es hieß, daß der Kommandant eines Raumschiffes absoluten Gehorsam erwartete und Meuterer nach Gutdünken bestrafen konnte. Einige der zitierten Fälle wirkten abschreckend.

Pollux schnitt eine Grimasse. »Opa, was würdest du davon halten, ohne Raumanzug aus der Schleuse gestoßen zu werden?«

»Schlechte Zukunftaussichten. Das Vakuum ist ziemlich dünn und enthält wenig Vitamine.«

»Vielleicht sollten wir Paps doch lieber nicht ärgern. Die ›Käpt'n‹-Pose ist ihm in den Kopf gestiegen.«

»Es ist keine Pose. Sobald wir starten, ist es Gesetz. Aber Paps wirft uns schon nicht aus der Schleuse, egal, was wir anstellen.«

»Darauf würde ich nicht bauen. Paps kann ein harter Kunde sein, wenn er vergißt, daß er eigentlich ein liebender Vater ist.«

»Kleiner, mach' dir keine Sorgen.«

»Nein? Du wirst an meine Worte denken, wenn du in den Raum segelst.«

Man war gleich zu Beginn zu der einmütigen Entscheidung gekommen, daß das Schiff nicht weiterhin *Cherubim* heißen sollte. Leider konnte man bei der Namensgebung nicht die gleiche Einmütigkeit erzielen. Nach verschiedenen hitzigen Debatten schlug Dr. Stone vor, daß alle vorgeschlagenen Namen auf einen Zettel geschrieben und in einen Kasten geworfen werden sollten. Eine Woche lang sammelten sich die Zettel an; dann wurde der Kasten geöffnet.

Dr. Stone schrieb die Namen der Reihe nach auf.

Recke	Ikarus
Klapperkiste	Susan B. Anthony
Morgenstern	Eisenfürst
Sonnenwagen	Teufelsbraten
Vorwärts	Wikinger

»Man hätte denken können, daß bei soviel stolz verkündetem Verstand wenigstens ein origineller Einfall dabei wäre«, knurrte Roger. »Diese Namen sind im Schiffsregister mindestens drei- bis viermal vertreten. Wenn wir schon mit einer alten Kiste auf Fahrt gehen, soll wenigstens der Name neu sein.«

Hazel sah ihn mißtrauisch an. »Woher weißt du, daß sie im Register stehen? Du hast die Zettel schon vor dem Frühstück durchgeblättert, nicht wahr?«

»Mutter, diese Behauptung ist belanglos, unerheblich und deiner nicht würdig.«

»Aber wahr. Gut, stimmen wir ab. Oder möchte vorher jemand eine Wahlrede halten?«

Dr. Stone klopfte mit dem Fingerhut auf den Tisch. »Wir wählen sofort. Ich muß anschließend noch zu einem Treffen der Medizinervereinigung.« Sie bestimmte, daß jeder Name, der in der ersten Runde weniger als zwei Stimmen erhielt, eliminiert werden sollte. Meade zählte die Wahlzettel: Sieben Namen hatten eine Stimme, die anderen keine.

Roger Stone schob seinen Stuhl zurück: »Übereinstimmung in dieser Familie wäre auch ein Wunder. Ich gehe jetzt schlafen. Morgen früh lasse ich sie als *Totpunkt* oder *Irrenhaus* registrieren.«

»Nicht schlecht«, meinte Hazel. »Das paßt zu uns.«

»Ich wollte, es wäre anders«, seufzte ihr Sohn.

»Unsinn! Dann könnten wir gleich Moos ansetzen.«

»Moos — ein grünes Kraut, das sich auf Steinen bildet, wenn sie zu lange an einer Stelle liegen.«

Roger schnippte mit den Fingern. »Hazel, du hast soeben das Schiff getauft.«

»Wie? Noch einmal von vorne.«

»Die *Moostöter*. Wunderschön, nicht wahr?«

Dr. Stone sah auf. »Das gefällt mir, Roger.«

»Meade?«

»Nicht schlecht.«

»Hazel?«

»Das war einer deiner lichten Momente, Sohn.«

»Wenn man die Beleidigung abzieht, heißt das wohl ›ja‹?«

»Castor und ich sind dagegen«, verkündete Pollux. »Wir brauchen das Schiff, um Moos zu sammeln.« Seine Handbewegung war deutlich genug.

»Überstimmt. Es steht vier zu drei, selbst wenn es euch gelingt, Buster auf eure Seite zu ziehen. Das Schiff heißt *Moostöter*.«

Ein Techniker der IBM baute den neuen Ballistik-Computer in die *Moostöter* ein, aber nachdem er fort war, nahmen die Zwillinge das Ding mißtrauisch auseinander und überprüften es persönlich. Der Ballistik-Computer eines Schiffes muß in Ordnung sein; wenn er nicht perfekt funktioniert, wird das Schiff zu einem verrückten Roboter, der mitsamt seiner Ladung irgendwo abstürzt. Die neue Errungenschaft hatte drei unabhängige Denkzentralen; wenn eine davon ausfiel, funktionierten die beiden anderen immer noch und konnten eventuell falsche Entscheidungen des defekten Teiles überstimmen.

Die Zwillinge vergewisserten sich, daß alle drei Teile in

Ordnung waren. Dann mußten sie zu ihrem Entsetzen entdecken, daß Vater und Großmutter noch einmal alles überprüften.

Das letzte Gehäuse war mit Röntgenstrahlen durchleuchtet worden, der letzte metallurgische Bericht war von der Prüfkommission des Raumhafens zurückgekommen, das letzte Ersatzteil war eingesetzt und unter Druck geprüft worden. Es wurde höchste Zeit, daß man die *Moostöter* von Dans Dock zum Hafen brachte, wo ein Techniker der Atomenergie-Kommission — ein fetter Kerl mit einem ebenso fetten Titel — den Reaktor einrichten sollte. Dort sollte sie auch Vorräte und Reaktionsmasse aufnehmen — stabilisierten einatomigen Wasserstoff. Im Notfall fraß die *Moostöter* alles, aber ihr Lieblingsgericht war Einfach-Wasserstoff.

An dem Abend vor der Überführung des Schiffes traten die Zwillinge mit einem wichtigen Thema an Mister Stone heran — Geld. Castor versuchte es mit einer indirekten Annäherung. »Hör' mal, Paps, wir müssen einmal ernsthaft mir dir sprechen.«

»So? Dann wartet, bis ich mit meinem Anwalt telefoniert habe.«

»Äh, Paps, wir wollen nur wissen, ob du dich schon zu einem bestimmten Ziel entschlossen hast.«

»Wie? Bereitet euch das Sorgen? Ich habe euch bereits versprochen, daß es etwas ganz Neues sein wird. Wir steuern auf dieser Reise weder Venus noch die Erde an.«

»Ja, aber *wohin* willst du?«

»Vielleicht ganz einfach ins Blaue. Das war noch immer die schönste Art des Reisens.«

»Aber, Paps, wir können doch keine Ladung kaufen, wenn wir keine Ahnung haben, wohin es gehen soll.«

Castor warf seinem vorlauten Bruder einen wütenden Blick zu; Roger Stone war erstaunt. »Ach so«, sagte er langsam. »Ich verstehe. Aber ich werde schon dafür sorgen, daß wir alles Nötige an Bord haben.«

»Du sollst sie nicht necken, Roger«, sagte Dr. Stone ruhig.

»Ich spreche völlig im Ernst.«

»Sollen wir abstimmen?« fragte Meade. »Jeder nennt sein Lieblingsziel . . .«

»Mir reicht das Abstimmen!« fauchte Roger. »Früher, als das älteste männliche Familienmitglied die Entscheidungen traf, war alles anders. Aber heutzutage findet es jeder schick, mir auf dem Kopf herumzutanzen. Meade redet süß wie eine Katze; die Zwillinge reden so schnell, daß ich nicht zu Wort komme; Buster brüllt, bis er seinen Willen durchgesetzt hat; und Hazel pocht auf ihr Alter und kommandiert mich herum.« Er sah seine Frau an. »Auch du bist keine Ausnahme, Edith. Du gibst nach, bis du erreicht hast, was du willst.«

»Ja, Liebling.«

»Siehst du? Der liebe Paps ist euer Hanswurst. Aber das lasse ich mir nicht bieten. Ich bin weichherzig, nachgiebig und habe vielleicht den niedrigsten Intelligenzquotienten der Familie, aber diesen Klamauk werde ich leiten.«

»Was ist ein Klamauk?« wollte Lowell wissen.

»Halte dein Kind ruhig, Edith!«

»Ja, Liebling.«

»Ich werde ein Picknick machen, eine Bummeltour. Jeder, der mitkommen will, ist herzlich eingeladen. Aber ich weigere mich, auch nur eine Million Meilen von der Flugbahn abzuweichen, die mir paßt. Ich habe das Schiff von meinem Geld gekauft, und dieses Geld habe ich angesichts des dauernden Familienwiderstandes mehr als sauer verdient. Ich habe keinen Kredit des Fonds angerührt, den ich für euch zwei Räuberbarone aufbewahre — und ich lasse mir von euch beiden nicht das Kommando abnehmen.«

Dr. Stone sagte ruhig: »Sie haben nur gefragt, wohin unsere Reise geht. Ehrlich gesagt, das würde mich auch interessieren.«

»Und weshalb haben sie gefragt? Castor, du willst es wissen, damit du eine geeignete Fracht zusammenstellen kannst, nicht wahr?«

»Hm — ja. Wenn wir den Absatzmarkt nicht kennen, brauchen wir nichts einzukaufen.«

»Richtig. Aber ich kann mich nicht erinnern, daß ich dieses Wagnis gutgeheißen habe. Die *Moostöter* ist eine Familienjacht.«

»Mein Gott, Paps«, warf Pollux ein, »bei dem riesigen Frachtraum . . .«

»Ein leerer Frachtraum gibt uns mehr Bewegungsfreiheit.«

»Aber . . .«

»Immer mit der Ruhe. Das Thema wird für den Augenblick aufgeschoben. Was wollt ihr wegen eurer Ausbildung unternehmen?«

»Ich dachte, das sei erledigt?« meinte Castor. »Du hast gesagt, wir könnten mitkommen.«

»Richtig. Aber in einem oder zwei Jahren sind wir wieder zurück. Wollt ihr dann auf die Erde gehen und eure Schulausbildung beenden?«

Die Zwillinge sahen einander an; keiner antwortete. Hazel sprang in die Bresche. »Sei doch nicht so verdammt konservativ, Roger. Ich übernehme ihre Ausbildung. Und von mir erfahren sie das wirklich Wissenswerte. Was ich in der Schule lernte, hat mich verwirrt, bis ich dahinterkam, daß man sich selbst bilden muß.«

Roger Stone sah seine Mutter düster an. »Du würdest sie ausbilden, schön. Vielen Dank, da ziehe ich doch den konservativen Weg vor. Sie sollen normalen Unterricht bekommen.«

»*Normal!* Roger, das ist ein Wort ohne Bedeutung.«

»In unserer Familie vielleicht. Aber die Zwillinge sollen so normal wie möglich aufwachsen.«

»Roger, hast du je einen normalen Menschen gesehen? Ich nicht. Ein normaler Mensch ist das Produkt unserer Einbildung. Nimm ihnen nur die Maske ab, dann wirst du sehen, welche Spleens zum Vorschein kommen.«

»Ich möchte jetzt lieber nicht persönlich werden.«

»Es gilt für jedermann. Du willst die Zwillinge ›normal‹ erziehen und beschneidest sie nur in ihrer Entwicklung.«

Roger Stone stand auf. »Jetzt reicht es. Castor, Pollux — kommt mit! Ihr anderen entschuldigt uns.«

»Gern, Liebling.«

»Feigling«, sagte Hazel. »Wo ich gerade erst in Fahrt kam.«

Er führte sie in sein Arbeitszimmer und schloß die Tür. »Setzt euch.«

Die Zwillinge gehorchten. »Und jetzt besprechen wir die Sache einmal in aller Ruhe. Jungs, eure Ausbildung liegt mir wirklich am Herzen. Ihr könnt mit eurem Leben anfangen, was ihr wollt. Ihr könnt Piraten werden oder euch in den großen Rat wählen lassen. Aber ich lasse euch nicht ungebildet aufwachsen.«

»Sicher, Paps«, sagte Castor. »Aber wir lernen doch. Wir lernen die ganze Zeit. Du hast selbst gesagt, daß wir bessere Ingenieure sind als die jungen Schnösel, die von der Erde kommen.«

»Zugegeben. Aber das reicht nicht. Oh, ihr könnt die meisten Dinge im Selbststudium lernen, aber ich möchte, daß ihr eine wirklich solide Grundlage in Mathematik bekommt.«

»Was? Du, wir haben uns an den wildesten Differentialen die Zähne ausgebissen.«

Pollux fügte hinzu: »Hudsons Lehrbuch haben wir auswendig gelernt. Mit einem Dreifachintegral werden wir schneller fertig als Hazel. Wenn wir *etwas* gelernt haben, dann ist es Mathematik.«

Roger Stone schüttelte traurig den Kopf. »Ihr könnt mit zehn Fingern rechnen, aber ihr könnt nicht logisch folgern. Eurer Meinung nach ist das Intervall von Null nach Eins vermutlich das gleiche wie das Intervall von neunundneunzig nach hundert.«

»Und ist es das nicht?«

»Ich weiß nicht. Ihr müßt es mir beweisen.« Ihr Vater griff nach einem Buch und legte es in das Lesegerät. Dann wählte er eine bestimmte Seite. Es war eine Übersicht der bisher bekannten Mathematikgebiete. »Mal sehen, ob ihr da durchfindet.«

Die Zwillinge sahen die Seite mit starren Blicken an. In der oberen linken Ecke entdeckten sie ein paar Dinge, die sie gelernt hatten. Der Rest der Seite war unbekanntes Territorium. In den meisten Fällen kannten sie nicht einmal die Bezeichnungen. Es stimmte, daß sie die angewandte Mathematik beherrschten. Aber sie waren noch nie auf den Gedanken gekommen, daß das nur ein winziger Ausschnitt der Gesamtmathematik sein könnte.

»Paps«, fragte Pollux kleinlaut, »was ist eine ›Hyperideale‹?«

»Wird höchste Zeit, daß du es herausfindest.«

Castor warf seinem Vater einen raschen Blick zu. »Wie viele dieser Gebiete hast *du* studiert, Paps?«

»Viel zu wenige. Aber meine Söhne sollen mehr wissen als ich.«

Man einigte sich darauf, daß die Zwillinge während der ganzen Reise Mathematik studieren sollten, und zwar nicht nur unter Aufsicht von Roger und Hazel, sondern systematisch per Fernkursus. Sie nahmen genug Material für ein Jahr mit. Die ausgearbeiteten Lektionen konnten von jedem Hafen zur Erde geschickt werden. Mister Stone war zufrieden, denn insgeheim hatte er die Überzeugung, daß ein Mensch mit soliden Mathematikkenntnissen sich im Leben durchsetzen konnte.

»So, Jungs, und was nun die Fracht betrifft . . .«

Die Zwillinge warteten, und er fuhr fort: »Ich nehme das Zeug für euch mit . . . und ihr bezahlt Frachtkosten.«

Die Blicke der Zwillinge wurden wachsam. »Was verstehst du unter Frachtkosten?« fragte Castor.

»Das überlegt ihr euch. Ich werde die Zahlen überprüfen. Versucht nicht, mich zu beschummeln, sonst müßt ihr eine Strafgebühr zahlen. Als Geschäftsleute dürft ihr scharfe Kalkulation nicht mit Betrug verwechseln.«

»In Ordnung, Sir. Äh — wir können immer noch nicht bestellen, wenn wir nicht wissen, wohin die Reise geht.«

»Richtig. Wie würde euch Mars als erste Haltestelle gefallen?«

»Mars?« Die beiden sahen in die Ferne. Ihre Lippen bewegten sich lautlos.

»Hört auf, euren Gewinn zu berechnen; noch seid ihr nicht dort.«

»Mars ist großartig, Paps.«

»Schön. Und noch eines — wenn ihr euer Studium vernachlässigt, verkauft ihr keinen Blechnagel.«

»Oh, und ob wir lernen werden!« Die Zwillinge verschwanden, bevor ihnen noch mehr Bedingungen auferlegt wurden. Roger Stone sah lächelnd auf die geschlossene Tür. Brave Jungs! Ein Glück, daß er nicht mit ein paar gehorsamen kleinen Dummköpfen geschlagen war!

Als die Zwillinge ihr Zimmer erreichten, nahm Castor sich sofort den Katalog des Vier-Planeten-Exports vor.

»Cas?« fragte Pollux.

»Stör' mich nicht.«

»Ist dir schon aufgefallen, daß Paps sich so lange herumschubsen läßt, bis er seinen Willen bekommt?«

»Klar. Gib mir den Rechenschieber.«

5

Die *Moostöter* wurde von der Bodenmannschaft des Raumhafens geholt — sehr gegen den Protest der Zwillinge, die sich gern einen Traktor gemietet und die Arbeit zum halben Preis ausgeführt hätten. Die restliche Summe wollten sie sich von Mister Stone auf die Frachtkosten anrechnen lassen.

»Versicherung?« fragte ihr Vater.

»Hm, eigentlich keine.«

»Es wäre auch unser Risiko«, meinte Castor. »Schließlich

haben wir wertvolle Güter zu transportieren.«

Aber Roger Stone gab nicht nach. Er überließ die schwierige Aufgabe — nicht ganz zu Unrecht — den geübten Fachkräften.

Und so zog das stattliche Raumschiff mit ganzen zwei Meilen pro Stunde zum Hafen hin ab. Als die Zwillinge sahen, wie schwierig die Handhabung war, obendrein bei den ständigen kleinen Mondbeben, die das Schiff erschütterten, gestanden sie sich ein, daß Mister Stone recht gehabt hatte.

Der mythische Durchschnittsmensch braucht dreieinhalb Pfund Nahrung täglich, dazu vier Pfund Wasser (zum Trinken, nicht zum Waschen) und vierunddreißig Pfund Luft. Der kürzeste und wirtschaftlichste Weg vom Mond zum Mars dauert siebenunddreißig Wochen. Diesen Zahlen nach brauchte also die Stone-Familie etwa eine Tonne Verzehrgüter pro Woche.

Zum Glück sah es in Wirklichkeit rosiger aus, sonst wäre die *Moostöter* wohl nie gestartet. Luft und Wasser in einem Raumschiff konnten immer wieder gereinigt und verwendet werden, wie auch auf einem Planeten. Gemüse wuchs in der Hydroponikanlage, und die meisten anderen Lebensmittel konnten in dehydriertem Zustand mitgeführt werden.

An persönlichem Gepäck nahmen die Stones eine Sammlung von Büchern und Mikrofilmen mit. Die ganze Familie, mit Ausnahme der Zwillinge, zog die altmodischen Bücher den Filmen vor.

Roger Stone verlangte von seinen Söhnen eine Liste der Güter, die sie zum Mars mitnehmen wollten. Kurz nach der Eingabe rief er die beiden zu einer Konferenz. »Castor, könntest du mir den Wisch da genauer erklären?«

»Wie? Was gibt es da zu erklären? Pol hat das Zeug zusammengeschrieben. Ich fand es eigentlich ganz deutlich.«

»Es ist *zu* klar. Wozu all die Kupferröhren?«

»Oh, die haben wir billig als Schrott bekommen. Für Kupfer gibt es auf dem Mars immer einen guten Absatzmarkt.«

»Ihr habt das Zeug also schon gekauft?«

»Nein. Nur eine kleine Summe angezahlt, damit es nicht weiterverkauft wird.«

»Das gleiche gilt für die Ventile und Muffen?«

»Ja, Sir.«

»Gut. Nun die anderen Punkte — Rohrzucker, Weizen, dehydrierte Kartoffeln, Reis. Was soll das?«

Pollux übernahm die Antwort. »Cas fand, daß wir nur Metall kaufen sollten, und ich war mehr für Lebensmittel. So schlossen wir einen Kompromiß.«

»Weshalb habt ihr ausgerechnet *diese* Lebensmittel ausgesucht?«

»Sie sind billig, weil sie auch in den Klimatanks der Stadt wachsen. Es sind keine terranischen Importe auf der Liste, wie du vielleicht bemerkt hast.«

»Ich habe es bemerkt.«

»Aber die meisten Lebensmittel hier haben einen zu hohen Wassergehalt. Wir können doch nicht Gurken zum Mars ausführen!«

»Sagt nicht ›wir‹, wenn ihr euch meint. Ich persönlich mache einen Vergnügungsflug.«

Mister Stone legte die Liste weg und nahm eine zweite in die Hand. »Seht euch das an.«

Pollux nahm sie mit zwei Fingern. »Was ist damit?«

»Ich war früher selbst ein ganz guter Mechaniker. Ich überlegte mir, was man mit diesen Röhren und Ventilen auf dem Mars anfangen könnte, und kam auf eine ziemlich große Destillieranlage. Mit den ›Nahrungsmitteln‹ könnte der Käufer von Wodka bis zu Kornschnaps nahezu alles brennen. Aber das habt ihr beiden Unschuldsknaben natürlich nicht gewußt?«

Castor warf einen Blick auf die Liste. »Tatsächlich?«

»Hm — wolltet ihr das Zeug der Importagentur der Regierung oder am offenen Markt verkaufen?«

»Paps, du weißt, daß man nur auf dem offenen Markt etwas verdienen kann.«

»Dachte ich doch. Ihr habt geglaubt, daß weder ich noch

die Zollbeamten auf dem Mars merken würden, wozu die Ladung diente.« Er musterte die beiden. »Jungs, solange ihr nicht volljährig seid, möchte ich euch vor dem Gefängnis bewahren. Danach komme ich euch täglich besuchen.« Er gab ihnen die Liste zurück. »Versucht es noch einmal. Und vergeßt nicht, daß wir am Donnerstag starten — ob ihr eure Fracht habt oder nicht.«

»Mein Gott, Paps«, sagte Pollux, »Abraham Lincoln hat auch Whisky verkauft. Das hat man uns in Geschichte beigebracht. Und Winston Churchill trank ihn leidenschaftlich gern.«

»Und George Washington hat sich Sklaven gehalten«, ergänzte sein Vater. »Das hat mit euch beiden nichts zu tun. Also verschwindet.«

Sie verließen sein Arbeitszimmer und trafen Hazel im Wohnzimmer. Großmutter sah sie mit hochgezogenen Brauen an. »Seid ihr durchgekommen?«

»Nein.«

Sie streckte fordernd die Hand aus. »Her mit dem Geld! Und nächstes Mal wettet nicht mehr auf die Dummheit eures Vaters. Schließlich ist er mein Sohn.«

Cas und Pol einigten sich schließlich auf Fahrräder. Auf Mars und Luna kamen Prospektoren per Fahrrad viel schneller voran als zu Fuß. Die Drahtesel gehörten zur Ausrüstung wie Kletterseile und Sauerstoffzylinder. Und bei der niedrigen Schwerkraft bereitete es kaum Schwierigkeiten, ein Fahrrad über ein Hindernis zu heben.

Natürlich sahen die Dinger etwas anders aus als auf der guten alten Erde. Sie hatten übergroße Räder mit dicken Reifen, große Satteltaschen, einen Anhänger, eine eingebaute Funkverbindung und einen Geigerzähler — nicht gerade ideal für eine Spazierfahrt im Park, aber ausgezeichnet für die Mond- und Marsoberfläche.

Beide Planeten hatten bis vor kurzem ihre Fahrräder von der Erde bezogen. Nun gab es neuerdings Mondfahrräder unter der Handelsmarke *Lunacyclette*, kurz ›Lunis‹ genannt.

Sie waren etwa um die Hälfte billiger als die terranischen Modelle und dazu um einiges leichter.

Castor und Pollux entschieden sich für gebrauchte Fahrräder, die jetzt natürlich den Markt überschwemmten. Roger Stone gab gerade so viel von ihrem Geld frei, wie sie für die Anschaffung benötigten. Noch am Spätnachmittag des Mittwochs verluden sie ihren kostbaren Schatz. Cas wog sie, Meade schrieb, und Pol hievte sie in die Luke. Alles andere war bereits im Schiff; der Wiegemeister wollte das Schiff überprüfen, sobald die Ladung an Bord war. Roger Stone begutachtete den Laderaum, da er persönlich für das Gleichgewichtsverhältnis im Schiff haftete.

Zusammen mit Castor verstaute er die letzten Stücke. »Einige scheinen ihr Geld kaum wert zu sein«, stellte er fest.

»Ramsch, wenn du mich fragst«, fügte Meade hinzu.

»Du bist aber nicht gefragt«, erklärte Pol.

»Rede anständig mit mir, sonst kannst du dir eine andere Sekretärin suchen.«

»Vorsicht, Kleiner«, riet Castor. »Vergiß nicht, daß sie umsonst arbeitet. Paps, ich gebe zu, daß sie zum Teil fürchterlich aussehen, aber Pol und ich wollen sie unterwegs aufmöbeln. Sie werden wie neu wirken.«

»Wehe, ihr verkauft sie als neu! Aber ich habe das Gefühl, daß ihr euch etwas übernommen habt. Wenn wir den Frachtraum schließen, ist hier kein Millimeter frei. Wo wollt ihr denn die Dinger reparieren? Falls ihr daran gedacht habt, daß ich euch das Wohnzimmer zur Verfügung stelle, habt ihr euch getäuscht.«

»Nein, das war gar nicht unsere Absicht. Sobald wir im Raum sind, befestigen wir die Fahrräder am Außenrumpf des Schiffes und richten uns die Schleuse als Reparaturzentrale ein.«

Halb Luna City verabschiedete sich von ihnen. Der augenblickliche Bürgermeister Thomas Beasley geleitete Roger Stone zum Schiff; die wenigen Überlebenden der Gründerväter waren Hazel zu Ehren gekommen. Eine Abordnung der Juniorenliga und die männlichen Besucher des Technikums trauerten um Meade. Sie heulte und umarmte alle; aber Küsse wurden nicht verteilt. Wer einen Raumanzug trägt, kann nicht küssen.

Den Zwillingen galt nur die Aufmerksamkeit eines Händlers, der sein Geld wollte — und zwar gleich.

Die Erde hing in der Halbphase über ihnen, und die langen Schatten der Obelisk-Berge zogen sich über das Feld. Der Sockel der *Moostöter* wurde von Scheinwerfern angestrahlt. Ihr schlanker Bug ragte über den Lichtkreis hinaus. Am anderen Ende des Startfeldes glänzten die Gipfel der Roger-Young-Kette im Licht der untergehenden Sonne. Orion schimmerte nahe der Erde; nördlich und östlich davon, die Deichsel zum Horizont gesenkt, leuchtete der Große Wagen. Die mächtige Tiefe des Raumes ließ die Gestalten in ihren Helmen und Raumanzügen zwergenhaft erscheinen.

Ein Scheinwerfer des entfernten Kontrollturms richtete sich auf das Schiff und blinkte dreimal. Hazel wandte sich ihrem Sohn zu: »Noch dreißig Minuten, Käpt'n.«

»Gut.« Er pfiff ins Mikrofon. »Ruhe bitte! Vielen Dank, daß ihr alle hergekommen seid. Und auf Wiedersehen.«

»Wiedersehen, Rog!« »Gute Reise, Leute!« »Aloha!« »Kommt bald wieder!«

Die Freunde gelangten über eine Rampe in einen der Startfeld-Tunnels. Mister Stone wandte sich seiner Familie zu: »Noch dreißig Minuten. Alles an die Stationen!«

»Aye, aye, Sir.«

Hazel kletterte die Leiter nach oben, gefolgt von Pollux. Plötzlich blieb sie stehen, kehrte um und trat ihrem Enkel auf die Finger. »Aus dem Weg, junger Mann!« Sie sprang nach unten und rannte der Gruppe nach, die sich zum Tunnel begab. »He, Tom! Beasley! Warte! Einen Augenblick . . .«

Der Bürgermeister blieb stehen und drehte sich um. Sie drückte ihm ein Paket in die Hand. »Kannst du das für mich aufgeben?«

»Natürlich, Hazel.«

»Braver Junge, leb wohl.«

Als sie zurück ins Schiff kam, fragte Roger: »Was sollte die plötzliche Panik, Hazel?«

»Sechs Kapitel. Da bleibe ich die ganze Nacht wach, um sie fertigzuschreiben — und dann merke ich nicht einmal, daß ich vergessen habe, sie aufzugeben.«

»Dein Kopf ist noch auf den Schultern?«

»Werde nicht unverschämt, Kleiner.«

»Marsch, ins Schiff!«

»Aye, aye, Sir.«

Als alle an Bord waren, nahm der Wiegemeister die letzte Überprüfung vor. »Zwei Komma sieben Pfund unter der Höchstgrenze, Kapitän«, sagte er und hängte die nötigen Gewichte an. »Knappe Berechnung. So, Sie können starten.«

»Danke, Sir.«

Roger Stone zog die Leiter ein und schloß die Luftschleusentür. Er warf einen Blick in den Kontrollraum. Castor hatte es sich bereits im Kopilotensitz bequem gemacht.

»Zeit?«

»Minus siebzehn Minuten, Käpt'n.«

»Alles klar?«

»Könnte nicht klarer sein.«

Das Hauptproblem war der genaue Start. Die Zeit war schon vor drei Wochen bis auf die Sekunde festgesetzt worden. Es gibt nur alle sechsundzwanzig Monate eine kurze Zeit, in der ein Schiff das Luna-Terra-System auf der wirtschaftlichsten Route zum Mars hin verlassen kann. Das zweite Problem hatte Mister Stone am Vortag nach dem Wiegen berechnet — wie lange er wieviel Schub einsetzen mußte, um sein Schiff in genau diese wirtschaftlichste Bahn zu bringen. Castor überprüfte die Zahlen, die in den Autopiloten eingespeist waren.

Roger Stone ging hinunter in den Maschinenraum und sah sich unterwegs noch einmal überall um. Selbst ein routinierter Kapitän ist während der letzten Minuten vor dem Start nervös. Er hat das gleiche Problem zu bewältigen wie ein Fallschirmspringer. Wenn er erst einmal gestartet ist, kann er keinen Fehler mehr korrigieren. Kapitäne von Raumschiffen leiden Angstträume wegen einer Dezimalstelle.

Hazel und Pollux hatten ihre Plätze als 1. und 2. Ingenieur eingenommen. Stone streckte den Kopf durch die Luke, ging aber nicht nach unten. »Maschinenraum?«

»Alles bereit. Ich fange allmählich mit dem Aufwärmen an.«

Dr. Stone, Meade und Buster erlebten den Start im Schlafraum. Roger Stone sah kurz bei ihnen vorbei. »Alles in Ordnung?«

Seine Frau lächelte ihm zu. »Natürlich, Liebling. Buster hat seine Spritze bekommen.«

Buster lag festgeschnallt auf seiner Koje. Er schlief. Er hatte als einziger noch nie die Beschleunigung beim Start und anschließend den freien Fall mitgemacht; seine Mutter hatte sich entschlossen, ihm ein Beruhigungsmittel zu geben.

Roger Stone sah seinen jüngsten Sohn an. »Ich beneide ihn.«

Meade setzte sich auf. »Kopfschmerzen, Paps?«

»Ich werde sie überstehen. Ich habe Abschiedsparties schon immer als anstrengend empfunden, besonders, wenn man der Ehrengast ist.«

Im Lautsprecher ertönte Castors Stimme: »Soll ich sie starten, Paps? Ich fühle mich großartig.«

»Kümmere du dich um deine Angelegenheiten. Stimmen die Zahlen noch?«

»Ganz genau. Noch elf Minuten, Sir.«

Als Roger gehen wollte, hielt ihn seine Frau zurück. »Nimm das, Liebling.« Sie reichte ihm eine Kapsel.

»Ich brauche sie nicht.«

»Nimm sie.«

»Jawohl, Frau Doktor.« Er schluckte sie, schnitt eine Grimasse und ging hinauf in den Kontrollraum. Als er auf seine Liege kletterte, sagte er: »Rufe den Tower an und bitte um freien Start.«

»Aye, aye, Sir. *Moostöter*, Register Luna City, an Tower. Wir bitten um Starterlaubnis nach vorgelegtem Plan.«

»Tower an *Moostöter* — Starterlaubnis erteilt.«

»*Moostöter* an Tower — *Roger*!« erwiderte Castor.

Kapitän Stone überblickte das Schaltpult. Alle Lampen leuchteten grün bis auf eine. Dieses rote Licht würde erst erlöschen, wenn seine Mutter die Kadmium-Regelstäbe einschob. Noch ein Blick auf den Autopiloten, den Castor vor sich hatte — er funktionierte genau. »Alle Stationen der Reihe nach melden! Maschinenraum!«

»Sie ist heiß, Käpt'n«, erwiderte Hazel.

»Passagiere!«

»Fertig, Roger.«

»Kopilot!«

»Alles grün, Sir. Letzter Check beendet. Noch fünf Minuten.«

»Festschnallen und melden!«

»Maschinenraum-Belegschaft fertig!« »Wir sind festgeschnallt, Liebling.« »Alle Stationen startklar, Sir.«

»Maschinenraum — fertigmachen zum Start.«

Das letzte rote Licht wurde grün. Castor begann mit dem üblichen Leierton: »Minus zwei Minuten zehn — minus zwei Minuten . . .«

Roger Stone spürte, wie ihm das Blut in den Adern pochte, und er ärgerte sich, daß er nicht früher schlafen gegangen war.

»Minus eine Minute — minus fünfundfünfzig Sekunden — minus fünfzig . . .«

Er legte den rechten Zeigefinger über den manuellen Starterknopf, um jederzeit eingreifen zu können, falls der Autopilot versagte. Dann nahm er ihn wieder weg. Schließlich hatte er kein Militärschiff vor sich! Wenn der Start nicht reibungslos klappte, mußte er eben aufgeschoben werden — er konnte das Leben seiner Frau und seiner Kinder nicht riskieren. Außerdem hatte er nur eine Privatlizenz . . .

»Minus fünfunddreißig — *eine halbe Minute*!«

Sein Kopf brummte. Warum mußte er die warme Wohnung verlassen und sich so einer Konservenbüchse anvertrauen?

»*Achtundzwanzig, siebenundzwanzig* . . .«

Nun, wenn etwas schiefging, blieben wenigstens keine Waisen zurück. Die ganze Stone-Familie war an Bord. Die Steine rollen immerfort . . . setzen kein Moos an . . .

»*Neunzehn — achtzehn — siebzehn* —«

Schön war es sicher nicht, zu den Leuten zurückzukehren, die ihn eben verabschiedet hatten, und zu sagen: »Hört mal, es ist uns ein Fehler beim Start unterlaufen . . .«

»Zwölf! Elf. Und zehn. Und neun.«

Wieder schwebte sein Zeigefinger über dem Handbedienungsknopf.

»Und fünf!

Und vier!

Und drei!

Und zwei!

Und . . .« Castors Stimme wurde von dem Dröhnen der Düsen übertönt. Die *Moostöter* wurde in den Raum geschleudert.

6

Der Start von Luna ist nicht so gewaltsam und bedrückend wie ein Start von der Erde. Das Schwerefeld des Mondes ist schwach und hat eine so geringe Reichweite, daß ein Schub von einem g genügen würde.

Kapitän Stone hatte sich für zwei g entschlossen, erstens, um Zeit und zweitens, um Treibstoff zu sparen — denn es ist Treibstoffverschwendung, wenn die Reaktionsmasse zu lange gegen das Schwerefeld eines Himmelskörpers ankämpfen muß.

Zwei Minuten lang zwei g — ein Nichts! Der gleiche Druck, den ein Ringer spürt, wenn ihn sein Gegner auf die Matte drückt.

Aber die Stones hatten auf Luna gelebt; die Kinder waren auf Luna geboren. Und für sie waren zwei g die zwölffache Belastung.

Rogers Kopfschmerzen, die allmählich nachgelassen hatten, quälten ihn im verstärkten Maße. Er rang nach Luft und mußte immer wieder den Beschleunigungsmesser ansehen, um sich zu überzeugen, daß das Schiff nicht plötzlich wild geworden war.

Mühsam drehte er den Kopf herum. »Cas? Alles in Ordnung?«

»Klar, Käpt'n«, keuchte Castor. »Autopilot funktioniert nach Vorschrift.«

»Gut.« Er wandte sich der Sprechanlage zu. »Edith . . .«

Es kam keine Antwort. »*Edith*!«

Diesmal erwiderte eine gequälte Stimme: »Ja, Liebling.«

»*Alles in Ordnung*?«

»Ja, bei mir und Meade. Dem Baby geht es schlecht.«

Er wollte gerade im Maschinenraum anrufen, als ihn Castor an die Zeit erinnerte. »Zwanzig Sekunden! Neunzehn! Achtzehn . . .«

Er wandte die Blicke dem Zeitmesser zu und machte sich bereit, den Schub im Notfall per Hand abzuschalten.

»Brennschluß!« rief Castor — der Autopilot hatte funktioniert. Die Düsen jaulten, als sie plötzlich keinen Treibstoff mehr erhielten; die Regelstäbe fingen die herumschwirrenden Neutronen auf — und die *Moostöter* befand sich im freien Fall auf die Erde zu. Die plötzliche Stille wurde nur durch das Surren der Klimaanlage unterbrochen.

Roger Stone schluckte an seiner letzten Mahlzeit herum. »Maschinenraum!« rief er. »Melden!«

Er konnte einen schweren Seufzer von Hazel hören. »Okay, Sohn«, sagte sie schwach.

»Cas, rufe den Hafen an. Verlange einen Doppler-Check.«

»Aye, aye, Sir.« Castor nahm Verbindung mit der Radar- und Dopplerstation von Leyport auf. Die *Moostöter* hatte alle üblichen Radar- und Steuerinstrumente an Bord, aber kein Raumschiff besaß die Möglichkeiten der Hafenkontrollen und Raumstationen. »*Moostöter* an *Luna Pilot* — bitte melden, *Luna Pilot*!« Während des Anrufs schaltete er die eigene Radar- und Doppler-Radaranlage ein, damit die Leistung der Instrumente mit derjenigen der ortsfesten Geräte verglichen werden konnte. Es war eine Routinearbeit des Kopiloten.

»*Luna Pilot* an *Moostöter*.«

»*Moostöter* an *Luna Pilot* — erbitten Entfernung, Richtung und Flugbahnabweichungen von Flug Vierzehn. Plan wurde eingehalten.«

»Einen Augenblick.«

Eine gelangweilte Stimme las die Zahlen ab. Die Korrekturen waren meist winzig, aber unerläßlich. Ein Pilot, der sie mißachtete, fand sich am Ende vielleicht Millionen Meilen von seinem Ziel entfernt.

»Die Abweichung vom Flugplan ist zu akzeptieren«, fügte der Mann hinzu. »Ein sehr guter Start, *Moostöter*.«

Castor dankte ihm und schaltete aus. »Geschafft, Paps.«

»Gut. Hast du deine Ablesungen mit seinen verglichen?«

»Ja, Sir.«

»Gut. Dann trage die Vektoren ein. Ich möchte alles überprüfen.« Er sah seinen Sohn genauer an. Castors Hautfarbe war ein zartes Grün. »Sag' mal, hast du deine Pillen nicht genommen?«

»Doch, Sir. Aber beim erstenmal erwischt es mich immer. Es wird gleich vergehen.«

»Du siehst aus wie eine Leiche, die zu lange im offenen Sarg gelegen hat.«

»So großartig siehst du auch nicht aus.«

»Ich fühle mich auch nicht so großartig, unter uns gesagt. Kannst du die Vektoren eintragen, oder möchtest du dich eine Weile ausruhen?«

»Oh, es geht schon.«

»Gut — aber paß auf die Dezimalstellen auf!«

»Aye, aye, Käpt'n.«

»Ich verschwinde.« Er schnallte sich los und sagte in den Interkom: »Wer Lust hat, kann ins Wohnquartier kommen. Maschinenraum, den Reaktor sichern und das Kontrollbord versperren.«

»Ich habe den Flugbericht gehört, Käpt'n«, sagte Hazel. »Kontrollbord ist versperrt.«

»Greife meinen Befehlen nicht vor, Hazel, sonst kannst du zu Fuß heimgehen.«

»Ich habe mich nur falsch ausgedrückt, Käpt'n. Ich wollte sagen, daß der Maschinenraum im Moment dichtgemacht wird. Da — fertig.«

»Schön.« Er lächelte düster vor sich hin. Seine Anzeigegeräte hatten ihm deutlich verraten, daß der erste Bericht der Wahrheit entsprach. Er hatte es befürchtet — bei dieser Horde von Individualisten würde es nicht leicht sein, den Kapitän zu spielen. Er ließ sich durch die Luke ins Wohnquartier treiben.

Seine Frau, seine Tochter und sein Jüngster waren nicht mehr angeschnallt. Dr. Stone bearbeitete Lowells Brust und Bauch. Man konnte nicht genau sehen, was sie tat, aber offensichtlich war dem Kleinen sehr übel geworden. Meade versuchte mit glasigem Blick, die Spuren zu beseitigen. Das Baby war immer noch ohne Bewußtsein.

Roger Stone hatte plötzlich ein scheußliches Gefühl. »Du liebe Güte!«

Seine Frau sagte über die Schulter: »Bring mir meine Spritzen. Sie sind im Schrank hinter dir. Ich muß ihn wach bekommen. Seine Zunge fällt immer wieder nach hinten.«

Er schluckte. »Ja, Liebling. Welches Mittel?«

»Neokoffein — einen Kubikzentimeter. *Schnell!*«

Er fand den Kasten, füllte die Spritze und reichte sie Dr. Stone. »Was kann ich sonst noch tun?« fragte er.

»Nichts.«

»Ist er in Gefahr?«

»Nicht, solange ich ihn im Auge behalte. Und jetzt geh! Bitte Hazel, daß sie herkommen soll.«

»Ja, Liebling, sofort.« Er begab sich zum Maschinenraum und fand seine Mutter mitten in der Luft schwebend. Pollux lag noch auf der Couch. »Ist hier alles in Ordnung?«

»Natürlich. Bis auf meinen Assistenten vielleicht. Der möchte bei der nächsten Haltestelle aussteigen.«

»Laß mich zufrieden«, knurrte Pollux. »Ich fühle mich wohl.«

»Edith könnte deine Hilfe brauchen, Mutter«, sagte Roger Stone. »Buster hat den ganzen Schlafraum in ein Chaos verwandelt.«

»Dieses kleine Ferkel! Dabei habe ich genau aufgepaßt, daß er heute nichts Unrechtes aß.«

»Allem Anschein nach hast du ihn ein paar Minuten aus den Augen gelassen. Am besten gehst du jetzt zu Edith.«

»Hören ist gehorchen, Herr«, sagte sie, stieß sich mit einem Fuß an der Wand ab und sauste durch die Luke. Roger wandte sich seinem Sohn zu. »Wie geht es?«

»In ein paar Stunden ist es sicher überstanden. Diese Dinge muß man eben durchmachen — wie das Zähneputzen.«

»Verstanden. Ich würde auch am liebsten einen kleinen Planeten mieten. Hast du das Ingenieurslogbuch schon ausgefüllt?«

»Noch nicht.«

»Tu es. Dann denkst du eine Zeitlang nicht an deinen Magen.« Roger ließ ihn allein und sah noch ins Wohnquartier. Lowell war wach und brüllte. Edith hatte ihn mit Bettüchern an die Koje gebunden, um ihm ein Gefühl des Drucks und der Festigkeit zu geben.

»Mama!« wimmerte das Kind. »Es soll stillstehen!«

»Pst, Liebling. Es ist alles gut. Mama ist hier.«

»Ich will *heim!*«

Sie gab keine Antwort, sondern strich ihm über die Stirn.

Roger Stone trat hastig den Rückzug an.

Beim Essen waren alle bis auf Lowell wieder überm Berg. Dennoch — Appetit hatten sie nicht. Dr. Stone beschränkte das Menü auf eine klare Suppe, Kräcker und gedämpfte Aprikosen. Eiscreme war da, aber es gab keine Abnehmer.

Bis auf das Baby hatte keiner von ihnen das Gefühl, daß das Unbehagen anhalten würde. Ihre Mägen und Lymphkanäle hatten die Prozedur schon mehr als einmal durchgemacht.

Bei Lowell lag die Sache anders. Sein ganzer Körper rebellierte gegen den neuen Zustand; und er war noch nicht alt genug, um die Veränderung ruhig und furchtlos hinzunehmen. Er schrie und mußte dadurch immer wieder erbrechen. Hazel und Meade versuchten, ihn abwechselnd zu beruhigen. Als Hazel zum Essen herunterkam, fragte Roger Stone: »Wie geht es ihm jetzt?«

Hazel zuckte mit den Schultern. »Ich wollte ihn zum Schachspielen bewegen, aber er hat mir ins Gesicht gespuckt.«

»Dann muß es ihm besser gehen.«

»Man merkt nicht viel davon.«

»Hör' mal, Mutter«, sagte Castor, »kannst du ihm nicht Spritzen geben, bis er sich beruhigt hat?«

»Nein«, erwiderte Dr. Stone. »Ich gebe ihm bereits die höchste Dosis, die sein Körper verträgt.«

»Wie lange wird es wohl dauern, bis er die Sache überwunden hat?« wollte Roger wissen.

»Das kann ich nicht vorhersagen. Gewöhnlich passen sich Kinder schneller als Erwachsene an — aber wir wissen auch, daß sich manche Menschen nie anpassen. Sie sind von ihrer Konstitution her einfach nicht in der Lage, sich im Raum aufzuhalten.«

Pollux sah sie mit offenem Mund an. »Du willst damit sagen, daß Buster eine *Erdmade* bleibt?« Das Wort klang zugleich nach ansteckender Krankheit und Familienschande.

»Mund halten!« sagte sein Vater scharf.

»Ich will damit nichts dergleichen sagen«, erklärte seine Mutter ebenso scharf. »Lowell geht es im Moment sehr schlecht, aber vielleicht paßt er sich bald an.«

Eine Zeitlang herrschte düsteres Schweigen. Pollux füllte seinen Suppenbeutel nach, holte sich ein paar Kräcker und klammerte sich mit einem Bein an einer Halteleine fest. Er sah Castor an. Die beiden begannen eine Konversation, die hauptsächlich aus Grimassen und Gesten bestand. Ihr Vater sah sie an und wandte sich wieder ab. Den Geheimcode der beiden verstand kein Mensch.

»Edith, könnte es tatsächlich sein, daß Lowell sich nicht anpaßt?« fragte er.

»Die Möglichkeit besteht immer.« Sie führte den Satz nicht weiter aus, und das war auch nicht nötig. Raumkrankheit ist ebensowenig tödlich wie Seekrankheit, aber mit der Zeit tun der Hunger und die Erschöpfung das ihre.

Castor pfiff durch die Zähne. »Herrlich, daß wir das jetzt erst erfahren, wo es zu spät ist. Wir befinden uns bereits auf dem Weg zum Mars.«

Hazel sah auf. »Du weißt genau, daß das nicht stimmt, Castor.«

»Häh?«

»Mensch, Esel«, half ihm sein Bruder. »Wir müssen zurück.«

»Oh.« Castor runzelte die Stirn. »Ich vergaß einen Moment lang, daß wir die Erde noch nicht hinter uns haben.« Er seufzte. »Tja, so ist das. Dann werden wir eben umkehren.« Es gab einen einzigen Punkt, an dem sie sich zur Rückkehr zum Mond entschließen konnten. Sie würden der Erde auf einer Hyperbelbahn ganz nahe kommen — mit fünf Meilen pro Sekunde. Wenn sie den Weg zum Mars fortsetzten, wollten sie diese Geschwindigkeit bei der stärksten Annäherung durch Zünden der Antriebe erhöhen und damit eine Ellipse relativ zur Sonne erreichen, die sie nach Mars bringen würde.

Sie konnten dieses Manöver allerdings auch umkehren, indem sie die Düsen entgegen der Flugrichtung zündeten und die *Moostöter* in eine Ellipse relativ zur Erde zwangen — eine Kurve, die sie bei genauer Berechnung zurück zum Mond bringen mußte, noch bevor es ihrem kleinen Bruder zu schlecht ging.

»Ja, das wäre es«, meinte Pollux. Er grinste plötzlich. »Will jemand eine Ladung Fahrräder kaufen? Wir würden sie billig abgeben.«

»Seid nicht so voreilig mit der Geschäftsaufgabe«, mahnte ihr Vater, »aber wir respektieren eure Haltung. Edith, was glaubst du?«

»Ich finde, wir dürfen kein Risiko eingehen«, erklärte Hazel. »Das Baby ist krank.«

Dr. Stone zögerte. »Roger, wie weit ist es noch bis zum Umkehrpunkt?«

Er warf einen Blick auf die Kontrollen. »Wir haben noch fünfunddreißig Stunden Zeit.«

»Weshalb bereitet ihr nicht beide Manöver vor? Dann können wir uns die Entscheidung bis zum letzten Moment aufheben.«

»Das ist vernünftig. Hazel, du und Castor, ihr arbeitet das Anflugproblem aus; Pol und ich übernehmen den Marsvektor. Zuerst genügen Näherungswerte. Wir korrigieren sie, wenn wir noch ein Stück Weg zurückgelegt haben. Jeder arbeitet für sich, und dann vergleichen wir die Ergebnisse. Paßt auf eure Dezimalstellen auf.«

»Paß auf die *deinen* auf«, entgegnete Hazel.

Castor grinste seinen Vater an. »Du hast dir die leichtere Hälfte ausgesucht, Paps?«

Sein Vater sah ihn an. »Ist es dir zu schwer? Willst du lieber tauschen?«

»Aber nein, Sir! Ich schaffe es schon.«

»Dann beeil' dich — und vergiß nicht, daß du ein Mannschaftsmitglied bist.«

»Aye, aye, Sir.«

Er hatte sich tatsächlich den leichteren Teil ausgesucht; das Grundproblem war bereits von den Computern der

Luna-Pilot-Station gelöst worden, während das Einschwenken in eine Ellipse um die Erde bisher überhaupt nicht in Betracht gezogen worden war. Aber Kapitän Stone hatte das nicht aus Faulheit getan; er wollte beide Kurven berechnen — nur verriet er das seinen Söhnen nicht. Inzwischen plagte ihn eine neue Sorge. Hinter ihm befanden sich eine Reihe anderer Schiffe, die auf dem Weg zum Mars waren. Sie alle nützten die günstige Stellung von Mond, Erde und Mars aus, um möglichst wirtschaftlich ans Ziel zu gelangen. Und die großen Schiffe zahlten hohe Prämien, um die Starterlaubnis im exakten Moment zu bekommen. Die *Moostöter* war kurze Zeit vor Inkrafttreten dieser Prämien — die sich wirklich nur Riesenfrachter leisten konnten — aufgebrochen; und nun war ein gutes Dutzend Schiffe hinter ihr her, die alle zum Mars wollten.

Wenn die *Moostöter* umkehrte und nicht den Vektor nach Mars einschlug, konnte es Verkehrsschwierigkeiten geben.

Zusammenstöße zwischen Raumschiffen kommen äußerst selten vor. Der Raum ist riesig, und es gibt nicht sehr viele Schiffe. Aber möglich sind sie, wenn viele Schiffe zur gleichen Zeit im gleichen Sektor das gleiche tun. Niemand wird den Fall der *Morgenstern* vergessen, die mit dem Patrouillenboot *Trygve Lie* zusammenstieß — vierhundertsieben Tote — keine Überlebenden.

Roger schwitzte bei dem Gedanken, daß die Raumkontrolle ihm die Kursänderung nicht gestatten könnte. Und das würde sie tun, wenn die leiseste Möglichkeit eines Zusammenstoßes bestand — krankes Kind an Bord oder nicht.

Und Kapitän Stone würde sich nicht an das Verbot halten, einen Zusammenstoß riskieren und sein Kind heimbringen — was ihn bestimmt die Pilotenlizenz kosten und obendrein eine Strafe einbringen würde.

Außer den Schiffen galt es noch die Raumstation und die Funksatelliten zu beachten — und die mit Atombomben bestückten Robotraketen der Patrouille, welche die Erde von Pol zu Pol umkreisten. Moment — die Raumstation? Roger

Stone überlegte. Konnte er vielleicht eine Parallelbahn zur Raumstation einschlagen, anstatt zum Mond zurückzukehren? Wenn ja, dann war es auch möglich, Lowell auf die Station zu bringen — und dort hatte er wenigstens in den äußeren Kabinen Schwerkraft, da sich die Anlage ständig drehte.

Der Ballistik-Computer wurde nicht benutzt. Castor und Hazel waren immer noch dabei, ihr Problem auszuarbeiten. Kapitän Stone setzte sich an den Computer und gab eine Überschlagsrechnung ein.

Eine halbe Stunde später saß er mit hängenden Schultern vor dem Gerät. O ja, er konnte die Bahn der Raumstation einschlagen — aber im günstigsten Fall hundert Grad von ihr entfernt. Sogar bei großzügigem Einsatz von Reaktionsmasse würde er an die Station selbst nicht herankommen.

Er löschte die Berechnungen mit heftigen Bewegungen. Hazel sah auf. »Was gibt es, Junge?«

»Ich dachte, wir könnten an der Station landen. Leider unmöglich.«

»Das hätte ich dir auch sagen können.«

Er gab keine Antwort, sondern suchte das Wohnquartier auf. Lowell ging es um keine Spur besser.

Die Erde tauchte an der Steuerbordluke auf, groß, rund und schön. Sie waren jetzt nur noch zehn Stunden vom kritischen Punkt entfernt, an dem sie sich entscheiden mußten. Hazels Notplan war an die Raumkontrolle gefunkt worden. Sie waren fest zur Rückkehr entschlossen; dennoch erhielt Pollux die Aufgabe, mit Hilfe der Abweichungsdaten von der Quito-Station den ursprünglichen Flugplan genau zu berechnen.

Dr. Stone kam in den Kontrollraum und winkte ihren Mann zu sich. Gemeinsam begaben sie sich in die Wohnkabine.

»Was ist?« fragte er. »Geht es Lowell schlechter?«

»Nein, besser.«

»Wie?«

»Liebling, ich glaube, er hatte gar nicht die Raumkrankheit.«

»Was soll das heißen?«

»Oh, anfangs vielleicht schon. Aber zum größten Teil war es eine Allergie gegen das Beruhigungsmittel, das ich ihm gab.«

»Was? Ich habe noch nie gehört, daß jemand auf dieses Mittel allergisch reagierte.«

»Ich auch nicht, aber das ist unwichtig. Ich hörte vor ein paar Stunden mit der Behandlung auf, weil ich das Gefühl hatte, daß sie nichts nützte. Die Symptome wurden rasch schwächer, und sein Puls geht jetzt regelmäßig.«

»Ist es sicher, nach Mars weiterzufliegen?«

»Das kann ich noch nicht sagen. Ich würde ihn gern noch einen oder zwei Tage beobachten.«

»Aber — Edith, du weißt, das ist unmöglich. Ich muß eines der beiden Manöver einleiten.« Ihm war elend von der Anstrengung und dem Mangel an Schlaf. Keiner von ihnen hatte in den letzten vierundzwanzig Stunden ein Auge zugetan.

»Ja, ich weiß. Sag' mir eine halbe Stunde vor dem Manöver Bescheid. Ich werde mich dann entscheiden.«

»Gut. Tut mir leid, daß ich dich angefahren habe.«

»Mein lieber Roger!«

Bevor sie ›um die Kurve‹ waren, ging es dem Kleinen sehr viel besser. Seine Mutter hielt ihn ein paar Stunden lang unter einer leichten Hypnose. Als er aufwachte, wollte er essen. Sie gab ihm ein paar Löffel Eiercreme; beim ersten Bissen würgte er, aber das waren reine Schluckbeschwerden in der Schwerelosigkeit. Danach ging es besser.

Als sie ihm nichts mehr geben wollte, protestierte er heftig. Anschließend verlangte er, daß sie ihn losschnallen sollte. Diesen Wunsch erfüllte sie ihm, aber sie beauftragte Meade mit seiner Bewachung. Dann ging sie zurück zu ihrem Mann. Hazel und Castor arbeiteten am Computer, Pollux schrieb die Ablesungen von der Erdstation nieder. Edith zog Roger

Stone auf die Seite und flüsterte: »Liebling, ich glaube, es ist überstanden. Er hat gegessen — ohne sich zu übergeben.«

»Bist du ganz sicher? Ich möchte nicht das geringste Risiko eingehen.«

Sie zuckte mit den Schultern. »Ich bin Ärztin und kann keine Horoskope stellen.«

»Und wofür entscheidest du dich?«

»Ich bin für den Weiterflug nach Mars.«

»Gut.« Er seufzte. »Die Raumkontrolle hat meinen veränderten Plan nämlich abgelehnt. Ich wollte es dir eben sagen.«

»Dann haben wir gar keine Wahl?«

»Du weißt genau, daß ich mich lieber mit dem Richter unterhalte, als daß ich Lowells Leben zerstöre. Aber ich habe noch einen Trumpf im Ärmel.«

Sie sah ihn fragend an. »Die *Kriegsgott* ist weniger als zehntausend Meilen hinter uns. Im Notfall könnte ich in etwa einer Woche in gleiche Höhe mit ihr kommen und dich mit dem Kind umsteigen lassen. Sie ist für Passagiere gebaut und besitzt Schwerkraft.«

»Daran hatte ich nicht gedacht. Nun, nötig wird es wahrscheinlich nicht sein, aber ich bin doch froh, daß Hilfe in der Nähe ist.«

Pollux hatte seine Arbeit eingestellt und versucht, das Gespräch seiner Eltern mitzuhören. Es gelang ihm nicht; dazu hatten die beiden zuviel Abschirm-Erfahrung. Aber er bemerkte ihren angespannten Gesichtsausdruck und verständigte sich mit seinem Zwillingsbruder.

»Moment, Hazel«, sagte Castor. »Was gibt es, Pol?«

»Sollen wir es ihnen gleich sagen?« Er deutete auf seine Eltern.

»Gut. Ich übernehme die Sache.«

Sie gingen nach hinten.

Roger Stone sah sie stirnrunzelnd an. »Was ist, Jungs? Wir haben eine Menge zu tun.«

»Jawohl, Sir. Aber wir wollen eine Ankündigung starten.«

»Ja?«

»Pol und ich stimmen dafür, daß wir heimfliegen.«

»Wie?«

»Wir finden, daß man mit Buster kein Risiko eingehen darf.«

»Sicher, er ist ein Fratz«, fügte Pol hinzu. »Aber ihr habt schon allerhand in ihn investiert.«

»Wenn er unseretwegen sterben müßte, würde uns nichts mehr Spaß machen«, fuhr Castor fort.

»Und selbst wenn er durchkommt — wer will schon wochenlang hinter ihm saubermachen?«

»Macht euch keine Sorgen wegen des Vetos von der Raumkontrolle. Hazel und ich arbeiten einen Kurs aus, auf dem wir die *Queen Mary* um Minuten verpassen — um Sekunden, genauer gesagt. Kann natürlich sein, daß sie Angst dabei bekommen.«

»Ruhe!« sagte Kapitän Stone. »Einer nach dem anderen. Castor, eine direkte Frage: Ihr beide seid also so um das Wohlergehen eures kleinen Bruders besorgt, daß ihr auf alle Fälle nach Luna zurückkehren wollt?«

»Jawohl, Sir.«

»Selbst wenn eure Mutter entscheidet, daß es sicher für ihn ist, weiterzufliegen?«

»Jawohl, Sir. Wir haben lange darüber gesprochen. Selbst wenn es jetzt besser mit ihm aussieht, so war er doch schwer krank, und die Reise nach Mars ist für einen Kranken nicht angenehm. Wir möchten nichts riskieren.«

Hazel war ihnen nachgekommen und hörte zu. Jetzt sagte sie: »Edelmut steht dir nicht, Cas. Andersherum wirkst du überzeugender.«

»Du hältst dich heraus, Mutter. Pol?«

»Wie Cas sagte. Himmel, wir können noch genug Reisen machen.«

Roger Stone sah seine Söhne an. »Ich muß sagen, daß es mich überrascht, soviel Familiensolidarität bei diesem Individualistenhaufen zu entdecken. Mutter und ich werden uns mit Stolz und Dankbarkeit daran erinnern. Aber zum Glück ist das Opfer unnötig. Wir fliegen weiter.«

Hazel betrachtete ihn düster. »Roger, hast du dir beim Start den Kopf angestoßen? Wir müssen das Kind nach Luna zurückbringen. Ich habe mit den Jungs gesprochen, und sie meinen es ernst.«

»Paps, wenn du Angst vor dem schrägen Kurs hast, dann übernehme ich die Steuerung . . .«, begann Castor.

»RUHE!« Als er sie endlich hatte, sagte er halblaut vor sich hin: »In den Gesetzen steht, daß ich hier bin, um Befehle zu erteilen, nicht, um Erklärungen abzugeben. Und ich werde mich daran halten, selbst wenn ich meine eigene Mutter in Eisen schließen muß.« Er hob die Stimme. »Alles an die Stationen! Fertigmachen zum Steuermanöver! Abflug nach Mars!«

Edith Stone sagte leise zu Hazel: »Dem Kleinen geht es gut, Mutter. Du darfst es mir glauben.« Dann wandte sie sich an ihre Söhne. »Castor, Pollux — kommt her!«

»Aber Paps sagte . . .«

»Ich weiß. Kommt zuerst her.« Sie gab jedem einen Kuß. »Und nun an die Stationen!«

Meade erschien an der Luke. Sie zog Lowell wie einen Luftballon hinter sich her. Er wirkte fröhlich, und sein Gesicht war über und über mit Schokolade verschmiert. »Was soll denn der Lärm?« fragte Meade. »Ihr habt nicht nur uns geweckt, sondern bestimmt alle Passagiere in den Schiffen hinter uns.«

7

Die Zündung am erdnächsten Punkt hatte geklappt. Roger Stone hielt zwar viel von seinen Zwillingen, aber diesmal hatte er das Manöver persönlich übernommen. »Achtung — Beschleunigung in fünf Sekunden!«

Sie beschleunigten mit vier g, aber lediglich eine Minute

lang. Kapitän Stone beobachtete im Teleskop seine drei Bezugspunkte — Spika, Deneb und Fomalhaut. Sie waren genau hintereinander ausgerichtet.

Hazel rief: »Brennschluß!«, und im gleichen Augenblick wurde der Druck von ihm genommen.

Er holte tief Atem und sagte ins Mikrofon: »Edith?«

»Ja, Liebling«, flüsterte sie. »Bei uns ist alles in Ordnung.«

»Maschinenraum?«

»Okay!« rief Pollux.

»Gut, dann macht alles dicht.« Es hatte keinen Sinn, Hazel und Pollux im Maschinenraum festzuhalten. Wenn sich Korrekturen ergeben sollten, dann konnten sie erst Wochen später nach genauen Berechnungen erfolgen.

Mit hängenden Schultern stand Roger Stone auf. Er war erschöpft und ausgelaugt wie selten zuvor. Seit dem Start hatte er sich mit Anregungsmitteln wachgehalten. »Ich gehe für die nächsten zwölf Stunden in die Falle«, seufzte er. »Ihr könnt schon mal unseren Vektor überprüfen. Aber weckt mich nur, wenn es ganz wichtig ist. Alles andere sehe ich mir an, wenn ich ausgeschlafen habe.«

»Aye, aye, Käpt'n Bligh.«

Die erste Überprüfung zeigte, daß ihr Kurs völlig in Ordnung war. Hazel ging auch ins Bett — wobei ›Bett‹ figurativ zu verstehen war, denn Hazel schnallte sich nie an, sondern ließ sich während des Schlafens frei in der Kabine herumtreiben. Sie teilte den Schlafraum mit Meade. Die Zwillinge waren mit Buster zusammen. Sie versuchten auch einzuschlafen, aber der Kleine war alles andere als müde. Er untersuchte gerade die Möglichkeiten des freien Falls und wollte Fangen spielen. Die Zwillinge hatten keine Lust dazu, aber Lowell spielte trotzdem.

Pollux packte ihn am Knöchel. »Hör' mal! Hast du uns nicht Scherereien genug gemacht, als du krank warst?«

»Ich war nicht krank.«

»So! Und wer hat die Ferkelei veranstaltet? Der heilige Niemand?«

»Den gibt's ja gar nicht. Ich war nicht krank. Du lü-lügst, du lü-lügst, du lü-lügst.«

»Streite nicht mit ihm«, vermittelte Castor.

»Bring ihn einfach um und wirf ihn aus der Schleuse. Den Massefaktor können wir morgen korrigieren.«

»Ich war nicht krank.«

Pollux meinte: »Meade hatte in den letzten Stunden genug Zeit zum Schlafen. Vielleicht können wir sie dazu bringen, den kleinen Teufel zu hüten.«

»Gut, ich werde es versuchen.«

Meade war wach. Sie ließ sich die Sache durch den Kopf gehen. »Was zahlt ihr?«

»Schwesterlein, sei nicht eklig!«

»Hm — wie wäre es mit drei Tagen Abspülen?«

»Erpresserin! Also, abgemacht. Da, hol' dir den Kadaver.«

Da Meade den Schlafraum als Kinderzimmer brauchte, legten sich die Zwillinge in den Kontrollraum und schnallten sich auf den Liegen fest. Auch sie waren hundemüde.

8

Kapitän Stone ließ alle bis auf Dr. Stone und Lowell den neuen Kurs berechnen. Sie gingen von den gleichen Daten aus, und zwar verarbeiteten sie die Informationen der Raumkontrolle mit den Ablesungen der eigenen Instrumente. Roger Stone wartete, bis alle fertig waren, dann verglich er die Ergebnisse.

»Hazel?«

»Mehr als eine Million Meilen weichen wir nicht vom Mars ab, Käpt'n.«

»Meinen Berechnungen nach kommen wir genau hin.«

»Jetzt, da du es erwähnst, sehe ich, daß meine Zahlen das gleiche aussagen.«

»Cas? Pol? Meade?«

Die Zwillinge hatten auf sechs Dezimalstellen das gleiche Ergebnis und unterschieden sich nur durch eine Dezimalstelle von Hazel und ihrem Vater. Meades Lösung hatte mit den anderen nicht die geringste Ähnlichkeit. Ihr Vater sah die Zahlen neugierig an. »Mädchen, ich kann mir nicht vorstellen, woher du das hier hast. Aber du würdest uns in die Nähe von Proxima Centauri schicken.«

Meade wirkte interessiert. »Tatsächlich? Ich mache dir einen Vorschlag. Wir nehmen meine Zahlen her und warten ab, was passiert. Das gibt sicher einen Mordsspaß.«

»Ja? Bei Überlichtgeschwindigkeit?«

»*Dachte* ich mir doch, daß die Zahlen etwas groß ausgefallen sind.«

Hazel streckte den knochigen Zeigefinger aus. »Das hier müßte ein Minus sein, Liebling.«

»Das ist nicht der einzige Fehler«, verkündete Pollux. »Sieh dir das an!« Er hielt ihnen Meades Programmierblatt entgegen.

»Jetzt reicht es, Pol«, unterbrach sein Vater. »Zum Kritisieren bin ich da.«

»Aber . . .«

»Mund halten!«

»Laß nur, Paps«, warf Meade ein. »Ich wußte, daß es falsch war.« Sie zuckte mit den Schultern. »Es ist die erste Rechenaufgabe seit meiner Schulzeit. Irgendwie macht es mich nervös, daß es echte Probleme sind und keine Schulbuchtexte.«

»Verständlich — jeder Astrogator muß sich daran gewöhnen. Egal, Hazels Zahlen sind die besten Mittelwerte. Wir nehmen sie als Unterlage.«

Hazel gratulierte sich selbst.

»Paps, war das die letzte Berechnung?« fragte Castor.

»Natürlich. Während des nächsten halben Jahres wird sich nichts ändern. Erst dann müssen wir die Marsannäherung neu kalkulieren. Weshalb fragst du?«

»Weil Pol und ich untertänigst um die Erlaubnis des Kapitäns bitten, die Schleuse als Arbeitsraum benützen zu dürfen. Wir möchten endlich unsere Fahrräder reparieren.«

»Zu einem anständigen Militärjargon bringst du es nie. Aber warte, ich habe ein paar Neuigkeiten für euch.« Er holte ein Blatt Papier aus der Tasche und hängte es an das Nachrichtenbrett im Kontrollraum. »Moment, ich muß noch schnell etwas ändern.«

Er schrieb ein paar Zeilen und trat dann zur Seite.

SCHIFFSTAGESPLAN

07.00 Aufstehen (Freiwillig für Edith, Hazel & Buster.)
07.45 Frühstück (Meade kocht. Zwillinge spülen ab.)
09.00 Schule
Castor & Pollux: Mathematik
Meade: Astrogation (Lehrerin: Hazel)
Lowell: Purzelbäume, Schlangenspiele und Saltos — oder was seine Mutter sonst für notwendig hält
12.00 Ende des Vormittagsunterrichts
12.15 Mittagessen
13.00 Schule
Castor & Pollux: Mathematik
Meade: Hydroponikanlage
16.00 Ende des Nachmittagsunterrichts
18.00 Abendessen — normaler Schiffsdienst
SAMSTAG: nach dem Frühstück antreten und unter Hazels Aufsicht Schiff säubern. Inspektion des Kapitäns um 11.00
Persönliche Wäsche am Nachmittag
SONNTAG: Meditation, Studium und Erholung. Flicken am Nachmittag.

Hazel besah sich den Wisch kritischen Blickes. »Wo sind wir eigentlich, Roger? Im Sklavenzeitalter? Du hast nicht festgesetzt, um welche Zeit die Leute zur Prügelstrafe anzutreten haben.«

»Eine vernünftige Idee.«

»Möglich. Sechs zu zehn, daß die Sache keine Woche lang

gutgeht?«

»Top. Her mit deinem Geld!«

Die Zwillinge hatten die Ankündigung mit Entsetzen gelesen. Pollux stammelte: »Aber, Paps! Da bleibt ja keine Zeit zum Fahrräder-Reparieren! Willst du, daß wir unser Geld verlieren?«

»Ich habe dreißig Lernstunden pro Woche angesetzt. Da bleiben euch noch hundertachtunddreißig freie Stunden. Wie ihr sie einteilt, ist eure Sache, solange ihr euer Versprechen wegen der Ausbildung haltet.«

»Angenommen, wir fangen mit der Mathematik um halb neun an und anschließend gleich nach dem Mittagessen?« fragte Castor. »Könnten wir dann um die eingesparte Zeit früher Schluß machen?«

»Warum nicht?«

»Und wenn wir unser Studium manchmal auf den Abend verlegen?«

Ihr Vater zuckte mit den Schultern. »Dreißig Stunden pro Woche — über vernünftige Abweichungen läßt sich reden, wenn ihr die exakten Zeiten ins Logbuch eintragt.«

»So, das wäre geregelt«, meinte Hazel. »Und jetzt kommt noch ein kleiner Einwand von mir, Käpt'n. So gern ich deine kleine Blüte in die Geheimnisse der Astrogation einweihen würde — im Moment habe ich keine Zeit dafür. Du wirst sie selbst unterrichten müssen.«

»Weshalb?«

»Weshalb, fragt der Mensch! Das solltest du besser als jeder andere wissen. *Die Geißel des Universums* — deshalb! Ich muß mich während der nächsten drei oder vier Wochen in eine Ecke verkriechen und wie eine Irre schuften; schließlich muß ich für ein paar Monate vorausschreiben, weil wir in Kürze den Funkbereich verlassen.«

Roger sah seine Mutter traurig an. »Ich wußte, daß es kommen würde, Hazel, aber so früh habe ich es noch nicht erwartet. Die Geistesarbeit wird langsamer, die Gedanken schweifen ab . . .«

»Wessen Gedanken, du junger Hüpfer?«

»Nicht aufbrausen! Wenn du die Augen zusammenkneifst und durch die Steuerbord-Luke schaust, wirst du vielleicht das leichte Glitzern der *Kriegsgott* erkennen. Sie kann nicht mehr als zehntausend Meilen entfernt sein.«

»Was hat das mit mir zu tun?« fragte sie mißtrauisch.

»Arme Hazel! Wir werden uns alle um dich kümmern. Mutter, wir befinden uns auf der gleichen Flugbahn wie verschiedene große Handelsschiffe. Jedes von ihnen hat so starke Brenner, daß es Löcher in die Erde bohren könnte. Wir werden *nie* außer Funkkontakt sein!«

Hazel starrte aus der Luke, als könnte sie die *Kriegsgott* tatsächlich sehen. »Oh, verdammt!« flüsterte sie. »Sohn, geleite mich auf mein Zimmer. Also gut, ich bin senil. Dann schreibst du die Kapitel am besten selbst zu Ende.«

»He, he! *Du* wolltest den Vertrag verlängern, also schreibst *du!* Überhaupt, ich wollte mit dir schon lange über diesen *Abschaum des Universums* sprechen, aber ich fand bisher nie die Zeit dazu. Erstens, weshalb hast du mich zum Unterzeichnen gezwungen?«

»Weil sie mir zuviel Geld unter die Nase hielten, das weißt du ganz genau. Es ist ein Aroma, dem wir Stones nicht widerstehen können.«

»Ich wollte nur, daß du es öffentlich zugibst. Und nun zu Punkt zwei: Ich frage mich, wie du es trotz des vielen Geldes fertiggebracht hast, die Sache anzunehmen. In dem letzten Kapitel, das du mir zeigtest, wurde der galaktische Herrscher gekillt und unser Held in einer ausweglosen Situation zurückgelassen. Wenn ich mich recht erinnere, saß er in einer abgedichteten, radioaktiven Kugel am Grunde eines Ammoniakmeeres auf Jupiter gefangen. In diesem Meer wimmelt es von Methan-Ungeheuern, die durch den Gehirnstrahl des galaktischen Herrschers so abgerichtet waren, daß sie John Sterling beim ersten Auftauchen schnappen würden — und der arme Kerl hatte nur sein Pfadfindermesser. Wie hast du ihm aus der Patsche geholfen?«

»Wir haben eine Möglichkeit gefunden«, warf Pol ein. »Angenommen . . .«

»Ruhig, Kinder. Das war doch ganz einfach, Roger. Mit übermenschlicher Anstrengung entwirrte sich unser Held aus seiner häßlichen Lage und . . .«

»Das ist keine Antwort.«

»Du verstehst mich nicht. Das nächste Kapitel beginnt auf Ganymed. John Sterling erzählt der Spezialagentin Dolores O'Shanahan von seinem Abenteuer. Er verliert wenige Worte darüber, klar? Er ist so edel, daß er doch nicht vor einem Mädchen protzen kann. Als er eben scherzhaft seine meisterhafte Flucht abtut, beginnt die nächste Handlung, und sie ist so aktionsgeladen und blutrünstig, daß unser Publikum erst wieder zum Denken kommt, wenn die nächste Werbung eingeblendet wird. Und bis dahin gibt es schon wieder viel zuviel Neues.«

Roger schüttelte den Kopf. »Das ist literarischer Betrug.«

»Wer sagt denn, daß es überhaupt Literatur ist? Es ist für die Firmen eine Möglichkeit zum Steuerabsetzen. Ich habe schon drei neue Geldgeber.«

»Hazel?« fragte Pollux. »Wie steht es im Augenblick mit deiner Story?«

Hazel warf einen Blick auf ihre Uhr. »Roger, tritt der Plan schon heute in Kraft? Oder lassen wir eine Eingewöhnungszeit bis morgen?«

Er lächelte schwach. »Gut, meinetwegen.«

»Wenn es sich um eine Lagebesprechung meiner Serie handelt, dann holt besser Buster. Ich habe meine besten Ideen von ihm, denn er besitzt genau den Verstand meines Durchschnittspublikums.«

»Wenn ich Lowell wäre, würde ich Beschwerde einlegen.«

»Ruhe!« Sie glitt zur Luke und rief: »Edith! Leihst du mir für kurze Zeit dein Raubtier?«

»Ich hole ihn, Großmutter«, sagte Meade. »Aber warte mit der Geschichte, bis ich zurückkomme.«

Sie brachte nach kurzer Zeit den Kleinen mit. »Was willst

du, Großmutter?« fragte Lowell. »Fangen spielen?«

Sie hielt ihn mit einer Hand fest. »Nein, mein Junge — Blut. Blut und Eingeweide. Wir wollen ein paar Schufte umbringen.«

»Spitze!«

»Also, sie haben sich im Dunkelnebel verirrt. Ihre Nahrungsmittel und Notrationen sind ausgegangen. Sie haben einen zeitweiligen Waffenstillstand mit ihren Gefangenen von Arkturus geschlossen und sie freigelassen, damit sie ihnen helfen — eine Sache ohne Risiko, da die Arkturer eine Silizium-Rasse sind und mit Menschenfleisch nichts anfangen können. Sie brauchen die Hilfe der Arkturer, weil das Raumungeheuer, das sie in der letzten Episode fingen und in einen leeren Treibstofftank einsperrten, sich bis zur letzten Trennwand durchgefressen hat und keinerlei dumme Vorurteile wegen seiner Diät hat. Kohlenstoff oder Silizium — es frißt alles.«

»Das finde ich unlogisch«, kommentierte Roger Stone. »Wenn seine eigenen chemischen Prozesse . . .«

»Nur positive Vorschläge, bitte«, unterbrach ihn Hazel. »Pol? Ich sehe den Glanz in deinem Auge.«

»Kann dieses Monstrum Radarwellen vertragen oder nicht?«

»Na, das ist schon etwas. Aber wir müssen die Sache etwas umkleiden. Ja, Meade?«

Die Zwillinge brachten ihre Fahrräder am nächsten Tag nach draußen. Die Anzüge, die sie trugen, waren die gleichen, die sie auch auf dem Mond getragen hatten. Zusätzlich trugen sie Magnetstiefel und verfügten über kleine Raketenantriebe. Die letzteren waren so an den Rücken geschnallt, daß sich die Düsen am Gürtel befanden. Für Notfälle hatten die beiden eine zusätzliche Druckflasche um die Schultern geschlungen — bei der Schwerelosigkeit kein Handikap.

»Denkt daran«, sagte Roger Stone streng, »die Antriebe sind nur für den Notfall da. Niemals die Halteleinen vergessen. Und verlaßt euch nicht auf die Magnetstiefel, wenn ihr die Leinen wechselt. Erst wenn die zweite Leine festgemacht ist, wird die erste abgemacht.«

»Klar, Paps, wir sind vorsichtig.«

»Ich hoffe es. Aber ihr könnt damit rechnen, daß ich von Zeit zu Zeit überraschend auftauche und euch inspiziere. Ein Schnitzer, und ihr könnt mit Daumenschrauben plus fünfzig Hieben auf die Fußsohlen rechnen.«

»Kein kochendes Öl?«

»Kann ich mir nicht leisten. Hört mal, ihr glaubt, daß ich Witze mache. Wenn aber einer von euch den Halt am Schiff verlieren sollte, kann er nicht damit rechnen, daß ich umkehre und ihn auffische. Einer von euch beiden ist ohnehin zuviel.«

»Welcher?« fragte Pollux. »Cas vielleicht?«

»Manchmal der eine, manchmal der andere. Ich schwanke noch. Wenn ihr euch strikt an meine Befehle haltet, schiebt ihr die Entscheidung eine Weile hinaus.«

Die Frachtluke besaß keine Luftschleuse; die Zwillinge dekomprimierten den gesamten Laderaum und öffneten die Tür, nachdem sie noch gerade rechtzeitig die Halteleinen festgemacht hatten. Sie sahen hinaus und zögerten beide. Obwohl sie ihr Leben lang mit Raumanzügen auf dem Mond umherspaziert waren, hatten sie noch nie ein Schiff während des Fluges verlassen.

Die Luke umrahmte ewige kosmische Nacht, eine Schwärze, die durch das kalte Funkeln der Sterne noch unheimlicher wurde. Sie befanden sich auf der Nachtseite der *Moostöter*. Außer Sternen und der Tiefe war nichts zu sehen.

»Cas, die Sache gefällt mir nicht«, sagte Pollux.

»Du brauchst keine Angst zu haben.«

»Weshalb klappern dann deine Zähne?«

»Los, geh hinaus; ich werde deine Leine straffen.«

»Du bist zu nett zu mir, Bruderherz — viel zu nett. Geh *du* hinaus, und *ich* straffe deine Leine.«

»Das ist doch einfältig. Geh endlich.«

»Nach dir, Opa.«

»Na, schön.« Castor packte den Rand der Luke und schwang sich hinaus. Er wollte die Magnetstiefel an den Rumpf schnappen, aber seine Stellung war äußerst unbequem. Der Anzug beengte ihn, und nicht die geringste Schwerkraft half ihm. Sein Körper stieß gegen das Schiff, und in der Aufregung ließ er den Rand der Luke los. Langsam schwebte er hinaus, bis er einen guten Meter vom Schiff entfernt war. »Zieh mich hinein.«

»Streck doch die Füße nach dem Rumpf aus.«

»Kann ich nicht. Zieh mich hinein, du rothaariger Strohkopf.«

»Du sollst mich nicht rothaarig nennen.« Pollux ließ die Leine ein Stück los.

»Pol, hör mit dem Unsinn auf. Es ist scheußlich.«

»Ich dachte, du wärst so tapfer, Opa?«

Castors Antwort war unverständlich. Pollux fand, daß der Spaß jetzt reichte. Er zog Castor herein, und während er sich selbst fest an die Luke klammerte, schob er die Stiefel des Bruders an den Schiffsrumpf, bis die Magnete klickten. »Mach die andere Leine fest!« befahl er.

Castor atmete immer noch schwer, als er nach einer Öse suchte. Er fand eine in der Nähe und ging darauf zu. Es sah aus, als müßte er durch Schlamm waten. Mühsam befestigte er die Leine und streckte sich. »Fang!« rief Pollux und warf ihm seine eigene zweite Leine zu.

Castor machte sie neben seiner fest. »Alles fertig?« erkundigte sich Pollux. »Ich mache die Leinen hier drinnen los.«

»Alles fertig.« Castor kam näher an die Luke.

»Ich komme.«

»Komm nur.« Castor ruckte an der Leine von Pollux; sein Zwillingsbruder segelte aus der Luke — und Castor ließ ihn segeln. Die Leine rollte sich langsam ab, so daß Pollux schließlich fünfzehn Meter vom Schiff entfernt schwebte, völlig ohne Bewegungsmoment.

Pollux hatte wild gestrampelt, aber es nützte ihm nichts —

im Vakuum hatten Schwimmbewegungen keinen Erfolg. Als er merkte, daß die Leine zu Ende war, hörte er zu zappeln auf und rief: »Hol mich zurück!«

»Sag: ›bitte, bitte‹!«

Pollux sagte verschiedene andere Dinge. Einige davon hatte er auf den Luna-Werften aufgeschnappt, und einige waren dem blumigen Sprachgebrauch seiner Großmutter entlehnt. »Verschwinde lieber vom Schiff«, riet er seinem Bruder. »Wenn ich mich nämlich an der Leine zurückhanteln muß, schraube ich dir den Helm ab.« Er griff mit der freien Hand nach der Leine, und Castor zog sie ihm durch die Finger.

»Sag wenigstens: ›Quitt.‹«

Pollux hatte die Leine am Gürtel erwischt. Hier konnte Castor sie ihm nicht entreißen. Er grinste plötzlich. »Also gut — quitt.«

»Quitt. Halt' still — ich hole dich herein.« Er zog die Leine ganz vorsichtig ein und half dem Bruder, die Magnetstiefel an den Schiffsrumpf zu schnappen. »Du hast da draußen ganz schön blöd ausgesehen«, erklärte er.

Sein Bruder hielt die Hand hoch. »Quitt haben wir gesagt.«

»Verzeihung, Kleiner. Machen wir uns an die Arbeit.«

Rund um den Rumpf des Schiffes waren in Abständen von fünf Metern Ösen angebracht. Man brauchte sie vor allem, wenn man unterwegs Außenreparaturen und Überholungsarbeiten durchführen mußte. Die Zwillinge benutzten sie jetzt, um ihre Fahrräder zu parken. Sie holten etwa ein halbes Dutzend aus der Luke und reihten sie wie Trockenfisch an einem Drahtseil auf. Die beiden Enden des Drahtseils wurden durch Ösen gezogen. Die Fahrräder schwebten neben dem Rumpf her wie Boote neben einem Ozeandampfer. In kurzer Zeit hatten sie den ›Horizont‹ überschritten und die Tagseite des Schiffes erreicht. Pollux zog ein halbes Dutzend Fahrräder hinter sich her und blieb plötzlich stehen. »He, Opa! Sieh dir das an.«

»Nicht in die Sonne schauen«, sagte Castor scharf.

»Du bist ja verrückt. Komm her.«

Die Erde und der Mond befanden sich in mittlerer Entfernung und waren als schmale, aufgehende Sicheln zu sehen. Die *Moostöter* fiel auf ihrer Bahn langsam hinter die Erde und schob sich noch langsamer von der Sonne weg. Viele Wochen lang würde die Erde jetzt noch als Kugel oder Scheibe erscheinen, bevor sie zu einem hellen Stern zusammenschrumpfte. Nun war sie etwa so groß wie vom Mond aus, aber man konnte zum erstenmal Luna gleichzeitig beobachten. Die Tagseite war grünbraun und mit weißen Wolken gesprenkelt, auf der Nachtseite leuchteten die Städte wie Juwelen.

Aber die Zwillinge beachteten die Erde nicht; sie sahen den Mond an. Pollux seufzte. »Ist er nicht großartig?«

»Was ist los, Kleiner? Heimweh?«

»Nein. Trotzdem ist er schön. Hör' mal, Cas, wenn wir unsere eigenen Schiffe besitzen, lassen wir sie immer in Luna City registrieren, einverstanden?«

»Einverstanden. Und jetzt zurück an die Arbeit.«

Sie hatten nun alle Ösen in der Nähe der Luke benutzt und arbeiteten sich ans Heck heran, als Pollux plötzlich sagte: »Stop! Immer langsam. Paps hat gesagt, daß wir über Spant 65 nicht hinausdürfen.«

»Pah, die Kiste ist mindestens bis neunzig kalt.«

»Ich wäre nicht so sicher. Neutronen sind widerlich schnelle Kunden. Und du weißt, wie pedantisch Paps ist.«

»Ja, da hast du recht.« Die Antwort kam von einer dritten Stimme.

Sie kippten nicht aus den Stiefeln, weil die Dinger fest mit Reißverschlüssen am Anzug saßen. Ihr Vater stand, die Hände in die Hüften gestemmt, in der Nähe der Passagierschleuse. Pollux schluckte und sagte: »Hallo, Paps.«

»Du hast uns ganz schön erschreckt«, fügte Castor lahm hinzu.

»Tut mir leid, ich wollte euch nicht stören. Aber die Aussicht ist herrlich.« Er betrachtete ihre Arbeit. »Ihr verwandelt mein Schiff in einen Schrottplatz.«

»Wir brauchen Platz zum Arbeiten. Und außerdem sieht es ja keiner.«

»Sag' mal, Paps, Pol und ich glauben, daß wir im Innern des Schiffes keine Schweißarbeiten durchführen können.«

»Da glaubt ihr richtig — ich möchte nicht, daß unsere *Moostöter* das gleiche Schicksal erleidet wie die *Kong Christian.*«

»Und da dachten wir, daß wir hier draußen ein provisorisches Schweißgestell errichten könnten . . .«

»Meinetwegen. Aber es ist heute viel zu schön, um über ernste Dinge zu sprechen.« Er hob die Hände und sah sich um. »Großartige Landschaft. Eine Menge Ellbogenfreiheit.«

»Das stimmt. Aber komm erst mal auf die Tagseite, wenn du etwas Ordentliches sehen willst.«

»Gut. Helft mir bei den Leinen.« Sie machten seine zweite Leine an einer Öse fest, und gemeinsam gingen sie ins Sonnenlicht. Kapitän Stone, der noch auf der Erde geboren war, warf zuerst einen Blick auf seinen Heimatplaneten. »Sieht aus, als gäbe es einen mächtigen Sturm über den Philippinen.«

Keiner der Zwillinge antwortete. Das Wetter war ihnen zum größten Teil ein böhmisches Dorf, da sie auf dem Mond nur Klimaanlagen kannten.

Plötzlich wandte sich Roger Stone um und fragte: »Seid ihr froh, daß wir hergekommen sind?«

»Und ob! Kannst du dir denken!« Sie hatten vergessen, wie kalt und abweisend die schwarze Tiefe um sie vor kurzem noch ausgesehen hatte.

Sie standen ziemlich lange da und genossen die Aussicht. Schließlich sagte Kapitän Stone: »Mehr Sonne vertrage ich im Moment nicht. Gehen wir zurück in den Schatten.«

»Wir müssen ohnehin wieder an die Arbeit.«

»Ich helfe euch — dann geht es schneller.«

*

Die *Moostöter* setzte ihren Weg fort. Allmählich gewöhnten sich die Familienmitglieder an die tägliche Routine. Dr. Stone war auch im schwerelosen Raum eine geschickte Köchin, da sie ein Jahr lang in einer Forschungsklinik der Erdstation praktiziert hatte. Meade hatte ihre Schwierigkeiten, aber am Frühstück konnte ohnehin nicht viel verdorben werden. Ihr Vater überwachte die Pflege der Hydroponikanlage, die sie übernommen hatte. Es war eine gute Ergänzung zu der Vorlesung, die sie an der Luna City High School gehört hatte. Dr. Stone teilte sich mit Hazel in die Überwachung ihres jüngsten Sprößlings und schrieb in ihrer Freizeit gemütlich an einer Veröffentlichung: ›Über die kumulierende Wirkung von Hypoxie-Randfällen.‹

Die Zwillinge entdeckten, daß Mathematik doch interessanter sein konnte, als sie geglaubt hatten — und sehr viel schwieriger. Ihr Vater las die letzten Ausgaben der *Reaktor-Welt* und studierte das Handbuch des Schiffes, aber er fand noch genug Zeit, um sie auszubilden und gründlich auszufragen. Dabei entdeckte er, daß Pollux sich eine Kurve nicht bildlich vorstellen konnte, wenn er ihre Gleichung sah.

»Das verstehe ich nicht«, sagte er. »Du hattest doch gute Noten in analytischer Geometrie.«

Pollux wurde rot.

»Fehlt dir etwas?« erkundigte sich sein Vater.

»Weißt du, Paps, es war so . . .«

»Weiter.«

»So gute Noten hatte ich gar nicht . . .«

»Wie? Was soll das? Ihr hattet beide gute Noten. Daran kann ich mich genau erinnern.«

»Ja, schon. Weißt du, wir hatten in diesem Semester schrecklich viel zu tun, und da war es nur logisch . . .« Er sprach nicht weiter.

»Na, los — nur keine falsche Scham.«

»Cas hat beide Vorlesungen in analytischer Geometrie besucht«, stieß Pollux hervor. »Und ich übernahm die beiden Geschichtsvorlesungen. Aber das Buch habe ich gelesen.«

»Ach, du liebe Güte.« Roger Stone seufzte. »Ich hoffe, der Schwindel ist inzwischen verjährt. Aber du merkst jetzt, daß so etwas immer aufgedeckt wird. Wenn du die Dinge brauchst, die du gelernt haben solltest, stehst du dumm da.«

»Jawohl, Sir.«

»Du übst täglich zusätzlich eine Stunde — bis du dir auf Anhieb eine Hyperfläche in einem Vier-Koordinatensystem des nichteuklidischen Kontinuums vorstellen kannst.«

»Jawohl, Sir.«

»Cas, welche Vorlesung hast du geschwänzt? Und hast du das Buch hinterher durchgearbeitet?«

»Jawohl, Sir. Es war die europäische Geschichte des Mittelalters, Sir.«

»Hm — du bist ebenso schuldig, aber bei Vorlesungen, die nichts mit Rechenschieber und Logarithmentafeln zu tun haben, kenne ich mich nicht so genau aus. Du wirst deinen Bruder unterrichten.«

»Aye, aye, Sir.«

»Falls die Zeit knapp wird, helfe ich euch bei den Fahrrädern, auch wenn ihr es nicht verdient.«

Die Zwillinge legten sich in die Riemen. Nach vierzehn Tagen zeigte sich Roger Stone mit den Leistungen von Pollux zufrieden. Er führte seine Söhne in die tieferen Geheimnisse der Mathematik ein. Als Mars die Größe der Erde übertroffen hatte, waren sie so weit, daß auch ihr Vater passen mußte. Sie lernten alle drei gemeinsam weiter.

Die *Kriegsgott*, die sich fast auf der gleichen Bahn befand, hatte allmählich aufgeholt, bis sie mit bloßem Auge als ›Stern‹ sichtbar war — ein Stern, der alle sechzehn Sekunden aufblinkte. Im Coelostaten war die Ursache für dieses Blinken rasch zu erkennen: Die *Kriegsgott* drehte sich um ihre eigene Achse, um den Passagieren das Gefühl der Schwerkraft zu vermitteln. Bei jeder halben Umdrehung fingen sich die Sonnenstrahlen so an ihrem Rumpf, daß sie zur *Moostöter* hinübergeworfen wurden.

Es stellte sich heraus, daß die Beobachtung nicht einseitig blieb. Eine Funknachricht kam herein; Hazel druckte sie und reichte sie mit unbewegter Miene ihrem Sohn: KRIEGSGOTT AN MOOSTÖTER — PRIVAT — ROG, ALTER KNABE, ICH HABE DICH IM SUCHER. WAS IST DENN MIT DEINEM SCHIFF LOS? HABT IHR PILZE ANGESETZT? ODER SEETANG? DAS DING SIEHT JEDENFALLS WIE EIN WEIHNACHTSBAUM AUS. P. VANDERBERGH, KAPITÄN.

Kapitän Stone sah wütend den Zettel an. »Also, dieser fette Holländer! Dem werde ich Pilze geben! Komm her, Mutter, schicke ihm folgende Antwort: ›Wie kannst du in deinem torkelnden Ungetüm überhaupt durch ein Teleskop sehen? Macht es dir Spaß, Kindermädchen für die Erdmaden zu spielen? Bestimmt raufen die fetten Witwen darum, am Kapitänstisch essen zu dürfen. Alles Liebe, R. Stone, Kapitän.‹«

Die Antwort kam prompt: ROGER, ALTER NEIDHAMMEL, ICH HABE DIE ALTERSGRENZE DER WEIBLICHEN PASSAGIERE AN MEINEM TISCH AUF ZWANZIG BESCHRÄNKT. MAN MUSS DIE JUNGEN MÄDCHEN SCHLIESSLICH BESONDERS BEHÜTEN. VORZUG HABEN BLONDINEN MIT UNGEFÄHRER MASSE FÜNFZIG KILO. DU DARFST MICH MAL BEIM MITTAGESSEN BESUCHEN. VAN.

Pollux warf einen Blick durch die Luke. »Warum nimmst du ihn nicht beim Wort, Paps? Den Sprung schaffen wir mit einem zusätzlichen Sauerstoffzylinder.«

»Sei nicht albern. Wir haben keine Sicherheitsleinen von dieser Länge. Hazel, hier ist die Antwort: ›Tausend Dank, aber im Augenblick kocht das hübscheste Mädchen dieses Systems für mich.‹«

»Was, Paps?« rief Meade. »Ich dachte, mein Essen schmeckt dir nicht?«

»Du warst auch nicht gemeint, Naseweis. Ich spreche von deiner Mutter.«

Meade überlegte. »Aber ich sehe ihr doch ähnlich.«

»Ein wenig.«

Hazel kam nach kurzer Zeit mit dem Antwortstreifen.

RECHT HAST DU! HERZLICHE GRÜSSE AN EDITH. GANZ EHRLICH, WAS BAUMELT NUN AN EUREM SCHIFFSRUMPF HERUM? SOLL ICH EIN UNKRAUTVERTILGUNGSMITTEL SCHICKEN? ODER KANN MAN DAS ZEUG MIT EINEM STOCK ERSCHLAGEN?

»Warum sagst du es ihm nicht, Paps?« wollte Castor wissen.

»Warum eigentlich nicht? Hazel, schick ihm das da: ›Fahrräder! Willst du eines kaufen?‹«

Zu ihrer Überraschung erwiderte Kapitän Vandenbergh: VIELLEICHT. HABT IHR EIN RALEIGH-SANDMANN?

»Klar!« rief Pollux. »In Eins-A-Ausführung mit brandneuen Reifen. Sag' ihm das!«

»Immer langsam«, bremste ihn sein Vater. »Ich habe eure Ladung gesehen. Wenn dabei ein erstklassiges Gefährt war, dann habt ihr es gut versteckt.«

»Pah, du weißt ja nicht, wie die Dinger aussehen werden, wenn sie fertig sind.«

»Na, schön, Hazel, schick' das Angebot der beiden ab. Aber denkt daran, Jungs, Van vertraut mir. Ich werde mir das Fahrrad vor der Auslieferung höchstpersönlich ansehen.«

Hazel streikte. »Sollen die Kerle ihre geschäftlichen Dinge doch selbst regeln. Mir reicht das Geplauder.«

Castor beugte sich über die Sendetasten und begann seinen Handel. Der Kapitän der *Kriegsgott* wollte tatsächlich ein Fahrrad kaufen. Nach geraumer Zeit einigten sie sich auf eine Summe, die weit unter Castors Voranschlag lag, aber immer noch einen beträchtlichen Gewinn einbrachte.

Während der nächsten Tage tauschte Roger Stone mit seinem Freund liebevolle Beschimpfungen aus. In der folgenden Woche gelangte die *Kriegsgott* in direkte Gesprächsweite, aber die Unterhaltungen schliefen ein — man hatte sich alles gesagt, was zu sagen war. Die *Kriegsgott* kam auf kürzesten Abstand heran und entfernte sich wieder. Drei Wochen lang hörte man nichts voneinander.

Dann nahm Meade einen Anruf entgegen. Sie kam an die Luke und holte ihren Vater, der den Jungen beim Lackieren der Fahrräder half. »Paps, du wirst am Telefon verlangt. Die *Kriegsgott*, Kapitän zu Kapitän — ganz offiziell.«

»Ich komme.« Er eilte in den Funkraum. »*Moostöter*, es spricht Kapitän Stone.«

»*Kriegsgott*, es spricht der kommandierende Offizier. Kapitän, können Sie . . .?«

»Einen Augenblick. Das ist doch nicht Kapitän Vandenbergh?«

»Nein, Sir. Hier spricht Rowley, der Zweite Offizier. Ich . . .«

»Ich hörte, daß der Kapitän mich sprechen wollte. Verbinden Sie mich mit ihm.«

»Ich versuche es Ihnen doch zu erklären, Käpt'n.« Die Stimme des Offiziers klang angestrengt und verärgert. »*Ich* bin der augenblickliche Kommandant. Sowohl Kapitän Vandenbergh als auch Mister O'Flynn stehen auf der Krankenliste.«

»Wie? Tut mir leid. Hoffentlich nichts Ernstes?«

»Ich fürchte doch, Sir. Heute morgen hatten wir siebenunddreißig Erkrankungen und vier Todesfälle.«

»Mein Gott, Mann! Worum handelt es sich?«

»Das wissen wir nicht.«

»Was sagt denn der Schiffsarzt dazu?«

»Das ist es ja, Sir. Der Schiffsarzt starb heute nacht.«

»Oh . . .«

»Kapitän, könnten Sie ein Angleichmanöver mit unserem Schiff durchführen? Haben Sie genügend Reaktionsmasse?«

»Wie? Weshalb?«

»Sie haben einen Arzt an Bord, nicht wahr?«

»Was! Sie meinen meine Frau?«

»Sie ist Ärztin.«

Roger Stone schwieg eine Weile. Dann sagte er: »Ich rufe Sie in Kürze wieder an.«

Es wurde eine Gipfelkonferenz, zu der nur Kapitän Stone, Dr. Stone und Hazel zugelassen waren. Zuerst beharrte Dr. Stone darauf, die *Kriegsgott* anzurufen und sich die genauen Symptome samt Krankheitsverlauf schildern zu lassen. Als sie zurückkam, fragte ihr Mann: »Nun, Edith, was ist es?«

»Ich weiß nicht. Ich werde mir die Sache ansehen müssen.«

»Hör' mal, ich lasse nicht zu, daß du . . .«

»Ich bin Ärztin, Roger.«

»Du praktizierst im Moment nicht. Und du hast für eine Familie zu sorgen. Es kommt überhaupt nicht in Frage, daß du . . .«

»Ich bin Ärztin, Roger.«

Er seufzte schwer. »Ja, Liebling.«

»Die einzige Frage, die noch zu besprechen bleibt, ist folgende: Können wir das Angleichmanöver schaffen? Hazel, bist du schon zu einer Lösung gekommen?«

»Wir fangen gleich mit den Berechnungen an.«

»Ich gehe nach hinten und suche meine Arzneivorräte zusammen.« Sie runzelte die Stirn. »Auf eine Epidemie habe ich mich natürlich nicht eingerichtet.«

Als sie fort war, wandte sich Roger unentschlossen an seine Mutter. »Was denkst du, Mutter?«

»Sohn, du hast keine Chance. Sie nimmt ihren Eid ernst. Das weißt du seit einiger Zeit.«

»Aber *ich* habe den Eid nicht geschworen! Wenn ich die Bahnen nicht angleiche, kann sie überhaupt nichts tun.«

»Du bist kein Arzt, das stimmt. Aber du bist Kapitän. Ich glaube, hier trifft die Regel über SOS-Maßnahmen zu.«

»Zum Teufel mit allen Regeln! Es geht um *Edith*!«

»Hm«, sagte Hazel langsam. »Vielleicht würde ich die Stones auch gegen das Wohlergehen der ganzen Rasse setzen. Aber ich kann dir die Entscheidung nicht abnehmen, Junge.«

»Ich lasse es nicht zu. Es geht gar nicht um *mich*. Aber da ist Buster — er braucht seine Mutter; er ist noch ein Baby.«

»Das schon.«

»Siehst du? Ich gehe nach hinten und sage ihr Bescheid.«

»Einen Augenblick! Wenn das deine Entscheidung ist, Käpt'n, dann bringst du sie bestimmt in der falschen Form an.«

»Wie?«

»Deine Frau kannst du nur überzeugen, wenn dir der Computer sagt, daß das Angleichmanöver unmöglich ist.«

»Ach so. Du hast recht. Hör' mal, würdest du mir helfen, das Ergebnis zu fälschen?«

»Vielleicht.«

»Dann fangen wir an.«

»Aye, aye, Sir. Übrigens, Roger, du weißt, daß die *Kriegsgott* auf dem Mars nicht landen darf, wenn man eine unbekannte Krankheit an Bord festgestellt hat. Man wird sie in eine Parkbahn zwingen, ihr den nötigen Treibstoff zur Verfügung stellen und sie bei nächster Gelegenheit wieder abschieben.«

»Na und? Mir macht es nichts, wenn ein paar fette Touristen und ein Häufchen Einwanderer enttäuscht werden.«

»Verstehe ich. Aber ich dachte noch an etwas anderes. Vandenbergh und der Erste Offizier sind krank. Wenn nun auch noch der Zweite ausfällt, bringen sie das Schiff vielleicht nicht einmal mehr in eine Parkbahn.«

Roger Stone wußte natürlich, was sie meinte. Sie brauchte die Theorie nicht näher zu erläutern. Ein Schiff, das nicht von einem geübten Piloten gelandet wird, hat zweierlei Möglichkeiten: Bruchlandung oder Weiterflug in die ewige Nacht.

Er bedeckte das Gesicht mit den Händen. »Was soll ich tun, Mutter?«

»Du bist der Kapitän, Sohn.«

Er seufzte. »Ich habe es wohl die ganze Zeit über gewußt.«

»Ja, aber du mußtest zuerst dagegen ankämpfen.« Sie küßte ihn. »Befehle, Junge?«

»Fangen wir an. Ein Glück, daß wir unsere zusätzliche Reaktionsmasse noch nicht verschwendet haben.«

Als Hazel den anderen von Rogers Entschluß berichtete, fragte Pollux: »Sollen wir die Flugbahn berechnen?«

»Nein.«

»Ein Glück — denn wir müssen schleunigst die Fahrräder nach innen holen. Komm, Castor. Meade, was hältst du davon, wenn du deinen Anzug überstreifst und uns hilfst? Außer Mutter braucht dich . . .«

»Sie braucht sie«, entschied Hazel. »Jemand muß sich um Lowell kümmern. Und ihr werdet die Fahrräder nicht hereinholen!«

»Was? So, wie sie jetzt sind, können wir mit dem Schiff nicht manövrieren.«

»Cas, wo hast du deinen Verstand gelassen? Verstehst du denn die Situation nicht? Die Dinger werden abgeworfen.«

»Was? Wir sollen *unsere* Fahrräder abwerfen? Nachdem wir den Mars fast erreicht haben?«

»Eure Fahrräder, eure Bücher und alles andere, was wir einigermaßen entbehren können. Das hat die erste grobe Berechnung im Computer klar gezeigt. Nur so schaffen wir das Manöver und behalten noch eine kleine Sicherheit für die Landung. Euer Vater überprüft im Moment gerade die Gewichtstabelle.«

»Aber . . .« Castors Gesicht wurde plötzlich heiter und gelassen. »Aye, aye, Madam.«

Die Zwillinge streiften die Anzüge über, doch sie waren noch nicht draußen, als Pollux ein Gedanke kam. »Cas? Was geschieht eigentlich, wenn wir die Fahrräder einfach losschneiden?«

»Wir sind um eine Erfahrung reicher — und versuchen, den Schaden von der Exportversicherung ersetzt zu bekommen. Aber natürlich wird sie nicht zahlen.«

»Denk' doch mal nach. Wo kommen die Räder hin?«

»Häh? Zum Mars natürlich.«

»Richtig. Oder jedenfalls ganz in die Nähe. Angenommen, wir fischen die Ladung wieder auf?«

»Unmöglich. Das Zeug kommt etwa zur gleichen Zeit an wie wir — und wir befinden uns auf der Bahn der *Kriegsgott.*«

»Es war nur eine Frage. Schade, daß wir keinen übrigen Radarreflektor haben. Damit würden wir sie wiedererkennen.«

»He! Wohin hast du die alte Reflektierfolie gelegt?«

»Opa, manchmal tauchst du aus deiner Senilität auf.« Die *Moostöter* war anfänglich natürlich auf einer Seite des Wohnquartiers mit spiegelnder Aluminiumfolie bedeckt gewesen. Als sie sich immer weiter von der Sonne entfernte, war es nicht mehr nötig gewesen, die Hitze abzulenken, und so hatte man das Zeug abmontiert und hereingeholt.

»Fragen wir Paps.«

Hazel fing sie an der Luke zum Kontrollraum ab. »Er arbeitet am Computer. Wie lautet die Beschwerde?«

»Hazel, steht die Reflektierfolie auf der Abwurfliste?«

»Natürlich. Wir werden uns für die Rückreise neues Material auf dem Mars kaufen. Weshalb?«

»Radar — deshalb!« Sie erklärten ihr den Plan.

Hazel nickte. »Keine übergroße Chance, aber durchaus vernünftig. Paßt auf, verbindet alles, was wir abwerfen, mit den Fahrrädern. Möglicherweise bekommen wir unser Hab und Gut wieder.«

»Klar.« Die Zwillinge machten sich an die Arbeit. Während Pollux die Fahrräder einsammelte, konstruierte Castor ein merkwürdiges geometrisches Gebilde. Mit Draht, Aluminium und Klebeband verfertigte er ein riesiges Quadrat. Dieses schnitt er im rechten Winkel wieder mit einem Quadrat. Die beiden Quadrate wurden wiederum im rechten Winkel mit einem Quadrat geschnitten. Das Ergebnis waren acht glänzende rechtwinklige Ecken, die in alle Richtungen deuteten — ein Radarreflektor. Eine Masse mit diesem Reflektor würde auf einem Radarschirm wie eine Kerze in der Dunkelheit leuchten.

Castor befestigte seinen Drachen an dem Fahrradpaket. Dann sagte er zu Pollux: »Geh' mal nach unten und erzähl' ihnen, daß wir fertig sind.«

Pollux tat es, und während er fort war, befestigte Castor ein Stück Papier an dem Paket:

KEINE SCHROTTWARE!

Diese Fracht befindet sich absichtlich im freien Raum. Unterzeichneter Besitzer wird gerichtlich gegen alle Personen vorgehen, die versuchen, die Ladung widerrechtlich an sich zu bringen.

Roger Stone, Kapitän
Moostöter, Luna

Pollux kam zurück und meldete: »Hazel meint, wir sollen das Zeug abwerfen, aber sachte.«

»Natürlich.« Castor löste den letzten Draht, der das Paket noch mit dem Schiff verband. Dann trat er zurück. Das Bündel rührte sich nicht. Er schob es leicht mit einem Finger an und beobachtete es wieder. Langsam, ganz langsam löste es sich vom Schiff. Er wollte die Bahn so wenig wie möglich verändern.

Pollux drehte sich um und betrachtete das Blinklicht der *Kriegsgott.* »Wird das Zeug weit genug entfernt sein, wenn wir das Schiff wenden?« fragte er.

»Keine Angst. Ich habe alles genau berechnet.«

Das Manöver war verhältnismäßig einfach — eine Punkt-Punkt-Annäherung in einem Raumgebiet, das praktisch frei von Schwerkraftfeldern war. Es bestand aus vier Stufen: Angleichung der winzigen Vektordifferenz zwischen den beiden Schiffen; Beschleunigung auf die *Kriegsgott* zu; Überbrückung des Abstands und Bremsung.

Schritt eins und zwei konnten durch Vektoraddition kombiniert werden; Schritt drei war eigentlich nur Abwarten — und dieses Abwarten konnte man durch das Einsetzen von genügend Reaktionsmasse beträchtlich verringern.

Vielleicht wäre es nicht nötig gewesen, den Ballast abzuwerfen — aber das sagte Roger Stone seinen Söhnen nicht.

Edith hatte entschieden, daß es sich um einen Notruf handelte, und er hatte seine Pläne danach ausgerichtet.

Elf Stunden nach dem ersten Manöver befand sich die *Moostöter* ziemlich nahe an der *Kriegsgott*. Die Schiffe rasten immer noch mit einer Geschwindigkeit von sechzehn Meilen pro Sekunde auf Mars zu. Relativ zueinander schienen sie zu stehen — bis auf die majestätische Achsdrehung der *Kriegsgott*. Dr. Stone, die mit dem unförmigen Raumanzug und dem riesigen Medikamentenpaket, den Druckflaschen und dem Funkgerät wie ein Weihnachtsmann aussah, stand neben ihrem Mann an der Luke. Da sie nicht genau wußte, was sie brauchen würde, hatte sie alles mitgenommen, was die *Moostöter* irgendwie entbehren konnte ... Tabletten, Antibiotika, Instrumente und ähnliches.

Von den anderen hatte sie sich bereits drinnen verabschiedet. Lowell hatte gebrüllt und seine Mutter zurückzuhalten versucht. Man hatte ihm nicht erzählt, was los war, aber die Gefühle der anderen wirkten ansteckend.

Roger Stone sagte ängstlich: »Hör' mal, sobald du die Krankheit unter Kontrolle hast, kommst du hierher zurück, ja?«

Sie schüttelte den Kopf. »Wir sehen uns auf Mars wieder, Liebling.«

»Aber ...«

»Nein, Roger. Ich könnte euch anstecken. Das wollen wir nicht riskieren.«

»Du könntest uns auch auf Mars noch anstecken. Willst du denn überhaupt nicht zu uns zurück?«

Sie überhörte die rhetorische Frage. »Auf Mars gibt es Krankenhäuser. Aber eine Familienepidemie im Raum können wir uns nicht leisten.«

»Edith! Ich habe gute Lust und weigere mich jetzt noch ...«

»Sie warten schon auf mich, Liebling, siehst du?«

Über ihren Köpfen, zweihundert Meter entfernt, hatte sich eine Passagierschleuse geöffnet. Zwei winzige Gestalten kletterten am Rumpf neben der Luke umher.

»Adios, Liebling«, sagte sie leise. »Kümmere dich um die Kinder.«

»Und du paß auf dich auf.«

»Ja, Liebling. Jetzt hilf mir beim Ausstieg.«

9

Während der nächsten paar Tage hielten sich die Zwillinge von ihrem Vater möglichst fern. Er war ungewöhnlich freundlich und liebevoll zu allen, aber er lächelte nicht, und hin und wieder fuhr er ganz unerwartet hoch. Sie blieben in ihrer Kabine und taten so, als lernten sie. Meade und Hazel kümmerten sich abwechselnd um Lowell. Der Kleine fühlte sich durch die Abwesenheit seiner Mutter vernachlässigt und äußerte das in Zornesausbrüchen.

Hazel kochte mittags und abends; sie verstand nicht mehr davon als Meade. Mindestens zweimal täglich hörte man sie fluchen, wenn sie sich wieder geschnitten oder sich die Finger verbrannt hatte.

Dr. Stone rief einmal täglich an, unterhielt sich kurz mit ihrem Mann und ging sofort wieder an die Arbeit. Roger Stones Wutanfälle erfolgten meist kurz danach.

Hazel allein brachte den Mut auf, ihn nach Edith zu fragen. Am sechsten Tag sagte sie beim Mittagessen: »Nun, Roger? Was war heute los?«

»Nicht viel. Hazel, diese Koteletts sind grauenhaft.«

»Eigentlich müßten sie gut sein. Ich habe sie mit meinem eigenen Blut gewürzt.« Sie streckte ihm den verbundenen Daumen entgegen. »Warum kochst du nicht selbst? Aber zurück zum Thema. Weich mir nicht aus, mein Junge.«

»Sie hat etwas herausgefunden. Bis jetzt haben nur Leute die Krankheit bekommen, die noch nie im Leben Masern hatten.«

»Masern?« fragte Meade. »Aber daran stirbt man doch nicht.«

»Selten«, erwiderte ihre Großmutter. »Obwohl Erwachsene ziemlich schwer daran erkranken können.«

»Ich sagte nicht, daß es Masern seien«, knurrte Roger Stone. »Mutter glaubt, daß es eine mit Masern verwandte Krankheit ist, eine Mutation vielleicht — und sie fällt heftiger aus als normale Masern.«

»Nennen wir sie ›Neomasern‹«, schlug Hazel vor. »Hat es weitere Tote gegeben, Roger?«

»Ja.«

»Wie viele?«

»Das sagte sie nicht. Van lebt zum Glück, und er scheint sich zu erholen. Edith glaubt, daß sie eine Behandlungsmethode gefunden hat.« Er sagte es, als müßte er sich selbst überzeugen.

»Masern«, meinte Hazel nachdenklich. »Du hast sie nie gehabt, Roger.«

»Nein.«

»Die Kinder auch nicht.«

»Natürlich nicht«, warf Pollux ein. »Luna City war der gesündeste Ort des bekannten Universums; die normalen Kinderkrankheiten der Erde hatten sich hier nie entwickelt.«

»Wie klang ihre Stimme, Junge?«

»Hundemüde.« Er runzelte die Stirn. »Sie hat mich sogar angefahren.«

»Doch nicht Mami!«

»Still, Meade«, sagte Hazel. »Ich hatte die Masern vor siebzig oder achtzig Jahren, Roger. Vielleicht ist es besser, wenn ich hinübergehe und ihr helfe.«

Er lächelte bitter. »Das hat sie vorausgeahnt. Sie sagte, ich solle mich in ihrem Namen bedanken, aber sie hätte bereits viel zu viele unqualifizierte Helfer.«

»Unqualifizierte Helfer! Das gefällt mir. Während der Epidemie von 93 war ich manchmal die einzige Frau, die ein Bett überziehen konnte. Pah!«

Hazel strich während des nächsten Tages absichtlich in Telefonnähe herum und war fest entschlossen, wenigstens ein paar Worte mit ihrer Schwiegertochter zu wechseln. Der Anruf kam um die übliche Zeit, aber als Roger abnahm, meldete sich nicht seine Frau.

»Kapitän Stone? Turner, Sir — Charlie Turner. Ich bin der Dritte Ingenieur. Ihre Frau bat mich, für sie anzurufen.«

»Was ist los? Hat sie soviel zu tun?«

»Ja.«

»Richten Sie ihr aus, daß sie anrufen soll, sobald sie wieder frei ist. Ich warte.«

»Leider wird das nicht gehen, Sir. Sie erklärte ausdrücklich, daß sie heute nicht anrufen könne.«

»Unsinn, das dauert doch nur eine halbe Minute.«

Die Stimme des Mannes klang verlegen. »Es tut mir leid, Sir. Dr. Stone befahl ausdrücklich, nicht gestört zu werden.«

Roger Stones Flüche gingen in eine tote Leitung. Dann wandte er sich blaß seiner Mutter zu: »Es hat sie erwischt.«

Hazel erwiderte ruhig: »Keine vorschnellen Schlüsse, Sohn.« Aber auch sie wußte, daß Edith Stone sich angesteckt hatte.

Am folgenden Tag wurde Roger Stone mit der gleichen matten Ausrede bedient. Am dritten Tag wurde das Lügen aufgegeben. Dr. Stone sei krank, ja. Aber ihr Mann brauche sich keine Sorgen zu machen. Sie habe eine Behandlungsmethode eingeführt, die ausgezeichnet wirke. So hieß es.

Nein, man könne keine Verbindung zu ihrem Bett herstellen. Nein, Kapitän Vandenbergh sei noch zu krank, um ihn zu sprechen.

»Ich komme hinüber!« brüllte der Kapitän.

Turner zögerte. »Das liegt bei Ihnen, Sir. Aber dann müssen wir Sie in Quarantäne behalten. Dr. Stone hat das schriftlich niedergelegt.«

Roger Stone legte auf. Er wußte, daß Edith in medizinischen Dingen hart war — und er konnte sein Schiff und seine

Familie nicht verlassen. Eine alte Frau und zwei vorlaute Halbwüchsige — nein, er mußte das Schiff selbst landen.

Es war fürchterlich. Das Essen wurde von Tag zu Tag schlechter, weil niemand sich die Mühe des Kochens machte. Nach endlosen sieben Tagen wurde der tägliche Anruf von Edith selbst beantwortet. »Roger — hallo, Liebling.«

»Edith! Bist du wieder gesund?«

»So ungefähr.«

»Hör' mal, Liebling, keine Quacksalbergespräche. Meine Temperatur ist zufriedenstellend, ebenso mein sonstiges Befinden. Ich habe ein wenig Gewicht verloren, aber das schadet nicht.«

»Hör' zu — du mußt heimkommen, aufs Schiff.«

»Roger! Du weißt, daß das nicht geht. Was macht die Familie?«

»Die fühlt sich großartig.«

»Dann ist es gut. Ich rufe morgen wieder an.«

An diesem Abend gab es ein Festmahl. Hazel schnitt sich wieder in den Daumen, aber es machte ihr nichts aus.

Eine Woche später konnte Roger Stone auch mit Vandenbergh sprechen.

»Van! Du holländischer Quadratschädel! Ich wußte, daß du zu hinterhältig zum Sterben warst!«

»Ja, ich lebe, und das habe ich deiner wunderbaren Frau zu verdanken. Aber ich habe ihr ein paar Fragen gestellt, die sie mir nicht beantworten konnte. Sie liegen mehr auf deinem Fachgebiet. Rog, wie steht es mit eurer Reaktionsmasse? Könnt ihr ein paar Spritzen gebrauchen?«

Kapitän Stone überlegte. »Hast du einen Überschuß?«

»Ja. Zu wenig für unsere Kutsche, aber für euren Kinderwagen könnte es reichen.«

»Wir mußten Ballast abwerfen, weißt du das?«

»Ja — und es tut mir leid. Ich sorge dafür, daß euer Anspruch anerkannt wird. Ich würde euch das Geld selbst vorstrecken, wenn mir die Alimente auf drei Planeten einen Cent übrigließen.«

»Vielleicht ist das gar nicht nötig.« Er erklärte die Sache mit dem Reflektor. »Wenn wir auf die alte Bahn zurückkommen, ist es uns vielleicht möglich, das Zeug wieder zu angeln.«

Vandenbergh lachte. »Ich freue mich schon, deine Zwillinge wiederzusehen. In den letzten sieben Jahren sind sie sicher schön gewachsen.«

»Sei vorsichtig. Die stehlen dir den Kommandositz unterm Hinterteil weg. Aber zurück zu deinem Angebot: Wieviel Reaktionsmasse hast du übrig?«

»Bestimmt genug. Ich bin gespannt auf das Kapermanöver. So etwas hat noch keiner außer euch versucht.«

Die Schiffe wurden so nahe aneinandergebracht, daß man einen Schlauch von der *Kriegsgott* zur *Moostöter* leiten konnte. Roger und Hazel berührten das Ding nur mit Zangen und Handschuhen, um sich keiner Ansteckungsgefahr auszusetzen. Zwanzig Minuten später wurde die Verbindung gelöst, und die *Moostöter* hatte einen ordentlichen Vorrat an Reaktionsmasse.

Und nicht zu früh. Mars erschien rot und groß am Himmel; es wurde höchste Zeit, die Manöver einzuleiten.

»Da ist es!« Pollux hatte am Radarschirm gewacht; sein Schrei schreckte Hazel auf.

»Höchstwahrscheinlich nur ein paar Wildgänse«, kommentierte sie. »Wo?«

»Da! Siehst du nichts?«

Hazel mußte brummig eingestehen, daß es sich tatsächlich um die abgeworfene Ladung handeln könnte. Die nächsten Stunden verbrachten sie damit, die Entfernung und relative Bewegung zu messen und den wirtschaftlichsten Annäherungskurs zu berechnen. Roger Stone trieb sie zur Eile an; die Nähe von Mars beunruhigte ihn ein wenig.

Während der Wartezeit kalkulierten sie gleich die Marslandemanöver durch. Die *Moostöter* würde natürlich nicht direkt auf dem Mars, sondern am Raumhafen von Phobos landen. Zuerst mußten sie eine fast kreisförmige Ellipse um den Planeten einschlagen und die Bahn der Mondbahn angleichen. Dann, als letztes Manöver, mußten sie das kleine Schiff auf Phobos landen. Das hatte eine Schwierigkeit: Phobos rotierte in zehn Stunden einmal um sich selbst. Das hieß, daß sie nicht nur mit der richtigen Geschwindigkeit am richtigen Ort auftauchen mußten, sondern daß sie obendrein die richtige Zeit zu beachten hatten.

Alle rechneten, bis auf Buster. Meade ließ sich manchmal von Hazel helfen. Schließlich verkündete Pollux, der weiterhin das Radargerät beobachtet hatte, daß die günstigste Annäherung erreicht sei.

Roger schnallte sich los und schwebte zu einer Luke. »Da — das Zeug ist direkt vor unserer Nase. Nun aber an die Arbeit.«

»Ich komme mit«, verkündete Hazel.

»Ich auch«, stimmte Lowell ein.

Meade packte ihn an einem Bein. »Das bildest du dir ein, Buster. Wir beide spielen jetzt ein herrliches Spiel: ›Was gibt es zum Abendessen?‹ Viel Spaß, Leute.« Sie begab sich in die Küche und zog Lowell trotz seines Protestes mit.

Die übrigen waren voll und ganz mit der Bergung ihres Ballastes beschäftigt. Die Zwillinge und Hazel arbeiteten mit Sicherheitsleinen im Freien, während Roger Stone die Dinge nach einem genau ausgeklügelten Gleichgewichtsplan verstaute.

Schließlich kam Pollux an Castors Warnungsschild. »He! Cas!« rief er. »Hier hast du dein Schreiben wieder.«

»Wir brauchen es nicht mehr.« Dennoch steckte er es ein. Und plötzlich wurden seine Augen groß. Unter seinen Zeilen stand: ›Akzeptiert. Der galaktische Herrscher.‹

Kapitän Stone kam nach draußen, verwundert über die Verzögerung. Er las die Anmerkung und sah seine Mutter an. »Hazel!«

»Was wollt ihr von mir? Ich war die ganze Zeit hier. Wann

hätte ich das schreiben sollen?«

Stone zerknüllte das Papier. »Ich glaube weder an Geister noch an galaktische Herrscher.«

Wenn Hazel die Übeltäterin gewesen war, so gab sie es jedenfalls nicht zu. Sie beharrte darauf, daß der galaktische Herrscher eben doch noch nicht tot war. Um es zu beweisen, ließ sie ihn im nächsten Kapitel wieder auferstehen.

10

Mars hat zwei ideale Raumstationen — seine beiden winzigen Monde Phobos und Deimos. Deimos ist eine wild zerklüftete Felsmasse; jeder Kapitän hätte Schwierigkeiten, dort ein Schiff zu landen. Phobos war schon bei der Entdeckung beinahe kugelförmig und verhältnismäßig eben; durch Atomkraft entstand ein Landegürtel rund um den Äquator — vielleicht eine etwas voreilige Maßnahme, denn, wenn man den alten Sagen glauben konnte, hatten die Marsianer Phobos früher selbst als Raumstation benutzt.

Kapitän Stone hatte sich entschlossen, so einfach wie möglich zu landen, und so kam ein paar Minuten nach Einsetzen der Bremsraketen ein Raketenboot von Phobos an die Luftschleuse der *Moostöter.* Das kleine Gefährt wurde mit Magnetklammern festgehalten, und der Pilot kletterte an Bord des Raumschiffes.

»Jason Thomas, Hafenpilot«, stellte er sich vor. »Sie haben einen Lotsen verlangt?«

»Richtig, Kapitän Thomas.«

»Nennen Sie mich Jay. Alle Berechnungen fertig?«

Roger Stone reichte ihm ein Blatt, und er studierte es genau. Meade fand, daß er eher wie ein Buchhalter und nicht wie ein Pilot aussah — mit Hazels Helden konnte er jedenfalls nicht konkurrieren. Lowell starrte ihn ernst an und fragte: »Sind Sie Marsianer, Mister?«

Der Pilot antwortete ebenso ernst: »So ungefähr, Junge.«

»Wo ist dann Ihr drittes Bein?«

Thomas sah ihn verblüfft an, doch dann fing er sich. »Ich bin eben ein Schlußverkaufs-Marsianer.«

Lowell schien zu zweifeln, aber er verfolgte das Thema nicht weiter. Der Hafenpilot gab die Berechnungen an Kapitän Stone zurück und sagte: »Okay, Käpt'n. Wo befinden sich die Außenanschlüsse?«

»Gleich vor der Luke. Die Innenanschlüsse sind hier an der Konsole.«

»Ich komme gleich wieder.« Er hantierte geschickt und rasch am Außenrumpf. In weniger als zehn Minuten stand er wieder in der Schleuse.

»Sie wollen doch nicht sagen, daß die Hilfsraketen bereits eingebaut sind?« fragte Roger Stone ungläubig.

»Ich habe schließlich Übung. Außerdem habe ich gute Helfer.« Er schloß ein kleines, tragbares Schaltpult an die Konsole und überprüfte die Steuerung. »Alles fertig. Jetzt müssen wir nur eine Zeitlang warten.« Er sah sich um. »Wollen Sie einwandern?«

»Nein, eigentlich nicht. Es ist mehr eine Vergnügungsreise.«

»Na, so was! Fragt sich nur, was Ihnen auf dem Mars Vergnügen bereiten könnte.« Sein Blick fiel auf die rötliche Kurve von Mars, die sich in der Luke zeigte.

»Wir werden uns eben die Sehenswürdigkeiten betrachten.«

»In Vermont sehen Sie mehr als auf diesem ganzen Planeten, das kann ich Ihnen versichern.« Er sah sich um. »Ist das Ihre Familie?«

»Alle, bis auf meine Frau.« Roger Stone erklärte, was vorgefallen war.

»Ach ja! Ich habe in der Tageszeitung davon gelesen. Aber der Name Ihres Schiffes war falsch gedruckt.«

Hazel knurrte verächtlich. »Zeitungen!«

»Da haben Sie recht, Mutti. Ich habe die *Kriegsgott* übrigens vor vier Stunden heruntergeholt. Landefläche 32/33. Sie ist allerdings in Quarantäne.«

Pollux wunderte sich allmählich, wann der Mann mit seinen Manövern beginnen wollte. Aber Jason Thomas beachtete den Radarschirm überhaupt nicht. Statt dessen begann er mit einer langen, verwickelten Geschichte über seinen Schwager, der auf der Erde lebte. Dieser Mann hatte offenbar versucht, einen Papagei als eine Art Wecker abzurichten.

Die Zwillinge wußten nichts von Papageien, und es war ihnen auch egal. Sie machten sich Sorgen. Wollte dieser Esel die *Mooströter* abstürzen lassen? Castor überlegte, ob der Mann überhaupt Pilot war. Die Geschichte ging endlos weiter. Plötzlich unterbrach sich Thomas und sagte: »Alles festhalten. Jemand sollte das Baby auf den Arm nehmen.«

»Ich bin kein Baby«, protestierte Lowell.

»Ich wollte, ich wäre eines, Kleiner.« Seine Finger glitten über das Kontrollbord, als Hazel Lowell zu sich heranzog. »Aber der Witz an der ganzen Sache war . . .« Ein ohrenbetäubender Lärm durchdrang das Schiff. Er dauerte nur Sekunden, dann fuhr Thomas triumphierend fort: ». . . daß das Biest die Uhrzeit nicht kannte. Danke, Leute. Die Rechnung bekommen Sie im Büro.« Er stand mit einer geschmeidigen Bewegung auf. »Freut mich, Sie kennengelernt zu haben.«

Sie befanden sich auf Phobos.

Pollux erhob sich von den Deckplatten — und bumste mit dem Kopf gegen die obere Trennwand. Danach versuchte er wie Jason Thomas zu gehen. Er hatte zum ersten Mal seit der Abreise Gewicht, echtes Gewicht, aber es machte insgesamt höchstens ein halbes Pfund aus.

»Steigen wir aus, Paps?«

»Warte ab. Leute, hört einmal her. Ich gehe hinüber zur *Kriegsgott.* Wenn jemand mitkommen oder herumstrolchen will, kann er es tun — sobald geklärt ist, wer Buster übernimmt. Zieht eure Stiefel an. Soviel ich weiß, gibt es hier Stahlstreifen auf den Straßen, um den Durchgangsreisenden das Gehen zu erleichtern.«

Pollux hatte als erster den Druckanzug übergestreift und seinen Kopf aus der Schleuse gesteckt. Es überraschte ihn, daß die Strickleiter noch zusammengerollt an ihrem Platz hing. War Jason Thomas die Riesenentfernung einfach nach unten gesprungen? Aber als er ausstieg, merkte er, daß man am Rumpf einfach nach unten marschieren konnte — wie eine Fliege an der Wand.

Die anderen folgten ihm. Hazel hatte Lowell übernommen. Roger Stone blieb stehen, bis alle versammelt waren. Dann begab er sich auf einen der Wege mit eingearbeiteten Stahlstreifen und hielt einen Mann auf, der in einem dicken Raumanzug steckte. »Entschuldigen Sie, könnten Sie mir sagen, wo Landefläche 32/33 ist? Die *Kriegsgott* soll sich dort befinden.«

»Folgen Sie diesem Streifen fünf Meilen nach Osten. Sagen Sie, kommen Sie von der *Moostöter*?«

»Ja, ich bin ihr Kapitän. Roger Stone.«

»Freut mich, Sie kennenzulernen, Käpt'n. Ich war gerade unterwegs, um Ihr Schiff einzuordnen. Wenn Sie zurückkommen, werden Sie es auf Landefläche 13 finden.«

Die Zwillinge sahen neugierig die Rolle mit dem Drahtseil, die Handwinde und den Anker an. »Einfach damit wollen Sie unser Schiff befördern?« Er wußte noch genau, wie schwierig es gewesen war, die *Moostöter* auf den Raumhafen von Luna zu bringen.

»Laufen die Kreisel noch?« fragte der Hafentechniker.

»Ja«, erwiderte Stone.

»Dann gibt es keine Schwierigkeiten. Bis später.« Er ging auf das Schiff zu.

Die Stones wandten sich nach Osten. Hazel ließ Lowell los, und er rannte vergnügt über den Stahlstreifen.

Sie gingen auf Mars zu, einen großen Bogen, der fast den ganzen östlichen Horizont füllte. Und dann entdeckte Meade den Bug der *Kriegsgott* vor dem orangeroten Hintergrund. Sie beeilten sich, aber sie mußten noch drei Meilen zurücklegen, bis sie das Schiff in ganzer Größe sahen.

Endlich waren sie angekommen — und wurden von riesigen Sperrschildern zurückgehalten: ›ACHTUNG! QUARANTÄNE! Betreten strengstens verboten!‹

»Ich kann nicht lesen«, sagte Hazel.

Roger Stone überlegte. »Ihr anderen bleibt in der Nähe oder macht einen Spaziergang. Ich gehe hinein. Ihr wißt übrigens, daß ihr auf dem Landefeld selbst nichts verloren habt, nicht wahr?«

»Willst du wirklich nicht, daß ich mitkomme, Junge?« fragte Hazel.

»Nein, das ist meine Privatangelegenheit.« Er ließ sie an der Barriere stehen und ging auf das Schiff zu. Sie warteten. Hazel verkürzte sich die Zeit, indem sie aus der Kammer ihrer Pistole ein Hustenbonbon holte und lutschte. Sie gab auch Lowell eines. Roger stand an einer der Sichtluken. Nach geraumer Zeit kehrte er zurück. Sein Gesicht war düster.

»Nichts erreicht?« fragte Hazel.

»Überhaupt nichts. O ja, ich habe Van gesehen, und er hat mir einige seiner Witze zugerufen. Er hat mir auch Edith gezeigt — durch die Quarzscheibe.«

»Wie sieht sie aus?«

»Großartig, ganz bestimmt. Etwas schmaler vielleicht, aber nicht viel. Sie hat mir für euch alle eine Kußhand mitgegeben.« Er schüttelte den Kopf. »Aber ich kann nicht hinein zu ihr.«

»Du kannst es Van nicht verdenken«, erklärte Hazel. »Er würde seine Lizenz verlieren.«

»Ich verdenke es ihm nicht. Aber ich bin stinkwütend.«

»Nun, und was jetzt?«

Er überlegte. »Ihr anderen könnt in der nächsten Stunde tun, was ihr wollt. Ich gehe zum Verwaltungsgebäude — die Kuppel da drüben, seht ihr? Dann treffen wir uns alle auf Landefläche 13.«

Die Zwillinge wollten nach Osten gehen, während Meade und Hazel sofort zum Schiff zurückkehrten. Buster wurde nämlich allmählich unruhig. Die Jungen hatten die Absicht, sich Mars einmal richtig anzusehen. Sie hatten den Planeten zwar schon während des Landemanövers durch die Schiffsluken beobachtet, aber so war es etwas anderes — echter irgendwie und nicht eingerahmt wie ein Fernsehbild. Nach drei Meilen hatten sie eine herrliche Sicht.

Sie beobachteten die rötlichen Wüsten, die olivgrünen fruchtbaren Streifen dazwischen und die Kanäle, die sich schnurgerade über die flache Landschaft zogen.

Sie waren sich einig darüber, daß Mars schön war — fast so schön wie Luna und etwas schöner als die Erde. Aber nach einer Weile begannen sie, sich zu langweilen und gingen zurück zum Schiff.

Sie fanden ohne Schwierigkeiten Landefläche 13 und betraten das Schiff. Meade hatte das Essen fertig, und Hazel spielte mit Buster. Als eben aufgetragen war, kam ihr Vater heim. »Du siehst aus, als wäre dir eine Bestechung geglückt.«

»Nicht ganz.« Er zögerte, dann fuhr er fort: »Ich gehe zu Edith in Quarantäne.«

»Aber, Paps . . .«, protestierte Meade.

»Ich bin noch nicht fertig. Während ich fort bin, übernimmt Hazel das Kommando. Sie ist auch das Familienoberhaupt.«

»Das war ich immer«, erklärte Hazel freundlich.

»Bitte, Mutter. Jungs, wenn sie euch ein paar Knochen bricht, ist diese Maßnahme von vornherein von mir autorisiert. Verstanden?«

»Jawohl, Sir.« — »Aye, aye, Sir.«

»Gut. Ich packe jetzt und verschwinde.«

»Aber, Paps!« protestierte Meade beinahe weinend. »Willst du nicht wenigstens mit uns essen?«

Er blieb stehen und lächelte. »Natürlich, Kleine. Hast du gewußt, daß du allmählich ausgezeichnet kochst?«

Castor sah Pollux an und meinte: »Äh, Paps, eines noch: Sollen wir einfach in diesem engen Schiff warten — bis du wiederkommst?«

»Ja, natürlich — das heißt, das wird nicht nötig sein. Wenn Hazel einverstanden ist, könnt ihr das Schiff verschließen und euch auf Mars umsehen. Ruft uns an, sobald ihr untergekommen seid, und wir stoßen dann zu euch, wenn die Quarantäne vorbei ist.«

Die Zwillinge seufzten erleichtert.

11

Roger Stone steckte sich prompt an und mußte gepflegt werden — wodurch sich die Quarantänezeit verlängerte. Die Zwillinge hatten um so mehr Zeit, ihr Talent zum Unfugtreiben auszunutzen. Die zusammengeschrumpfte Familie nahm die Fähre zum Mars, und obwohl das Ding winzig und unbequem war, mußten sie enorme Flugpreise entrichten. Von den Frachtkosten ganz zu schweigen . . .

Die Zwillinge hatten die Fahrräder entladen und zwischen Zollschuppen und Verwaltungsgebäude zum Transfer fertiggemacht. Sie waren schockiert über die Summe, die sie bezahlen mußten — im voraus. Sie war höher als der Ladepreis, den sie mit ihrem Vater vereinbart hatten.

Castor berechnete immer noch ihre Kosten und möglichen Gewinne, als sich die fünf Stones für die Reise nach Marsport festschnallten. »Pol«, sagte er verzweifelt, »wenn wir nicht ganz hohe Preise erzielen, sind wir erledigt.«

»Werden wir, Opa, werden wir. Es sind schließlich gute Fahrräder.«

Die Fähre glitt über den Großen Kanal und landete weich auf dem Wasser, wo sie eine Zeitlang friedlich vor sich hin schaukelte. Die Zwillinge waren froh, als sie aussteigen durften. Sie hatten noch nie zuvor ein Wasserfahrzeug bestiegen und fanden diese Art der Fortbewegung unangenehm und geradezu gefährlich. Das kleine Schiff öffnete seine Luken mit einem sanften Zischen, und sie atmeten zum ersten Mal die Marsluft ein. Sie war dünn, aber der Druck war nur wenig schwächer als in der *Moostöter* — das seit einer Generation vorangetriebene Atmosphäreprojekt hatte Druckanzüge und Atemmasken unnötig gemacht.

Meade zog die Nase kraus, als sie auf das Dock kletterte. »Was riecht denn da so komisch, Hazel?«

»Frische Luft. Komisches Zeug, nicht wahr? Komm, Lowell.«

Sie betraten alle den Willkommenssaal, in den der einzige Dockausgang mündete. Hazel sah sich um, entdeckte einen Schalter mit der Aufschrift ›Visa‹ und eilte darauf zu. »Los, Kinder! Bleibt in meiner Nähe.«

Der Angestellte musterte die Papiere, als hätte er noch nie so etwas bearbeitet und als müßte er sich überwinden, es jetzt zu tun. »Sie haben sich auf Phobos ärztlich untersuchen lassen?« fragte er zweifelnd.

»Sehen Sie selbst nach. Die Stempel sind eingetragen.«

»Hm. Sie haben keine Einwanderungserklärung ausgefüllt.«

»Wir sind keine Einwanderer; wir sind Touristen.«

»Weshalb haben Sie das nicht gesagt? Sie haben keine Kaution gestellt. Alle terranischen Besucher müssen diese Kaution hinterlegen.«

Pollux sah Castor an und schüttelte den Kopf. Hazel zählte bis zehn und erwiderte: »Wir sind keine Terraner, wir sind freie Bürger von Luna — und können nach dem Vertrag von 07 volles Gastrecht beanspruchen. Sehen Sie selbst nach.«

»Oh.« Der Mann sah verwirrt drein, aber er stempelte ihre Papiere ab. »Das macht fünf Pfund.«

»*Fünf Pfund*?«

»Marswährung natürlich. Wenn Sie das Bürgerrecht beantragen, wird Ihnen das Geld zurückerstattet.«

Hazel zahlte. Pollux rechnete die Summe um und fluchte leise. Allmählich hatte er genug vom Mars. Der Angestellte zählte das Geld nach, griff nach einem Stapel von Heftchen und drückte jedem von ihnen eines der Dinger in die Hand. »Willkommen auf Mars«, sagte er mit einem kühlen Lächeln. »Es wird Ihnen bei uns gefallen.«

»Ich begann schon daran zu zweifeln«, erwiderte Hazel und nahm ihr Heft entgegen.

»Wie?«

»Schon gut. Vielen Dank.«

Sie wandten sich ab. Castor blätterte das Heft durch. Es hatte den Titel: WILLKOMMEN AUF MARS!

Das Innere enthielt mehr Werbung als seriöse Texte. Keines der Bilder war dreidimensional. Immerhin, es war umsonst.

Sie waren keine zehn Schritte gegangen, als der Angestellte plötzlich rief: »He, Madam! Einen Augenblick, bitte — kommen Sie zurück!«

Hazel sah ihn grimmig an und kehrte um. »Was gibt's noch, junger Mann?«

Er deutete auf das Halfter. »Ihre Waffe. Sie dürfen das Ding innerhalb der Stadt nicht tragen.«

»Nein?« Sie zog die Pistole, öffnete die Kammer und hielt sie dem Mann unter die Nase. »Möchten Sie ein Hustenbonbon?«

Nachdem sich die freundliche Dame des Reisedienstes davon überzeugt hatte, daß sie wirklich keinen der alten Mars-Türme mieten wollten — eine Million Jahre alt, aber mit Klimaanlagen ausgestattet —, reichte sie ihnen eine Liste mit freien Wohnungen. Hazel hatte beschlossen, kein Hotel aufzusuchen, nachdem sie die Preise erfahren hatte. Gemeinsam klapperten sie die Stadt ab. Es gab keine öffentlichen Verkehrsmittel. Viele der Bewohner benutzten Motorroller, die meisten gingen zu Fuß. Die Stadt war wie ein langgezogenes Schachbrett angeordnet, und die Hauptstraßen verliefen parallel zum Großen Kanal. Bis auf ein paar übriggebliebene druckdichte Kuppeln in der ›Altstadt‹ waren die Gebäude einstöckige, schachtelähnliche Gebilde ohne Giebel und Fenster. Die Eintönigkeit wirkte erdrückend.

Die erste Adresse erwies sich als ein winziges Quartier im Küchenanbau eines Hauses — Waschgelegenheit mit den Vermietern zu benutzen. Die zweite Wohnung war groß genug, aber in Riechweite einer großen Plastikfabrik. Eines der Endprodukte schien Butylmerkaptan zu sein, wenn Hazel auch darauf beharrte, daß es mehr nach totem Ziegenbock roch. Die dritte — aber es hatte wenig Sinn, alle Versuche aufzuzählen. Keines der Quartiere bot auch nur soviel Komfort wie die beengten Wohnräume der *Moostöter*.

Hazel holte tief Atem und sah ihre Enkel der Reihe nach an. »Was nun, Kinder? Sollen wir ein Zelt aufbauen oder zur *Moostöter* zurückgehen?«

»Unmöglich«, widersprach Pollux. »Wir müssen unsere Fahrräder verkaufen.«

»Mund halten, Kleiner«, sagte sein Bruder. »Hazel, war da nicht noch eine Casa Sowieso?«

»Casa-Mañana-Apartments, südlich des Kanals — und wahrscheinlich auch nicht besser als die anderen. Schön, Infanterie. Weiter geht der Marsch.«

Die Gebäude wurden spärlicher, und sie sahen ein paar Marspflanzen, die ihre Zweige gierig der Sonne entgegenstreckten. Lowell begann zu quengeln. »Trag' mich, Hazel.«

»Kommt nicht in Frage, Liebling«, sagte sie energisch. »Du hast jüngere Beine als ich.«

Meade blieb stehen. »Mir tun die Füße auch weh.«

»Unsinn! Wir haben knapp ein Drittel g.«

»Vielleicht. Aber es ist doppelt soviel wie auf Luna, und wir waren jetzt mehr als ein halbes Jahr im freien Fall. Ist es noch weit?«

Auch den Zwillingen taten die Füße weh, aber sie gaben es nicht zu. Sie trugen Buster abwechselnd auf den Schultern. Casa Mañana war verhältnismäßig neu und im Hinblick auf ihre heruntergeschraubten Ansprüche akzeptabel. Es handelte sich um ein langgestrecktes, niedriges Gebäude, das Hazel an einen Hühnerstall erinnerte; aber sie behielt diesen

Vergleich für sich. Fenster besaß das Ding nicht, doch die Lüftung und die Beleuchtung waren ausreichend.

Die Wohnung, die ihnen der Besitzer zeigte, bestand aus zwei winzigen Räumen, einer Dusche und einem Wohnzimmer. Hazel sah sich um. »Haben Sie nichts Größeres, Mister d'Avril?«

»Gewiß, Madam — aber ich vermiete zu Beginn der Touristensaison nicht gern große Wohnungen an eine so kleine Familie. Für den Jüngsten stelle ich Ihnen gern eine zusätzliche Liege auf.«

Sie erklärte ihm, daß zwei Erwachsene nachkommen würden. Er überlegte. »Sie wissen nicht, wie lange die *Kriegsgott* noch unter Quarantäne steht?«

»Nein.«

»Weshalb reden wir dann nicht über die Sache, sobald das Datum feststeht? Irgendwie werden wir Sie schon unterbringen. Das ist ein Versprechen.«

Hazel beschloß, den Vertrag abzuschließen. Ihre Füße schmerzten sie abscheulich. »Wieviel?«

»Vierhundertfünfzig pro Monat — vierfünfundzwanzig, wenn Sie für die ganze Saison mieten.«

Zuerst war Hazel so überrascht, daß sie nicht widersprach. Sie hatte bei den anderen Wohnungen nicht nach den Preisen gefragt, da ihr die Räume nicht entsprochen hatten. »Pfund oder Credits?« fragte sie schwach.

»Natürlich Pfund.«

»Hören Sie, ich will diesen St ... dieses Haus nicht kaufen.«

Mister d'Avril wirkte gekränkt. »Madam, es liegt bei Ihnen, ob Sie mieten oder nicht. Jetzt, da täglich neue Schiffe ankommen, kann ich mir meine Mieter auswählen. Meine Preise sind im Verhältnis durchaus nicht hoch. Die Grundbesitzervereinigung hat sogar versucht, mich zum Erhöhen zu zwingen — und das ist nicht gelogen!«

Hazel schüttelte den Kopf. »Ich bin eine einfache Frau vom Land, Mister d'Avril. Wieviel hat der Bau dieses Hauses gekostet?«

Wieder war er gekränkt. »So dürfen Sie die Sache nicht betrachten, Madam. Hin und wieder kommt eine Ladung Touristen. Die Leute bleiben eine Weile, dann verschwinden sie wieder, und wir haben überhaupt keine Mieter. Und Sie wären überrascht, wenn Sie wüßten, sie sehr die kalten Nächte dem Baumaterial zusetzen. Wir können nicht mehr so gut bauen, wie es die alten Marsianer taten.«

Hazel gab auf. »Gilt der Saisontarif von jetzt bis zum Abflug zur Venus?«

»Tut mir leid, Madam. Ich meine die ganze Saison.«

Der nächste günstige Zeitpunkt für einem Abflug nach Venus war in sechsundneunzig Erdentagen — oder in vierundneunzig Marstagen — während die ›ganze Saison‹ fünfzehn Monate dauerte. Es war die Zeit bis zum nächsten günstigen Start nach der Erde.

»Wir zahlen für einen Monat. Kann ich Ihren Schreibstift haben? Ich besitze nicht mehr soviel Bargeld.«

Nach dem Abendessen fühlte sich Hazel besser. Die Sonne war untergegangen, und die Nacht würde bald so bitterkalt sein, daß es kein Mensch ohne geheizten Anzug draußen aushielt; aber im Innern der Casa Mañana war es wohlig warm. Mister d'Avril hatte sich gegen einen kleinen Aufschlag bereiterklärt, ein Fernsehgerät aufzustellen, und Hazel genoß zum ersten Mal seit Monaten ihre eigene Fernsehstory. Sie bemerkte, daß man die Texte in New York tatsächlich umgeschrieben hatte und daß die Veränderungen keine Verbesserungen waren.

Dieser galaktische Herrscher — ein richtiger Bösewicht, was!

Sie konnten ja am nächsten Tag immer noch versuchen, etwas Billigeres zu bekommen. Und solange die Sendung die Zuschauer anzog, würde die Familie nicht verhungern. Aber sie stellte sich nicht gern Rogers Gesicht vor, wenn er die Mietpreise erfuhr. Mars! Ganz schön als Besuchsziel, aber kein Ort zum Leben. Sie runzelte die Stirn.

Die Zwillinge unterhielten sich in ihrer Kammer über ein paar komplizierte finanzielle Probleme; Meade strickte friedlich und starrte auf den Bildschirm. Dann bemerkte sie Hazels Gesichtsausdruck. »Woran denkst du, Großmutter?«

»*Ich* weiß es«, verkündete Lowell.

»Dann behalte es für dich. Nichts Besonderes, Meade. Dieser Naseweis von Angestelltem will mir nicht aus dem Kopf gehen. Wie konnte er es wagen, etwas gegen meine Pistole zu sagen?«

12

Die Zwillinge wollten den hiesigen Markt gleich nach dem Frühstück sprengen. Hazel mahnte sie zur Vorsicht. »Kommt rechtzeitig zum Essen zurück. Und begeht kein Kapitalverbrechen.«

»Worin bestehen die hier?«

»Hm, mal überlegen. Jemanden ohne Schutzanzug im Stich lassen — Verseuchung des Trinkwassers — Verletzung der Handelsverträge mit den Eingeborenen . . . Das dürfte so ziemlich alles sein.«

»Mord?«

»Das wird hier zivilgerichtlich erledigt — aber man verurteilt dich nach dem Verdienst, den der Ermordete zu erwarten hatte, solange er noch lebte. Teuer. Sehr teuer, wenn die Preise, die wir zahlen, ein Anhaltspunkt sind. Wahrscheinlich bleibst du dein Leben lang ein Arbeitssklave.«

»Hm — wir werden aufpassen. Schreib' das auf, Pol. Niemanden umbringen.«

»Schreib' ruhig du das auf. Du bist derjenige, welcher immer die Nerven verliert.«

»Um Punkt sechs seid ihr zurück, Jungs. Habt ihr eure Uhren umgestellt?«

»Pol hat seine verlangsamt. Meine geht noch nach Greenwich-Zeit.«

»Pol! Cas!« rief Lowell. »Ich will mit!«

»Geht nicht, Junior. Das Geschäft läßt es nicht zu.«

»Ich will mit! Ich will einen Marsianer sehen! Großmutter Hazel, *wann* werde ich einen Marsianer sehen?«

Sie zögerte. Seit einem unglücklichen, aber sehr lehrreichen Vorfall vor vierzig Jahren hatte sich die planetarische Regierung darum bemüht, Fremde, speziell Touristen, von den echten Marsianern fernzuhalten. Lowell hatte die gleiche Chance, einen Marsianer zu sehen, wie ein europäisches Kind, das in Manhattan einem echten Indianer begegnen wollte. »Also, Lowell, es ist so . . .«

Die Zwillinge zogen sich hastig zurück, um nicht in diese nutzlose Debatte verwickelt zu werden.

Sie entdeckten bald eine Straße, in der alles verkauft wurde, was Prospektoren brauchten. Sie suchten sich einen mittelgroßen Laden aus. Die Aufschrift lautete: ›Angelo & Söhne‹, und in etwas kleineren Buchstaben wurde den geschätzten Besuchern angeboten: ›Schlafsäcke, Geigerzähler, Sandräder, Taschenlampen, Eisenwaren und Waffen.‹

Im Innern sahen sie einen einzigen Verkäufer, der an der Theke lehnte, seine Zähne mit einem Holzstäbchen bearbeitete und mit einem Pelzknäuel spielte. Pollux sah das Ding neugierig an, aber da es rings von Pelz umgeben war, konnte er nicht viel erkennen. Vielleicht ein Mars-Spielzeug. Er würde später danach fragen. Zuerst kamen die Geschäfte.

Der Mann streckte sich und sagte mit berufsmäßiger Freundlichkeit: »Guten Morgen, meine Herren. Willkommen auf dem Mars.«

»Woher wußten Sie das?« fragte Castor.

»Was?«

»Daß wir nicht von hier sind.«

»Schwer zu sagen. Man merkt Ihrem Gang immer noch den freien Fall an und — ach, ich weiß nicht. Kleinigkeiten, die sich addieren. Ich habe allmählich einen Blick dafür.«

Pollux warf Castor einen warnenden Blick zu; Castor

nickte. Er erkannte unterbewußt, daß die Vorfahren dieses Mannes aus dem Mittelmeerraum stammten und daß diese ihm vermutlich ein gutes Verkaufstalent vererbt hatten. »Sie sind Mister Angelo?«

»Tony Angelo. Wollten Sie einen der anderen sprechen?«

»Nein, nein. Wir wollen uns nur umsehen.«

»Bitte. Souvenirs?«

»Hm, vielleicht.«

»Wie wäre es mit dem da?« Mister Angelo griff in eine Schublade hinter sich und holte eine zertrümmerte Gesichtsmaske hervor. »Eine Sandsturmmaske. Die Linsen sind vom Sand zerkratzt. Sie können das Ding in Ihrer Diele aufhängen und einen richtigen Thriller darüber erzählen. Außerdem wiegt es nicht viel, und Sie können es billig bekommen — ich müßte die Linsen erneuern, wenn ich es wieder an einen Prospektor verkaufen wollte.«

Pollux schnüffelte im Laden herum und näherte sich unauffällig den Fahrrädern. Castor beschloß, Mister Angelo inzwischen zu beschäftigen. »Hm, ich weiß nicht«, erwiderte er. »Ich möchte lieber keine so makabren Lügen erzählen.«

»Keine Lügen — höchstens Phantasie. Schließlich ist der Kerl, der die Maske trug, wirklich nur knapp mit dem Leben davongekommen. Ich kenne ihn. Aber egal.« Er legte die Maske weg. »Ich habe ein paar echte Mars-Schmuckstücke da — nur K'Raath selbst weiß, wie alt sie sind. Aber sie sind sehr teuer. Und dann habe ich ein paar andere, die sich von den echten nicht unterscheiden, außer in einem Labor unter polarisiertem Licht. *Die* kommen von New Jersey und sind überhaupt nicht teuer. Was soll's nun sein?«

»Hm, ich weiß nicht«, wiederholte Castor. »Sagen Sie, Mister Angelo, was ist das da? Erst dachte ich an eine Pelzmütze. Jetzt sehe ich, daß das Ding lebendig ist.« Castor deutete auf das Pelzhäufchen. Es glitt langsam auf den Thekenrand zu.

Der Verkäufer streckte die Hand aus und holte es wieder zurück. »Das? Das ist eine Flachkatze.«

»Flachkatze?«

»Sie hat einen lateinischen Namen, aber ich kenne ihn nicht.« Angelo kitzelte das Tier mit dem Zeigefinger; es begann ganz hell zu schnurren. Es hatte keine erkennbaren Gesichtzüge, und der dichte rote Pelz war nur eine Nuance dunkler als Castors Haar. »Anhängliche kleine Dinger — und viele der Prospektoren nehmen sie zur Gesellschaft mir. Man fühlt sich nicht so allein, und eine Flachkatze ist immer noch besser als eine Frau, weil sie nicht widersprechen kann. Da, nehmen Sie.«

Castor nahm das Tierchen vorsichtig in den Arm. Es schmiegte sich sofort platt an seinen Körper und begann zu schnurren. Castor sah hinunter und entdeckte drei runde schwarze Augen, die ihn vertrauensvoll anstarrten und sich sofort wieder schlossen.

Castor lachte. »Es ist wirklich wie eine Katze.«

»Nur daß es nicht kratzt. Wollen Sie das Ding kaufen?«

Castor zögerte. Er mußte an Lowells Wunsch denken, einen echten Marsianer zu sehen. Nun, war die Flachkatze nicht eine Art Marsianer? »Ich wüßte nicht, wie ich sie pflegen sollte.«

»Gar kein Problem. Erstens sind es saubere kleine Biester — also gibt es in der Hinsicht keine Scherereien. Und sie fressen alles, besonders gern Abfall. Füttern Sie es einmal in der Woche, und geben Sie ihm einmal im Monat etwas Wasser. Und Sie müssen nicht einmal dafür sorgen, daß es Wärme bekommt. Wenn es friert, rollt es sich einfach zusammen.«

Castor war überzeugt davon, daß Lowell das Kleine mit Begeisterung aufnehmen würde. »Wieviel?«

Angelo zögerte und überlegte, was er verlangen konnte, ohne daß es auffiel. Auf Mars hatte eine Flachkatze etwa den Wert eines Kätzchens, das zusammen mit vier anderen Leidensgefährten auf einer Missourifarm zur Welt gekommen war. Immerhin, die Jungen mußten reich sein, sonst wären sie nicht hergekommen — zweifellos brannten sie darauf, ihr

Taschengeld so schnell wie möglich auszugeben. »Anderthalb Pfund«, sagte er fest.

Castor war überrascht von dem vernünftigen Preis. »Das ist nicht wenig«, sagte er automatisch.

Angelo zuckte mit den Schultern. »Es mag Sie. Meinetwegen gehe ich auf ein Pfund herunter.«

Castor war wieder überrascht, diesmal über das schnelle Nachgeben des Händlers. »Ich weiß nicht«, murmelte er.

»Hm — zehn Prozent bei Barzahlung.«

Castor sah, daß Pollux mit der Inspektion der Fahrräder fertig war und zurückkam. Es konnte nicht schaden, wenn er sich durch den Kauf des Tierchens eine gute Ausgangsbasis verschaffte. »Einverstanden.« Er zahlte und hob die Flachkatze hoch. »Komm zu Papi, Fuzzy.« Fuzzy kam zu Papi, schmiegte sich an ihn und schnurrte.

Pollux kam zurück und starrte den kleinen Marsianer an. »Was in aller Welt ist das?«

»Unser jüngstes Familienmitglied. Wir haben soeben eine Flachkatze gekauft.«

»Wir?« Pollux wollte protestieren, aber er sah noch rechtzeitig das warnende Blinzeln seines Bruders. »Äh, Mister Angelo, Sie haben Ihre Waren nicht ausgezeichnet.«

Der Händler nickte. »Das stimmt. Die Prospektoren schachern gern, und wir tun ihnen den Gefallen. Es kommt im Endeffekt auf das gleiche hinaus. Wir einigen uns immer auf den Listenpreis. Wir wissen es, und sie wissen es. Aber es gehört zu ihren Lebensgewohnheiten.«

»Das *Raleigh-Spezial* da drüben — was kostet es?« Pollux hatte es ausgewählt, weil es große Ähnlichkeit mit dem Fahrrad hatte, das sein Vater zu Kapitän Vandenbergh mitgenommen hatte.

»Sie möchten das Fahrrad kaufen?«

Castor schüttelte unauffällig den Kopf; Pollux erwiderte: »Nein, ich wollte nur den Preis wissen. Ich kann es schließlich nicht mit aufs Schiff nehmen.«

»Hm, da keine anderen Kunden hier sind, kann ich es Ihnen ja verraten. Listenpreis dreihundertfünfundsiebzig — ein guter Kauf!«

»Puh! Das erscheint mir sehr hoch.«

»Ist es wirklich nicht. Das Ding ist Klasse. Sehen Sie sich einmal bei den anderen Händlern um.«

»Mister Angelo«, sagte Castor vorsichtig, »angenommen, ich biete Ihnen ein Fahrrad wie dieses an — nicht neu, aber tipptopp überholt — und zwar für den halben Preis.«

»Wie? Ich würde Sie für verrückt halten.«

»Ich meine es ernst. Ich habe eines zu verkaufen. Sie können es ebensogern haben wie einer Ihrer Konkurrenten.«

»Hm — Sie sind also nicht hergekommen, um Souvenirs zu kaufen?«

»Nein, Sir.«

»Wenn Sie mir vor ein paar Monaten diesen Vorschlag unterbreitet hätten, so hätte ich mit beiden Händen zugegriffen. Jetzt — unmöglich.«

»Weshalb? Ich biete Ihnen ein gutes Fahrrad an. Es dürfte ein echtes Geschäft für Sie werden.«

»Das bestreite ich nicht.« Er streckte die Hand aus und streichelte die Flachkatze. »Ach was, weshalb soll ich es Ihnen nicht sagen? Kommen Sie mit.«

Er führte sie nach hinten, vorbei an Regalen, die mit Verkaufsgegenständen vollgestopft waren. Schließlich standen sie in einem Lagerraum. Die Waren, die sie darin sahen, kamen ihnen nur allzu vertraut vor. Gebrauchte Fahrräder.

»Da! Die gleiche Menge habe ich noch hinter dem Schuppen.«

Castor versuchte seine Überraschung und Verzweiflung zu verbergen. »Sie haben also gebrauchte Fahrräder«, sagte er. »Aber alles zerschundene Gäule. Meine sehen aus wie neu und fahren auch so. Und ich kann sie Ihnen billig verkaufen. Wollen Sie nicht wenigstens den Versuch machen?«

Angelo schüttelte den Kopf. »Freund, ich gebe zu, daß ich Sie nicht für einen Händler hielt. Aber ich habe schlechte Nachrichten für Sie. Sie werden Ihre Fahrräder nirgends verkaufen können.«

»Weshalb nicht?«

»Weil keine Kunden mehr da sind.«

»Häh?«

»Schon mal was vom Halleluja-Knoten gehört? Ist Ihnen nicht aufgefallen, daß ich keine Kunden habe? Drei Viertel aller Prospektoren strömen in die Stadt — aber sie kaufen nicht, zumindest keine Fahrräder. Sie besorgen sich neue Vorräte und besteigen Charterschiffe. Deshalb habe ich so viele gebrauchte Fahrräder. Ich mußte sie in Zahlung nehmen. Schade — ich hätte gern ein Geschäft mit euch gemacht.«

Natürlich hatten die Zwillinge vom Halleluja-Knoten gehört — draußen im Raum war die Nachricht zu ihnen durchgedrungen: ein Riesenfund an Uran und Kernmetall draußen in den Asteroiden. Aber sie hatten nicht lange darüber nachgedacht, da die Asteroiden ja nicht im Reiseplan aufgeführt waren.

»Zwei meiner Brüder sind bereits dort«, fuhr Angelo fort. »Und vielleicht wäre ich auch schon längst aufgebrochen, wenn ich nicht den Laden am Hals hätte. Aber ich würde sofort schließen und die Bude später als Touristenfalle neu eröffnen, wenn ich den Kram hier erst loswerden könnte. So stehen die Dinge.«

Sie wankten auf die Straße hinaus, sobald sie es unauffällig konnten. Pollux sah Castor an. »Möchtest du ein Fahrrad kaufen, du armes Schaf?«

»Danke, ich besitze schon eines. Aber ich hätte eine Flachkatze anzubieten.«

»Reizt mich nicht. Hör' mal, wir gehen jetzt hinüber zum Empfangsdock. Wenn Touristen ankommen, versuchen wir ihnen das Biest anzudrehen. Vielleicht schlagen wir sogar einen kleinen Gewinn heraus.«

»Nein, Fuzzy gehört Buster — das steht fest. Aber zum Hafen können wir trotzdem gehen. Vielleicht sind die Fahrräder angekommen.«

»Wen interessiert das noch?«

»Mich. Wenn wir sie schon nicht verkaufen können, dann fahren wir wenigstens damit. Mir tun nämlich die Füße weh.«

Ihre Fracht von Phobos war noch nicht angekommen, aber man erwartete sie im Laufe der nächsten Stunde. Sie setzten sich in ein kleines Restaurant gegenüber dem Empfangssaal, tranken lustlos eine Limonade und streichelten Fuzzy. »Mir macht es nichts aus, das Geld zu verlieren . . .«, begann Castor.

»Mir schon.«

»Na ja, mir auch. Aber was mich am meisten schmerzt, ist die Tatsache, daß Paps uns auslachen wird.«

»Ganz zu schweigen von Hazel.«

»Ja, Hazel. Kleiner, wir müssen irgendwie zu Geld kommen, bevor wir ihnen wieder unter die Augen treten.«

»Und wie? Unser Kapital ist im Eimer. Und Paps würde keinen Penny von unserem Geld herausrücken, wenn er hier wäre.«

»Dann muß es eben eine Möglichkeit geben, bei der man kein Kapital braucht. Hazel hat in der Beziehung einiges los.«

»Du willst doch nicht vorschlagen, daß wir ein Fernsehstück schreiben?« Pollux wirkte schockiert.

»Natürlich nicht. Wir haben keine Abnehmer. Aber es muß eine Möglichkeit geben. Denk' doch nach.«

Aber es fiel ihnen nichts ein. Achselzuckend sagte Castor schließlich: »Na, dann wollen wir noch einmal nach unserer kostbaren Fracht schauen.«

Pollux blieb sitzen und starrte vor sich hin. »Moment, Opa. Ich glaube, mir kommt eine Idee.«

»Dann verscheuche sie nicht.«

»Still.« Pollux sah ihn an. »Opa, wir beide sind eben erst angekommen. Wir wollen uns die Gegend anschauen — also denken wir sofort an Fahrräder. Weshalb sollten Touristen nicht das gleiche tun?«

»Hm.« Castor dachte darüber nach. »Die Sache muß einen

Haken haben — sonst wäre schon längst ein anderer Schlaumeier draufgekommen.«

»Nicht unbedingt. Erst in den letzten paar Jahren bekommt man Touristenvisa nach Mars. Früher ließ man nur Kolonisten herein. Wahrscheinlich hat niemand daran gedacht, Fahrräder für Touristen zu bestellen. Sie kosten viel und wurden deshalb lediglich für die Prospektoren importiert.«

»Und was sollen wir tun? Ein Schild malen und uns wie Marktschreier daneben aufpflanzen: ›Fahrräder! Gute Fahrräder! Mars ohne Fahrrad ist nur ein halber Urlaub!‹«

Pollux überlegte. »Warum nicht? Es gibt schlimmere Dinge. Aber vielleicht kann jemand den Verkauf für uns übernehmen, jemand, der viele Leute kennt. Himmel, wir hätten nicht einmal das Mietgeld für einen Standplatz.«

»Das ist die faule Stelle bei unserem Geschäft. Sobald wir jemandem davon erzählen, läuft er zu Tony Angelo oder einem der anderen und kauft ihm seine lumpigen Schinderkarren ab.«

»Überleg' doch, Opa. Angelo und die anderen Händler werden nicht ihre neuen Fahrräder an Touristen verleihen. Das käme zu teuer. Und Touristen kaufen den Schrott nicht, den Angelo im Hinterhof still dahinrosten läßt. Sie sind in Ferienstimmung und wollen etwas Neues und Glänzendes. Unsere Fahrräder sind praktisch neu.«

Castor stand wieder auf. »Gut, du hast mich überzeugt. Aber nun müssen wir uns ein Opfer aussuchen.«

»Setz' dich. Weshalb die Eile? Unser Wohltäter wohnt vielleicht unter diesem Dach.«

»Häh?«

»Wohin geht ein Tourist zuerst, wenn er aus dem Empfangssaal kommt? Hierher. Der Fahrradstand müßte sich genau vor diesem Hotel befinden.«

»Dann suchen wir den Besitzer.«

Joe Pappalopoulis war in der Küche; er wischte sich die Hände an der Schürze ab und kam heraus. »Was ist los,

Jungs? Schmeckt euch die Limonade nicht?«

»O doch, großartig. Hören Sie, Mister Pappalopoulis, haben Sie einen Moment Zeit?«

»Nennt mich ›Poppa‹, das strengt nicht so an. Also, was gibt es?«

»Ich bin Cas Stone; das hier ist mein Bruder Pol. Wir leben auf Luna und kamen mit einer Fracht her, die Sie vielleicht interessiert.«

»Importierte Nahrungsmittel? Davon brauche ich nicht viel. Höchstens Kaffee und ein paar Gewürze.«

»Nein, keine Nahrungsmittel. Wie würde Ihnen ein neuer Handel neben dem Restaurant gefallen?«

Der Mann zog ein Messer aus der Tasche und begann, seine Fingernägel zu stutzen. »Weiter.«

Pollux erklärte den Plan mit ansteckender Begeisterung. Pappalopoulis sah von Zeit zu Zeit auf, aber er schwieg. Als Pollux langsamer wurde, übernahm Castor die Regie. »Neben der stündlichen und täglichen Vermietung können Sie Touren zusammenstellen und diese extra berechnen.«

»Die Führer kosten Sie überhaupt nichts; sie müssen eine Konzession bezahlen und bekommen dann einen Anteil des Tourengewinns.«

»Außerdem müssen die auch ihre Fahrräder von Ihnen mieten.«

»Und Sie haben den besten Platz in der ganzen Stadt. Vielleicht kann einer der Führer die Touristen von den Fähren hierher lotsen.«

»Aber das beste wäre eine langzeitige Vermietung. Ein Tourist mietet ein Fahrrad für einen Tag. Sie erklären ihm, wieviel billiger es wäre, das Rad für die ganze Saison zu nehmen. In kürzester Zeit erhalten Sie das Geld zurück, das Sie für die Fahrräder ausgegeben haben — und einen anständigen Gewinn obendrein.«

Der Gastwirt legte das Messer weg und sagte: »Tony Angelo ist ein guter Geschäftsmann. Weshalb kaufe ich mir meine Fahrräder nicht von ihm — billiger?«

Castor warf sich in die Bresche. »Sehen Sie sich seine Fahrräder nur an. Abgefahrene Reifen, verrostete Rahmen und verbogene Speichen. Wir haben neue Fahrräder — und sie kosten ebensowenig wie Angelos alte Kutschen.«

Pappalopoulis stand auf. »Gut, ich kenne Angelos Fahrräder. Sehen wir uns die Ihren an.«

»Vielleicht sind sie noch nicht angekommen.«

Aber sie waren angekommen. Joe Poppa betrachtete sie ausdruckslos, doch die Zwillinge waren sehr froh, daß sie nicht mit buntem Lack gespart hatten.

Castor suchte drei der besten Maschinen heraus und sagte: »Wollen wir eine Probefahrt machen? Ich möchte mich ein wenig im Land umsehen — umsonst natürlich.«

Pappalopoulis lächelte zum ersten Mal. »Weshalb nicht?«

Sie fuhren in nördlicher Richtung am Kanal entlang, dann zurück zur Stadt und über den Clarke Boulevard zum Restaurant. Nachdem sie abgestiegen waren, winkte Castor Pollux zu sich heran und wartete schweigend.

Der Restaurantbesitzer schwieg ebenfalls. Nach einer Weile sagte er: »Vielen Dank für die Fahrt.«

»Gern geschehen.«

Er starrte die Fahrräder an. »Wieviel?«

Castor nannte einen Preis, und Poppa schüttelte den Kopf. »Das ist viel Geld.«

Bevor Pollux eine niedrigere Summe nennen konnte, sagte Castor: »Gut, dann betreiben wir das Geschäft in Partnerschaft. Sie zahlen die Hälfte und sorgen für die Vermietung. Wir halten die Räder instand. Der Gewinn wird dann geteilt.«

Poppa streichelte die Flachkatze. »Partnerschaft bringt nur Streit mit sich«, meinte er nachdenklich.

»Wie Sie meinen«, erklärte Castor. »Fünf Prozent bei Barzahlung.«

Poppa zog seine Brieftasche heraus, mit der man ein Sandschwein von der Venus hätte erschlagen können. »Ich kaufe sie.«

Die Zwillinge verbrachten den restlichen Nachmittag damit, die Stadt zu Fuß zu durchforschen und nach Geschenken für die Familie zu suchen. Als sie auf dem Heimweg waren, leuchtete ihnen bereits das neue Schild entgegen:

FAHRRÄDER ZU VERMIETEN!
Auf Wunsch Führungen.
Besichtigen Sie die alten Mars-Ruinen!

Pollux sah das Schild an. »Er ist ein guter Geschäftsmann. Vielleicht hätten wir doch auf Partnerschaft bestehen sollen.«

»Sei nicht habgierig. Wir haben doch einen Gewinn gemacht!«

»Davon war ich von vornherein überzeugt. Komm', bringen wir Fuzzy zu Buster.«

13

Fuzzy fand bei Lowell nicht sofort Anklang. »Wo sind seine Beine?« fragte er mit finsterer Miene. »Wenn er ein Marsianer ist, muß er drei Beine haben.«

»Einige Marsianer haben gar keine Beine«, meinte Castor.

»Beweis' es.«

»Der hier hat keine. Das ist Beweis genug.«

Meade hob Fuzzy hoch; sofort begann die Katze zu schnurren. Lowell wollte sie prompt haben. »Ich verstehe nicht, wie ein so hilfloses Tier so kräftige Farben haben kann«, meinte Meade.

»Kannst du nicht vernünftig denken, Liebling?« fragte Hazel. »Wenn du das Ding in der Wüste aussetzt, siehst du es nach zehn Schritten nicht mehr. Wie wäre es mit einem Versuch?«

»Nein!« erklärte Lowell.

»Nein, was?«

»Du sollst Fuzzy nicht aussetzen. Er gehört mir.« Der Kleine summte ein Schlaflied vor sich hin und trug die Flachkatze hinaus. Vielleicht hatte Fuzzy keine drei Beine, aber sie wußte, wie man sich Freunde verschaffte; jeder, der sie hochhob, wollte sie behalten. Es hatte etwas Befriedigendes an sich, die Katze zu streicheln.

Niemand wußte, wann die Quarantäne der *Kriegsgott* zu Ende sein würde. Deshalb war Meade eines Vormittags sehr überrascht, als sie nach Casa Mañana zurückkehrte und ihren Vater im Salon fand. »Paps!« schrie sie und fiel ihm um den Hals. »Wann bist du angekommen?«

»Im Moment.«

»Auch Mami?«

»Ja. Sie macht sich frisch.«

Lowell stand im Eingang und beobachtete sie gelassen. Roger Stone machte sich von seiner Tochter los und sagte: »Guten Morgen, Buster.«

»Guten Morgen, Paps. Das hier ist Fuzzy. Er ist ein Marsianer und eine Flachkatze. Sag ›Guten Tag‹ zu ihm.«

»Freut mich, dich kennenzulernen, Fuzzy. Hast du ›Flachkatze‹ gesagt, Buster?«

»Ja.«

»Meinetwegen. Ich finde allerdings, daß er eher wie eine Perücke aussieht.«

Dr. Stone trat ein, und Meade unterzog sie der gleichen Behandlung wie ihren Vater. Dann war Buster wieder an der Reihe. »Mami, das ist Fuzzy.«

»Hallo, Fuzzy! Meade, wo sind deine Brüder? Und wo ist Hazel?«

Meade war ganz aufgelöst. »Dachte ich mir doch, daß ihr im ungünstigsten Moment kommen würdet. Die Zwillinge sind wieder im Gefängnis.«

Roger Stone stöhnte. »Oh, nicht schon wieder! Edith, wir hätten auf Phobos bleiben sollen.«

»Ja, Liebling.«

»Nun, fassen wir uns. Wie lautet die Anklage diesmal, Meade?«

»Betrug und Verschwörung zur Hintergehung der Zollbehörden.«

»Ich bin erleichtert. Wißt ihr noch, das vorletzte Mal war es Hantieren mit atomaren Körpern inerhalb der Stadtgrenzen und ohne Genehmigung. Aber weshalb hat man sie nicht auf Kaution freigelassen? Oder verschweigst du uns etwas?«

»Nein. Es ist nur so, daß das Gericht ihre eigenen Konten gesperrt hat und Hazel sich nicht bereiterklärte, die beiden auszulösen. Sie fand, daß sie im Gefängnis am besten aufgehoben seien.«

»Kluge Hazel!«

»Paps, wenn wir uns beeilen, kommen wir noch zur Verhandlung zurecht. Ich erzähle dir und Mami unterwegs die ganze Geschichte.«

Der Betrugsteil kam von Mister Pappalopoulis, der Rest von der Planetarischen Regierung. Mars, dessen Wirtschaft sich allmählich ausdehnte und unabhängig wurde, hatte strenge Zollbestimmungen. Da der Planet viel importieren mußte und verhältnismäßig wenige Exportgüter besaß, die es auf der Erde nicht billiger gab, waren alle Wirtschaftsgesetze und -vorschriften darauf gerichtet, den chronischen Geldmangel zu lindern. Artikel, die nicht auf Mars produziert wurden, aber für die Wirtschaft benötigt wurden, waren zollfrei; Luxus- oder Vergnügungsgüter wurden mit hohen Steuern belegt.

Fahrräder galten bei der Importkommission als steuerfrei, da sie für die Prospektoren notwendig waren — aber Fahrräder, die man zum Vergnügen benutzte, fielen plötzlich unter die Luxussteuer. Den Zollbehörden war letzten Endes aufgefallen, welchen Weg die Fahrräder aus der *Moostöter* genommen hatten. »Natürlich hat ihnen jemand einen Wink gegeben«, fuhr Meade fort. »Aber Mister Angelo schwört, daß er es nicht war, und ich glaube ihm. Er ist ein netter Mensch.«

»Schön. Und worin besteht nun der Betrug?«

»Ach so! Die Fahrräder waren sofort wegen der Zollschulden und Strafgebühren beschlagnahmt worden. Ihr neuer Besitzer hatte sich mit einer Anklage wegen Betrugs zur Wehr gesetzt. Er droht auch mit einem Zivilprozeß, aber ich glaube, daß Hazel die Sache in der Hand hat. Mister Poppa will nichts als die Fahrräder zurückhaben. Er ist nicht nachtragend.«

»Ich wäre es«, erklärte Roger Stone düster. »Ich werde die beiden Knaben mit einem stumpfen Messer häuten. Und wie kommt Hazel zu der größenwahnsinnigen Ansicht, daß sie diesem Poppa noch gewachsen ist?«

»Sie hat eine Einstweilige Verfügung erwirkt, so daß Mister Poppa seine Fahrräder wenigstens bis zur heutigen Verhandlung benutzen darf. Und so hat Mister Poppa die Klage wegen Betrugs fallengelassen und wartet ab, ob er geschädigt wird oder nicht.«

»Hm — mein Bankkonto atmet auf. Na schön, Liebling, sehen wir uns die Sache einmal an. Hier scheint es nichts zu geben, das sich mit einem dicken Scheck nicht erledigen ließe.«

»Ja, Liebling.«

»Meade, wie hoch ist die Steuer?«

»Vierzig Prozent.«

»Nicht so übel. Wahrscheinlich haben die beiden mehr Profit als das gemacht.«

»Aber das ist nicht alles, Paps. Vierzig Prozent plus weitere vierzig Prozent Strafgebühr — plus Beschlagnahme der Fahrräder.«

»Plus zwei Wochen im Kittchen, hoffe ich.«

»Sei nicht voreilig, Paps. Hazel hat den Fall übernommen.«

»Seit wann darf sie denn als Verteidigerin auftreten?«

»Ich weiß nicht, aber es scheint in Ordnung zu gehen. Sie hat die Vorladung vom Gericht erhalten.«

»Liebling, sollten wir den beiden nicht einen richtigen Anwalt besorgen?« fragte Dr. Stone. »Deine Mutter ist eine großartige Frau, aber manchmal wird sie etwas heftig.«

»Wenn du meinst, daß sie so verrückt wie ein Schiff auf einer schiefen Parkbahn ist, gebe ich dir recht. Aber lassen wir sie ruhig. Mehr als ein Anwalt hier wird sie nicht kosten.«

Sie schlichen in den Gerichtssaal, der an anderen Tagen offensichtlich als Kirche benutzt wurde. Hazel stand vor dem Richter und sprach mit ihm. Sie sah ihren Sohn und ihre Schwiegertochter, schien sie aber nicht zu erkennen. Die Zwillinge wirkten sehr brav, wie sie so dicht nebeneinander auf der Anklagebank saßen. Sie erkannten ihre Eltern, rührten sich aber ebensowenig wie Hazel.

»Ich bitte das Hohe Gericht zur Kenntnis zu nehmen, daß ich hier in einem fremden Land bin«, sagte Hazel. »Ich kenne weder Ihre Gesetze noch Ihre Sitten. Falls ich einen Fehler begehe, bitte ich schon im voraus um Vergebung und Korrektur.«

Der Richter lehnte sich zurück und sah sie an. »Das hatten wir schon heute morgen.«

»Natürlich, Richter, aber es sieht in den Akten gut aus.«

»Wollen Sie mich umstimmen?«

»Aber nein. Ich bin sicher, daß wir den Fall noch heute abschließen können.«

»Ich nicht. Was übrigens die äußeren Formen betrifft, so brauchen Sie sich keine Sorgen zu machen. Wir sind hier im Grenzland, und früher wurden Streitigkeiten ganz einfach mit den Fäusten ausgetragen. Zweifellos siegte die Gerechtigkeit mindestens ebenso oft wie heutzutage. Die Zeiten ändern sich, aber von Formalitäten halten wir immer noch nicht viel.«

»Danke, Richter. Dieser junge Mann da —« Sie deutete mit dem Daumen auf den Vertreter der Anklage — »wollte Ihnen weismachen, daß meine Jungen die Bürger dieser Nation böswillig um ihre Steuern bringen wollten. Ich streite das entschieden ab. Dann erzählt er Ihnen, daß sie den schändlichen Plan auch durchführten, bis die langsamen, aber sicheren Mühlen des Gesetzes sie in ihr Getriebe zogen. Blödsinn.«

»Einen Augenblick! Haben Sie nicht heute morgen die Tatsachen zugegeben?«

»Ich gab zu, daß meine Jungs keine Steuer für die Fahrräder bezahlten. Aber das war alles. Sie zahlten keine Steuer, weil niemand eine Steuer verlangte.«

»Ich verstehe. Sie werden das später noch genauer ausführen und bezeugen müssen. Ihr Einwand könnte in der Rechtsfindung eine Rolle spielen.«

Sie nickte und sah ihn aus zusammengekniffenen Augen an. »Sagen Sie mal — Warburton — Warburton ... Herr Richter, haben Sie Verwandte auf Luna?«

Der Richter drückte die Schultern durch. »Ich bin Erbbürger des Freien Lunastaates«, sagte er stolz. »Oscar Warburton war mein Großvater.«

»Das ist es!« sagte Hazel. »Es hat mich den ganzen Morgen gequält — aber der Groschen fiel erst, als ich Ihr Profil sah. Ich kannte Ihren Opa gut. Ich gehöre nämlich auch zu den Gründervätern und -müttern.«

»Ich kann mich an keine Stones erinnern.«

»Hazel Meade Stone.«

»Sie sind Hazel Meade? Aber das ist unmöglich — Sie müssen längst tot sein!«

»Sehen Sie mich richtig an, Euer Ehren. Ich bin Hazel Meade.«

»Also, beim Giftatem von K'Raath! Verzeihung, Madam. Wir müssen uns einmal zusammensetzen, wenn diese Verhandlung vorbei ist.« Er streckte sich. »Ich hoffe, Ihnen ist klar, daß diese Entdeckung keinerlei Einfluß auf den Fall hat?«

»Aber selbstverständlich nicht. Dennoch muß ich sagen, daß ich froh bin, Sie als Richter zu haben. Ihr Großvater war ein gerechter Mann.«

»Danke. Und nun zurück zum Thema.«

Der junge Vertreter der Anklage sprang auf. »Hohes Gericht!«

»Was ist?«

»Hohes Gericht, wir finden, daß dies hier gegen die Regeln verstößt. Unter den gegebenen Umständen wäre es besser, wenn das Gericht sich auflöste und unparteiliche Leute an seiner Stelle einsetzte. Wir . . .«

»Hör' doch mit dem ›Wir‹-Blödsinn auf, Herbert. Du bist weder ein Herausgeber noch ein Potentat. Antrag abgelehnt. Du weißt ebensogut wie ich, daß Richter Bonelli krank ist. Ich werde nicht den ganzen Terminkalender umwerfen, weil du mir nicht zutraust, daß ich bis zehn zählen kann.« Er warf einen Blick auf die Uhr. »Überhaupt, ich nehme an, daß alle Parteien jetzt die sachlichen Fragen geklärt haben und wir zu einem Ende kommen können. Jemand dagegen?«

»Ich nicht, Richter.«

»Kein Einspruch«, erklärte der Anklagevertreter müde.

»Sie können fortfahren, Madam. Wenn sich alle ans Thema halten, dürften wir in zehn Minuten fertig sein. Ihre Theorie, bitte.«

»Jawohl, Euer Ehren. Erstens, sehen Sie sich einmal diese beiden unschuldigen Kinder an, und sagen Sie mir dann, ob sie zu einem Verbrechen fähig sind.«

Castor und Pollux strengten sich gewaltig an, um Hazels Beschreibung zu entsprechen — aber es gelang ihnen nicht ganz.

Richter Warburton sah sie an und kratzte sich am Kinn. »Ich sehe nirgends Flügel, Madam.«

»Na, dann vergessen Sie's. Die beiden sind kleine Teufel, ganz offen gesagt. Sie haben mir schon genug Kummer bereitet. Aber diesmal haben sie nichts Falsches getan — im Gegenteil, sie verdienen sogar ein Dankschreiben von Ihrer Handelskammer.«

»Der erste Satz war plausibel. Der Rest liegt nicht im Kompetenzbereich des Gerichts.«

»Passen Sie auf. Der Schlüssel zu diesem Fall liegt darin, ob ein Fahrrad ein Nutz- oder ein Luxusgegenstand ist. Richtig?

»Richtig. Und der Unterschied hängt von der letztlichen Verwendung des Gegenstandes ab. Unsere Zollbestimmungen sind in dieser Richtung dehnbar. Soll ich die bisherigen Fälle aufzählen?«

»Oh, machen Sie sich nicht die Mühe.«

»Es wurde festgestellt, daß die Fahrräder den Touristen zur Verfügung gestellt wurden, daß die Beklagten das wußten und daß sie es versäumten, den Zollbehörden davon Mitteilung zu machen. Richtig?«

»Bis zur neunten Dezimale, Richter.«

»Bis jetzt habe ich noch nichts von Ihrer Theorie gehört. Sie wollen doch nicht bestreiten, daß Fahrräder, die zu Vergnügungstouren gemietet werden, ein Luxusartikel sind?«

»Keineswegs.«

»Madam, ich habe den Eindruck, daß Sie Ihren Enkeln wenig nützen. Wenn Sie sich zurückziehen wollen, bestelle ich gern einen Anwalt.«

»Fragen Sie die Jungs, Richter.«

»Das wollte ich eben tun.« Er sah die Zwillinge fragend an. »Sind Sie zufrieden mit Ihrer Verteidigung?«

Castor sah Pollux an und sagte prompt: »Wir bauen auf Großmutter.«

»Ich bewundere zumindest euren Mut. Fahren Sie fort, Madam.«

»Wir waren uns darüber einig, daß Fahrradtouren unter die Sparte Luxus fallen. Aber *Luxus* ist ein relativer Begriff. Luxus für wen? Spanferkel vom Rost ist ein Luxus für Sie und mich . . .«

»Und ob. Hier auf Mars habe ich leider noch keines genossen.«

». . . aber es ist kein Luxus für das Ferkel. Weiß das Hohe Gericht, was der Ausdruck ›unsichtbarer Marsexport‹ heißt?«

»Natürlich. Damit ist der Touristenverkehr gemeint.«

»Einspruch!«

»Merke ihn dir für später, Herbert, damit die logische Folge nicht unterbrochen wird.«

»Mal sehen, wer das Spanferkel verspeist. Mir wurde erklärt, daß Ihre Steuern dazu dienen, die Bewohner des Mars von Luxuskäufen abzuschrecken. Möglichst viel Geld soll auf dem Planeten bleiben. Sie haben eine Schuldenlast . . .«

»Leider. Und sie soll nicht größer werden.«

»Genau das meine ich. Wer bezahlt denn die Rechnung? Machen *Sie* Fahrradtouren? Oder *er?*« Sie deutete auf den Vertreter der Anklage. »Nein, verdammt noch mal! Für euch ist der Mars ein alter Hut. Aber *ich* miete ein Fahrrad — ich bin Touristin. Ich helfe Ihnen mit dieser Transaktion, die Schuldenlast zu verkleinern. Euer Ehren, wir bestreiten, daß die Vermietung von Fahrrädern an Touristen ein Luxus ist, der die Bürger vom Mars schädigt. Deshalb dürften die Fahrräder nicht unter Ihre Luxussteuer fallen.«

»Fertig?«

Sie nickte.

»Herbert?«

»Euer Ehren, das ist lächerlich. Die Anklage hat ihren Fall vorgetragen, und die Verteidigung bestätigte ihn in allen Einzelheiten. Ich habe noch nie eine verrücktere Verzerrung der Tatsachen erlebt. Aber ich bin überzeugt davon, daß das Gericht die Fakten zu würdigen weiß. Der Endzweck der Fahrräder ist eine Verleihung an Touristen, und das wiederum zählt zu den Luxusdingen. Luxus bleibt Luxus und . . .«

»Nicht für das Ferkel, Sohn.«

»Das Ferkel? Welches Ferkel? In diesem Fall geht es doch nicht um Ferkel. Es gibt gar keine Ferkel auf dem Mars. Wenn wir . . .«

»Herbert! Hast du noch etwas hinzuzufügen?«

»Ich . . .« Der junge Staatsanwalt ließ die Schultern hängen. »Tut mir leid, Vater, ich habe mich wohl zu sehr aufgeregt. Ziehen wir uns zurück.«

Der Richter wandte sich an Hazel. »Er ist ein guter Junge — aber etwas stürmisch. Wie die beiden da. Aber ich mache schon noch einen guten Anwalt aus ihm.« Er streckte sich. »Das Gericht zieht sich für zehn Minuten zurück. Bleiben Sie in der Nähe.«

Die Zwillinge flüsterten nervös. Hazel warf ihrem Sohn einen Blick zu und blinzelte. Richter Warburton kam nach weniger als zehn Minuten zurück. »Das Gericht ist zu der Ansicht gekommen«, erklärte er, »daß die fraglichen Fahrräder nicht unter die Luxussteuer fallen. Die Angeklagten werden hiermit freigesprochen. Die Kosten übernimmt die Staatskasse.«

Es entstand spärlicher Applaus, eingeleitet von Hazel.

»Keine Demonstrationen!« sagte der Richter scharf. Er sah die Zwillinge wieder an. »Ihr habt ganz großes Glück — wißt ihr das?«

»Jawohl, Sir.«

»Dann verschwindet, und macht keinen Unfug mehr.«

Das Abendessen verlief in schönster Familienharmonie, wenn auch immer noch eine kleine Wolke über den Zwillingen hing. Es war auch gut, denn Dr. Stone hatte stillschweigend wieder den Herd übernommen. Kapitän Vandenbergh von der *Kriegsgott* leistete ihnen beim Essen Gesellschaft. Durch genaue Platzeinteilung gelang es, alle Anwesenden unterzubringen.

Fuzzy saß auf Lowells Schoß. Bis dahin hatte die Flachkatze ihren eigenen Stuhl gehabt.

Roger Stone hatte keinen Platz für seine Knie. »Edith, wir müssen uns einfach nach einer größeren Wohnung umsehen.«

»Ja, Liebling. Hazel und ich haben heute nachmittag mit dem Vermieter gesprochen.«

»Was sagte er?«

»Ich drehe ihm den Hals um«, verkündete Hazel. »Ich erinnerte ihn daran, daß er mir versprochen hatte, euch beide unterzubringen, sobald ihr herkämt. Jetzt sah er mich ganz unschuldig an und erklärte, daß er ja zwei zusätzliche Betten aufgestellt hätte. Lowell, hör' auf, diesen Mop mit deinem Löffel zu füttern.«

»Ja, Oma Hazel. Darf ich deinen nehmen?«

»Nein. Aber er sagte, wir könnten die Wohnung der Burkhardts nehmen, wenn sie nach Venus abreisten. Sie hat ein Zimmer mehr.«

»Besser — aber immer noch kein Tanzsaal«, meinte Roger Stone. »Außerdem dauert es bis zur Abreise nach Venus noch drei Wochen. Edith, wir hätten unsere hübsche kleine Kabine in der *Kriegsgott* behalten sollen. Was ist, Van? Brauchst du ein paar Pensionäre? Bis zur Abreise nach Venus . . .«

»Warum nicht?«

»Paps! Du willst doch nicht schon *wieder* fort?«

»Ich mache nur Spaß, Kleines.«

»Ich meinte es völlig im Ernst«, erklärte der Kapitän. »Das bin ich euch schuldig. Meinetwegen könnt ihr die *Kriegsgott* bis an euer Lebensende umsonst benutzen. Überhaupt — wollt ihr nicht nach Venus mitkommen?«

»Wir waren schon auf Venus«, verkündete Meade. »Ein düsterer Planet.«

»Es war nur ein Vorschlag.« Vandenbergh wandte sich Hazel zu. »Sie waren heute bei der Verhandlung übrigens brillant. Sind Sie neben allen anderen Vorzügen auch noch Anwältin?«

»Nein«, erwiderte ihr Sohn. »Aber sie kann entsetzlich schnell reden.«

»Wer sagt hier nein?« erkundigte sich Hazel.

»Du bist doch keine Anwältin!«

»Und ob!«

»Wann und wo? Das möchte ich genauer wissen.«

»Vor Jahrzehnten in Idaho — noch vor deiner Geburt war das. Ich bin bisher noch nie dazu gekommen, es zu erwähnen.«

Ihr Sohn musterte sie mißtrauisch. »Hazel, ich werde den Gedanken nicht los, daß die Aufzeichnungen von Idaho recht weit weg sind.«

»Geht dich gar nichts an, Sohn. Außerdem ist das Gerichtsgebäude abgebrannt.«

»Dachte ich mir fast.«

»Jedenfalls hat Hazel die Jungs losgeeist«, meinte Vandenbergh besänftigend. »Ich dachte, sie würden zumindest die Steuer zahlen müssen. Ihr junges Gemüse habt sicher einen hübschen Gewinn eingestrichen.«

»Es ging«, gab Castor zu.

»Nicht zu üppig«, bremste Pollux.

»Rechnet lieber nach«, sagte Hazel freundlich, »denn ich verlange zwei Drittel eures Nettogewinns als Anwaltsgebühren.«

Die Zwillinge starrten sie an. »Hazel, das kannst du doch nicht?« meinte Castor unsicher.

»Weshalb nicht?«

»Du sollst sie nicht necken, Mutter«, mahnte Dr. Stone.

»Ich spreche völlig im Ernst. Das soll euch eine Lehre sein. Jungs, jeder, der ein Spiel mitmacht, ohne die Regeln zu kennen, ist ein Idiot. Höchste Zeit, daß ihr das erfahren habt.«

Vandenbergh warf glatt ein: »Das ist nicht schlimm, weil die Regierung ...« Er unterbrach sich plötzlich: »Um Himmels willen!«

»Was ist los, Van?« wollte Roger wissen.

Vandenberghs Miene wurde wieder heller, und er grinste verlegen. »Nichts. Nur die Flachkatze. Sie ist an meinem Bein hochgeklettert. Einen Moment lang fühlte ich mich in eines deiner Fernsehstücke versetzt.«

Roger Stone schüttelte den Kopf. »Das sind Hazels Fernsehstücke. Außerdem kommen darin keine Flachkatzen, sondern nur Blutströme vor.«

Vandenbergh nahm Fuzzy hoch und reichte ihn Lowell. »Er ist ein Marsianer«, verkündete der Kleine.

»Tatsächlich?«

Hazel lächelte. »Die Situation ist sehr kompliziert. Der unreife Nachgeborene empfindet als höchstes Desideratum, mit der vorherrschenden trifurcaten Spezies Kontakt aufzunehmen. Mangels Gelegenheit dient Schaustück A als geistiger Ersatz. Verstehen Sie mich, mein Junge?«

Vandenbergh schluckte. »Ich glaube schon. Vielleicht ist es ganz gut so. Es sind nette kleine Biester, obwohl ich keines auf dem Schiff haben möchte. Sie . . .«

»Sie meint, daß ich einen dreibeinigen Marsianer sehen will«, erklärte Lowell. »Kennst du einen?«

Hazel schüttelte den Kopf. »Frühreife Jugend«, seufzte sie.

Kapitän Vandenbergh sah Lowell ernsthaft an. »Er ist fest entschlossen, nicht wahr?«

»Leider.«

Er wandte sich an Dr. Stone. »Madam, ich habe gute Beziehungen hier, und trotz der Verträge lassen sich manchmal Ausnahmen machen. Soll ich es versuchen?«

»Es wäre zu liebenswürdig von Ihnen.«

»Zinsen für meine Schuld. Ich melde mich, wenn ich etwas erreicht habe.« Er ließ die Sache auf sich beruhen und wandte sich wieder den Zwillingen zu: »Unter welche Gewinn-Taxe fällt euer Unternehmen?«

»Gewinn-Taxe?«

»Habt ihr das noch nicht berechnet?«

»Wir wußten gar nicht, daß es so etwas gibt.«

»Ich sehe schon, viel Import-Export-Erfahrung habt ihr nicht. Wenn ihr Bürger des Mars wäret, müßtet ihr natürlich nur eure normale Einkommensteuer zahlen. Aber da ihr von einem fremden Planeten kommt, zahlt ihr bei jedem Handel eine eigene Steuer. Sucht euch lieber einen Steuerberater; die Formel ist ziemlich kompliziert.«

»Wir zahlen einfach nicht!« rief Pollux.

»Hat euch beiden das Kittchen noch nicht gereicht?« fragte ihr Vater ruhig.

Pollux schwieg. Während der nächsten paar Minuten tauschten die Zwillinge Blicke, Achselzucken und Gesten aus. Dann erhob sich Castor: »Dürfen wir gehen?«

»Natürlich. Wenn ihr euch durchquetschen könnt.«

»Wollt ihr keinen Nachtisch?«

»Wir sind nicht hungrig.«

Sie gingen in die Stadt und kamen eine Stunde später mit einem Steuerhandbuch wieder, das sie in der Handelskammer ergattert hatten. Die Erwachsenen saßen immer noch im Wohnzimmer. Man hatte den Tisch an die Wand geklappt, um mehr Raum zu gewinnen. Die Zwillinge schlichen unauffällig in ihre Kammer. Man hörte sie von Zeit zu Zeit flüstern.

Schließlich war die Konferenz beendet. »Da sind wir wieder, Leute. Äh — Hazel?«

»Was gibt es, Cas?«

»Du verlangst zwei Drittel unseres Nettogewinns?«

»Wie? Sei doch nicht albern. Ich habe nur Spaß gemacht.«

»O nein, wir bezahlen.« Er ließ ein halbes Dutzend kleine Münzen in ihre Hand rollen. »Das ist dein Lohn.«

Sie sah das Geld an. »*Das* sind zwei Drittel eures Gewinns?«

»Nach Abzug der Steuern.«

»Natürlich war es kein völliger Verlust«, fügte Pollux hinzu. »Wir haben die Fahrräder selbst oft genug benutzt.«

14

Vandenbergh machte sein Versprechen wahr. Zusammen mit Lowell fuhr er in die Stadt Richardson, wo die Eingeborenen lebten. Sie blieben etwa drei Tage fort. Als Lowell wiederkam, hatte er nicht nur einen Marsianer gesehen, sondern sogar mit einem gesprochen. Aber man hatte ihm erklärt, daß er mit anderen Leuten nicht darüber reden dürfe, und so brachte die Familie keinen zusammenhängenden Bericht aus ihm heraus.

Aber das Problem, eine größere Wohnung zu bekommen, war schwieriger als der Besuch bei einem Marsianer. Roger

Stone fand nichts, obwohl er durchaus gewillt war, die Wuchermieten zu bezahlen. In der Stadt wimmelte es von Touristen, und das würde noch bis zum Start der Venus-Schiffe anhalten. Die Leute belegten die Restaurants, fotografierten alles und jeden, inklusive sich selbst, und fuhren mit ihren Rädern über die Zehen der Fußgänger. Dazu kamen die Prospektoren, die von der Wüste hereinströmten und versuchten, irgendwie zum Halleluja-Knoten zu gelangen.

Dr. Stone sagte eines Abends zu ihrem Mann: »Roger, morgen ist die Miete fällig. Sollen wir für einen ganzen Monat bezahlen? Mister d'Avril meint, daß die Burkhardts vielleicht doch noch länger bleiben.«

»Zahle für sechs Tage«, riet Hazel. »Wenn die Venus-Touristen weg sind, finden wir vermutlich etwas Besseres.«

Roger Stone sah stirnrunzelnd auf. »Hört mal, warum zahlen wir die Miete überhaupt noch?«

»Was sagst du, Liebling?«

»Edith, ich habe mir folgendes überlegt: Anfangs wollten wir nach Mars fliegen, eine Periode abwarten und dann wieder in Richtung Heimat starten. Schön und gut, aber wir wußten nichts von diesen fürchterlichen Behausungen. Ich konnte bis jetzt noch keinen Satz meines neuen Buches schreiben. Wenn Buster nicht auf meinem Schoß herumturnt, krabbelt mir sein Liebling ins Genick.«

»Was schlägst du vor, Roger?«

»Wir fliegen morgen nach Phobos, machen die *Moostöter* fertig und brechen mit den anderen nach Venus auf.«

»Lauter Beifall!« sagte Meade. »Nichts wie weg von hier.«

»Meade, ich dachte, du magst Venus nicht?« meinte Dr. Stone.

»Stimmt. Aber hier gefällt es mir auch nicht, und ich fühle mich immer müde. Ich bin froh, wenn wir uns erst wieder im freien Fall befinden.«

»Du dürftest nicht müde sein. Ich werde dich einmal gründlich untersuchen.«

»Ach, Mutter, laß nur. Ich mag es nicht, wenn jemand an

mir herumhorcht.«

Lowell grinste. »Ich weiß, warum sie nach Venus will. Wegen Mister Margill.«

»Schnüffler!« sagte Meade ruhig. »Falls es euch interessiert, mir liegt nichts an dem Zweiten Offizier Margill — und ich würde ohnehin nicht in der *Caravan* reisen. Außerdem habe ich herausgebracht, daß er eine Frau in Colorado hat.«

»Nun, das ist legal«, meinte Hazel. »Wenn er nicht auf der Erde ist, darf er trotzdem eine Verbindung eingehen.«

»Vielleicht, aber mir gefällt es nicht.«

»Mir auch nicht«, wandte Roger Stone ein. »Meade, du hast dir doch keine ernsten Hoffnungen auf diesen Wolf in Schiffsuniform gemacht?«

»Natürlich nicht, Paps! Aber ich nehme an, daß ich in Kürze doch einmal heiraten werde.«

»Das ist der Jammer mit Mädchen«, kommentierte Castor. »Da bildet man sie jahrelang aus und — *zack!* Schon heiraten sie. Die reinste Verschwendung.«

Roger Stone sah seinen älteren Zwilling mißtrauisch an. »Mein Lieber, du hast dir beträchtliche Mühe gegeben, mich vom eigentlichen Thema abzubringen. Weshalb?«

Die Zwillinge sahen sich an, und Castor eröffnete den Kampf. »Weißt du, Paps, ich finde, diese Venus-Reise ist nicht gründlich genug überlegt.«

»Weiter. Ich nehme an, du hast einen Gegenvorschlag?«

»Ja, eigentlich schon. Wir wollten allerdings erst davon sprechen, wenn die Touristen nach Venus aufgebrochen waren.«

»Ich rieche etwas. Ihr wolltet warten, bis es zu spät war, zu fliegen, ja?«

»Nun, es hatte keinen Sinn, die Sache wegen einer Nebenüberlegung zu gefährden.«

»Welche Sache? Drück dich deutlicher aus.«

»Paps, wir sind nicht unvernünftig«, meinte Castor besorgt. »Wir können einen Kompromiß schließen. Wie wäre es damit: Du, Mutter, Meade und Buster — ihr fliegt in der

Kriegsgott nach Venus. Kapitän Vandenbergh würde euch liebend gern mitnehmen, das wißt ihr. Und ...«

»Immer langsam. Was würdet ihr inzwischen tun? Und Hazel? Mutter, hast du dich an der Verschwörung beteiligt?«

»Nicht daß ich wüßte. Aber mein Interesse wächst.«

»Castor, drück' dich endlich klar und deutlich aus.«

»Das versuche ich ja die ganze Zeit, Sir. Du könntest mit der übrigen Familie die Heimreise in einem Luxusschiff antreten. Hazel, Pol und ich — nun, du weißt, daß Mars in etwa sechs Wochen einen günstigen Ausgangspunkt für den Halleluja-Knoten hat?«

»Für eine Kometenbahn«, ergänzte Pollux.

»Schon wieder die Asteroiden«, sagte ihr Vater langsam. »Darüber haben wir doch schon vor einem Jahr gesprochen.«

»Aber inzwischen sind wir ein Jahr älter.«

»Und erfahrener.«

»Ihr seid immer noch nicht alt genug für die volle Pilotenlizenz. Ich nehme an, daß ihr deshalb eure Großmutter einwickeln wollt.«

»Aber nein! Hazel ist auf alle Fälle ein Gewinn.«

»Danke, Jungs.«

»Hazel, du hattest keine Ahnung von diesem verrückten Plan?«

»Nein. Aber so verrückt finde ich ihn gar nicht. Wenn ich ein paar Kapitel vorausschreibe — und außerdem reicht mir Mars bis obenhin. Ich habe die Ruinen gesehen; sie müßten längst restauriert werden. Ich habe einen Kanal gesehen; er führt Wasser. Soviel ich weiß, sieht es auf dem übrigen Planeten auch nicht anders aus. Venus kenne ich auch. Aber auf den Asteroiden war ich noch nie.«

»Richtig!« warf Castor ein. »Uns gefällt es nicht auf dem Mars. Nichts als Nepp.«

»Gerissene Händler«, fügte Pollux hinzu.

»Du meinst, gerissener als du«, grinste Hazel.

»Laß nur, Mutter. Kinder, das kommt nicht in Frage. Ich habe mein Schiff von Luna bis hierher gebracht und möchte es heil wieder heimbefördern.« Er stand auf. »Du kannst Mister d'Avril kündigen, Liebling.«

»Paps?«

»Ja, Castor?«

»Es war ja nur ein Kompromißvorschlag. Insgeheim hatten wir natürlich gehofft, du würdest auch mit zum Halleluja-Knoten kommen.«

»Was? Das ist doch dämlich. Ich sammle keine Meteoriten.«

»Vielleicht würde es dir Spaß machen. Oder du machst eine Rundreise. Und verdienst etwas dabei.«

»Ja? Wie denn?«

Castor fuhr sich mit der Zunge über die Lippen.

»Die Prospektoren bieten sagenhafte Preise, wenn sie eine Reise im Kühlschlaf mitmachen können. Wir würden mindestens zwanzig unterbringen. Und wir könnten sie schon auf Ceres absetzen.«

»Cas! Weißt du nicht, daß nur sieben von zehn Kühlschläfern eine lange Reise lebend überstehen?«

»Aber — das wissen sie doch selbst. Das ist ihr Risiko.«

Roger Stone schüttelte den Kopf. »Hast du noch nie eine Bestattung im Raum miterlebt?«

»Nein.«

»Ich schon. Kein Wort mehr über Kühlschläfer.«

Pollux übernahm das Gefecht. »Paps, wenn du nicht mitwillst und wenn du auch das Schiff behalten willst, könnten dann wenigstens wir beide hierbleiben?«

»Was meinst du damit?«

»Wir könnten als Minenarbeiter auf den Asteroiden arbeiten. Wir haben keine Angst vor dem Kühlschlaf.«

»Bravo!« sagte Hazel. »Ich komme mit, Jungs.«

»Bitte, Mutter.« Er wandte sich an seine Frau. »Edith, manchmal frage ich mich, ob damals im Krankenhaus die Zwillinge nicht verwechselt wurden.«

»Ach was, sie sind meine Enkel, das sehe ich doch«, erklärte Hazel. »Halleluja, wir kommen! Noch jemand mit von der Partie?«

Dr. Stone sagte ruhig: »Weißt du, Liebling, mir liegt auch nicht sehr viel an Venus. Und du hättest wirklich genug Zeit für dein Buch.«

Sechs Wochen später brach die *Moostöter* von Phobos nach den Asteroiden auf. Man hatte zusätzliche Tanks mit Reaktionsmasse angebracht, da die Kometenbahn sehr lang und umständlich war. Auch im Innern des Schiffes veränderte sich einiges. Je weiter sie sich vom Mars entfernten, desto stärker würde die Wärme abnehmen. Man strich also eine Seite des Rumpfes schwarz an und fügte dem Heizsystem des Schiffes zwei weitere Einheiten bei. Im Kontrollraum wurde ein Stereoskop-Radargerät mit Zeitverzögerung und veränderlicher Basislinie eingebaut, damit sie später die tatsächliche Form des Halleluja-Knotens erkennen konnten.

Das alles war unheimlich teuer, und der galaktische Herrscher mußte Überstunden machen, um es zu bezahlen. Hazel half nicht bei der Umrüstung des Schiffes. Sie blieb in ihrer Kabine und feilte mit Lowells kritischer Hilfe an den nächsten Kapiteln der Serie. Zwischendurch ließ sie Erpresserbotschaften an die Produzenten in New York los. Sie wollte einen ungewöhnlich hohen Vorschuß, und sie wollte ihn sofort. Sie bekam ihn, als sie hoch und heilig versprach, die Kapitel im Gegenwert sofort abzuschicken. Hazel mußte jetzt tatsächlich vorausarbeiten, denn auf diesem Kurs wurde die *Moostöter* nicht von anderen, stärkeren Schiffen begleitet. Sobald sie die Funkverbindung zu Mars hinter sich gelassen hatten, waren sie hilflos, bis sie wieder in die Nähe von Ceres kamen.

Die Zwillinge überlegten inzwischen, wie sie die Reise zu ihren Gunsten ausnutzen konnten. Zuerst wollten sie für sich selbst Bergwerksausrüstungen erstehen.

»Bitte. Wenn ihr unbedingt meint«, sagte Roger Stone.

Castor war verwirrt über das Ausbleiben jeglicher Opposition. »Was ist denn los, Paps? Machst du dir Sorgen wegen der möglichen Gefahren?«

»Gefahren? Nein, zum Kuckuck! Ihr könnt euch eure Todesart selbst aussuchen. Außerdem seid ihr beide jung und schlau und werdet schon irgendwie durchkommen.«

»Was gefällt dir dann nicht?«

»Habe ich etwas eingewendet? Ich persönlich bin allerdings seit langem zu dem Schluß gekommen, daß man es mit den Händen in den Taschen weiterbringt, als wenn man sich körperlich anstrengt. Wißt ihr zufällig, wie hoch das Durchschnittsjahreseinkommen eines Prospektors ist?«

»Hm, nein, aber . . .«

»Weniger als sechshundert.«

»Aber einige werden sehr reich.«

»Natürlich. Und einige verdienen sehr viel weniger als sechshundert im Jahr, denn in dem Durchschnittsbetrag sind auch die ganz Reichen miteinbezogen. Eine neugierige Frage: Welchen Supertrick habt ihr euch ausgedacht, daß ihr glaubt, alle professionellen Prospektoren schlagen zu können?«

»Paps, was würdest du denn an unserer Stelle tun?«

»Ich? Nichts. Ich habe kein Talent in dieser Richtung. Ich mache eine Vergnügungsreise, und allmählich wächst mein Interesse an Planetologie. Vielleicht schreibe ich noch ein Buch darüber.«

»Was ist mit deinem anderen Buch geschehen?«

»Ich hoffe, das war nicht sarkastisch gemeint, Cas. Es wird fertig, bevor wir die Asteroiden erreichen.« Er vertagte die Diskussion, indem er sich aus dem Staub machte.

Die Zwillinge wollten ebenfalls gehen und entdeckten eine grinsende Hazel im Eingang. »Was freut dich?« fragte Castor mißtrauisch.

»Ihr beiden.«

»Hm — weshalb sollen wir eigentlich nicht nach Meteoren suchen?«

»Ich sehe auch keinen Grund. Leisten könnt ihr es euch. Aber hört mal, Jungs, wollt ihr wirklich wissen, womit ihr

Geld machen könnt?«

»Natürlich.«

»Was bietet ihr?«

»Prozente? Oder eine einmalige Summe? Wir zahlen aber nur, wenn wir deinen Ratschlag annehmen.«

»Ach was! Ich gebe euch den Rat umsonst, dann macht ihr genau das Gegenteil, und ich kann hinterher erzählen: ›Seht ihr, ich hab's gleich gesagt!‹«

»Das machst du immer.«

»Natürlich. Es wärmt die Seele. Also, hier habt ihr meinen Rat in Form einer Frage: Wer hat bei einem Goldrausch bisher immer noch den größten Gewinn gemacht?«

»Na, wahrscheinlich die Kerle, die auf eine dicke Ader stießen.«

»Zum Lachen. Die wenigsten Prospektoren konnten ihr Gold zusammenhalten und starben als arme Tröpfe. Aber alle Leute, die ihre Artikel an die Goldgräber verkaufen konnten, schwammen in Geld. Lebensmittelhändler vor allem. Junge, die steckten Gewinne ein! Eisengeschäfte. Männer mit Stampfwerken. Alle außer den armen Goldwäschern. Sogar Plättstuben in Honolulu.«

»Honolulu? Aber das liegt doch weit drüben im Pazifik, schon fast bei China.«

»Als ich das letzte Mal im Atlas nachsah, war es bei Hawaii, aber die Leute schickten tatsächlich ihre schmutzige Wäsche bis nach Honolulu, weil niemand auf die Idee gekommen war, eine Wäscherei zu errichten. Jungs, eröffnet eine Wäscherei am Halleluja-Knoten, und ihr seid gemachte Leute. Wenn euer Vater im Grunde seines Herzens nicht so ein Puritaner wäre, würde ich einen Spielsalon aufmachen. Das ist, als hätte man einen reichen alten Onkel.«

Die Zwillinge nahmen sich Hazels Rat zu Herzen und kauften Nahrungsmittel ein. Sie entschieden sich vor allem für Luxusartikel, nach denen sich die Prospektoren vielleicht sehnten. Dazu kamen Antibiotika, Schmerztabletten und Vitamine und ein paar Leichtgewicht-Projektoren für Filme und Schlager mitsamt Vorführmaterial. Pollux fand einen Vorrat von Mädchenbildern, die auf Japanseide gemalt waren und auf Mars zu Kalendern verwendet wurden. Er kaufte das Zeug und erklärte Castor gegenüber, daß man das Zeug notfalls selbst betrachten könne.

Dr. Stone entdeckte die Bilder, sah sie durch und beschlagnahmte einige davon. Die übrigen überlebten die Zensur.

Die letzte Episode raste zur Erde; die letzte Schweißnaht war geprüft; die letzten Vorräte waren an Bord. Die *Moostöter* machte sich auf die Reise.

Sie nahmen rasch und mit Freuden wieder das Leben im freien Fall auf. Auf Mars hatte man neue mathematische Texte besorgt. Die Zwillinge waren jetzt wirklich vom Stoff gefesselt und mußten nicht mehr zum Lernen angetrieben werden. Fuzzy ertrug den freien Fall, als sei sie im Raum geboren. Aber sie hatte auch einige Nachteile, wie sich im Lauf der Zeit herausstellte.

Roger Stone hatte sich im Pilotensitz festgeschnallt und skizzierte — wie er sagte — ein Kapitel seines Buches. Vielleicht half ihm das Schnarchen dabei. Fuzzy kreuzte durch die Gegend, alle drei Äuglein munter geöffnet. Sie sah einen ihrer Freunde, manövrierte sich durch den Raum und setzte zu einer perfekten Landung an . . . auf Roger Stones Gesicht.

Roger fuhr mit einem Aufschrei hoch. Er prallte gegen den Sicherheitsgurt, erholte sich und schleuderte die Flachkatze von sich. Fuzzy, gekränkt, aber nicht verletzt, fing sich flach an der gegenüberliegenden Wand ab.

Roger Stone benutzte einige unfeine Worte und rief dann: »Wer hat mir dieses lebendige Toupet aufs Gesicht gesetzt?«

Aber der Kontrollraum war leer. Dr. Stone kam an die Luke. »Was gibt es, Liebling?«

»Oh, nichts Wichtiges. Sieh mal, Liebling, könntest du dieses letzte Glied einer fehlgeleiteten Evolution an Buster zurückgeben? Ich muß nachdenken.«

»Natürlich, Liebling.« Sie händigte das Tier Lowell aus,

der es prompt vergaß, weil er einen komplizierten Zug gegen Hazel ausarbeitete. Die Flachkatze war alles andere als nachtragend. Sie kannte nichts als Liebe. Und so kehrte sie zu Roger Stone zurück, als er eben wieder eingeschlafen war.

Sie ließ sich schnurrend auf seinem Gesicht nieder.

Kapitän Stone erwies sich als reifer Mann. Er pflückte das Tier ruhig von seiner Nase und brachte es Lowell. »Paß gut darauf auf«, sagte er. Er verschloß die Tür hinter sich.

Aber Fuzzy brauchte keine Türen, um in den Kontrollraum zu gelangen. Sie hatte längst erkannt, daß Ventilationsschächte alle Räume miteinander verbanden und ohne weiteres zugänglich waren. So erlitt Roger Stone einen Alptraum, in dem er immer wieder vom Ersticken träumte. Seine Frau entdeckte schließlich Fuzzy auf seinem Gesicht und holte die Liebesdurstige herunter.

Am nächsten Tag waren alle Mann damit beschäftigt, Gitter an die Ventilationsschächte zu schweißen.

Nach siebenunddreißig Tagen brachte Fuzzy acht wollige goldene Kätzchen zur Welt. Alle bis auf Kapitän Stone fanden sie süß und schleppten sie durch die Gegend.

Vierundsechzig Tage später hatten die Kätzchen Kätzchen, jedes acht Stück. Vierundsechzig Tage danach ...

»Das muß ein Ende nehmen«, sagte Kapitän Stone.

»Ja, Liebling.«

»Ich meine es ernst. Wie lange reichen wohl unsere Vorräte, wenn wir eine Katzenplage mit durchfüttern müssen? Außerdem ersticken wir demnächst unter einer schnurrenden Filzmatte. Wieviel ist achtmal fünfhundertzwölf?«

»Viel zuviel.«

»Eine gelungene Untertreibung.«

»Roger?«

»Ja? Was?«

»Ich glaube, es gibt eine Lösung des Problems. Die Biester kommen vom Mars; bei kaltem Wetter machen sie ihren Winterschlaf.«

»Und?«

»Wir stecken sie in den Kühlraum — zum Glück haben wir genügend Platz.«

»Ich möchte die Kleinen nicht umbringen. Ich bringe es einfach nicht fertig, sie zu hassen. Verdammt, sie sind wirklich süß.«

»Wir stellen die Temperatur auf eine normale Marswinternacht ein. Oder vielleicht sogar etwas höher.«

»In Ordnung. Holen wir eine Schaufel und ein paar Netze.« Er begann damit, Flachkatzen aus der Luft zu pflükken.

»Fuzzy wird nicht in den Kühlraum gesteckt!« Lowell schwebte zu ihnen heran und drückte eine erwachsene Flachkatze an sich. Vielleicht war es Fuzzy, vielleicht auch nicht. Die Großen konnten die Tiere nicht auseinanderhalten. Aber Lowell war überzeugt davon, daß er recht hatte, und die anderen wollten es gar nicht bestreiten.

»Liebling, wir wollen deinem Fuzzy gar nichts tun.«

»Das dürft ihr auch nicht — sonst stoße ich euch ohne Anzug aus der Schleuse!«

»Ach Gott, er hat Hazel wieder an ihrer Serie geholfen.« Dr. Stone holte ihren Sohn zu sich heran. »Lowell, Mutter hat dich bis jetzt noch nie angelogen!«

»Das stimmt.«

»Wir werden Fuzzy nicht weh tun. Wir werden auch den anderen kleinen Miezen nicht weh tun. Aber wir haben nicht genug Platz für sie. Du kannst Fuzzy behalten, aber die anderen müssen eine Weile schlafen. Ich verspreche dir, daß sie sicher sind.«

»Bei der Galaxis?«

»Bei der Galaxis.«

Er ging. Edith und Roger sahen ihm stirnrunzelnd nach.

»Roger, ich hatte nicht viel Zeit, die Marsfauna zu studieren — und ich habe mich ganz bestimmt nicht um Flachkatzen gekümmert. Ich weiß nur, daß sie harmlos sind.«

»Harmlos? Weib, ich ertrinke!«

»Aber die Fauna von Mars hat gewisse Überlebensanpassungen. Nimm die Flachkatze ...«

»Nimm du sie!« Er holte eine von seiner Brust.

»Sie ist wehrlos. Sie kann sich nicht einmal besonders gut ernähren. Soviel ich weiß, ist sie in ihrer Heimat ein gutartiger Parasit, der sich an andere Tiere klammert ...«

»Wenn sie sich nur nicht immer an mich klammern würden! Und du siehst aus, als hättest du einen Pelzmantel an. Ab mit ihnen in die Gefriertruhe!«

»Geduld, Liebling. Vermutlich üben die Tiere die gleiche Zuneigungswirkung auf uns aus wie auf ihre Wirte. Ein anderer charakteristischer Zug ist, daß sie sehr lange ohne Nahrung auskommen können. Gibt man ihnen aber plötzlich mehr zu fressen, als sie gewohnt sind, vermehren sie sich sofort.«

»Das habe ich gesehen.«

»Wenn man also die Nahrungszufuhr drosselt, warten sie einfach ab, bis bessere Zeiten kommen. Eine reine Theorie übrigens — ich gehe von den anderen Lebensformen auf Mars aus. Aber ich werde Fuzzy auf Diät setzen — und wenn Lowell noch so sehr dagegen ist.«

Ihr Mann runzelte die Stirn. »Das wird nicht leicht sein; er steckt dem Biest dauernd etwas zu. Wir werden auf ihn achten müssen — sonst haben wir bald wieder Nachwuchs.«

Roger versammelte die Mannschaft um sich und veranstaltete eine große Treibjagd. Nach Stunden hatte sich der Kühl-Laderaum in ein orangerotes Pelzknäuel verwandelt. Lowell hielt Fuzzy immer noch eng an sich gedrückt. Offenbar traute er dem ›galaktischen Ehrenwort‹ nicht.

Während der ganzen nächsten Woche fanden die Stones immer wieder irgendwo im Schiff eines der kleinen Biester, die bei der Razzia geflüchtet waren.

15

Der große Astronom Kepler schrieb: ›Zwischen Mars und Jupiter habe ich einen Planeten gesetzt.‹ Nach dem Bodeschen Gesetz war er 2,8mal so weit von der Sonne entfernt wie die Erde.

Genau zu Beginn des neunzehnten Jahrhunderts entdeckte der Mönch Giuseppe Piazzi einen neuen Himmelskörper. Es war der Asteroid Ceres — exakt an der Stelle, wo man einen Planeten vermutet hatte. Er war groß für einen Asteroiden — der größte, den man je gefunden hatte. In den folgenden zwei Jahrhunderten wurden unzählige Asteroiden in seiner Nähe entdeckt — manche nur in Felsblockgröße. Schon früh vermutete man, daß sie die Überreste eines einst größeren Planeten waren, und in der Mitte des zwanzigsten Jahrhunderts schienen mathematische Bahnberechnungen diese Theorie zu bestätigen.

Aber erst, als der Mensch den Raum zu erforschen begann und sich in den weiten Gebieten zwischen Mars und Jupiter umsah, erfuhr er definitiv, daß die Asteroiden tatsächlich Fragmente eines Planeten waren — des zerstörten Planeten Luzifer.

Die *Moostöter* wurde mit kleinen Energiestößen an die Umlaufbahn von Ceres angeglichen. Sie bewegte sich zusammen mit dem Asteroidenschwarm des Halleluja-Knotens dahin.

Kapitän Stone beobachtete sein Stereo-Radargerät. Er erkannte ganz in der Nähe einen hellen Punkt, der rhythmisch auf und ab flackerte. Das war der Radarstrahl, dem das Schiff gefolgt war. Roger Stone wandte sich Castor zu: »Peile City Hall an.«

»Sofort, Käpt'n.« Nach kurzer Zeit fügte er hinzu: »Zehn Meilen pro Stunde relativ — neun Komma sieben genau. Und keine siebenhundert Meilen entfernt.«

»Vektor?«

»Fast deckungsgleich. Wir müßten zehn bis fünfzehn Meilen entfernt landen.«

Roger Stone entspannte sich. »Na, für einen alten Mann war das keine schlechte Annäherung.«

»Geht schon, Paps — wenn man bedenkt, daß du Pols Zahlen benutzt hast.«

»Diesen Satz beantworte ich erst, wenn ich weiß, wen von uns beiden du damit beleidigen wolltest.« Er wandte sich um und sprach ins Mikrofon: »Alle Manöver beendet. Maschinenraum dichtmachen. Edith, wann gibt es etwas zu essen?«

»Maschinenraum dicht, Sohn«, meldete sich Hazel.

»In einer halben Stunde, Liebling«, sagte Edith.

»Großartig! Da schuftet man am Kontrollbord, und dann muß man eine halbe Stunde auf das Essen warten. Was ist das für eine Bedienung?«

»Schon gut, Liebling. Ich muß übrigens deine Kalorien wieder beschneiden.«

»Meuterei! Was würde John Sterling in diesem Fall tun?«

»Paps wird dick! Paps wird dick!« jubelte Lowell.

»Und erwürge dein Kind. Will jemand mitkommen, während ich die Jato-Einheiten anbringe?«

»Ich, Paps!«

»Meade, du willst dich nur vom Küchendienst drücken.«

»Ich brauche sie nicht, Liebling.«

»Na, dann komm. Wenigstens wird es heute keine versalzene Suppe geben.«

»Sehr witzig.«

»Ich werde auch nicht für Witze bezahlt.«

Kapitän Stone befestigte zusammen mit den Zwillingen und Meade die Jato-Einheiten rund um das Schiff und sorgte persönlich dafür, daß die Verdrahtungen stimmten. Die Einheiten standen mit dem Radargerät in Verbindung und würden das Schiff mit einem scharfen Stoß herumreißen, wenn ein Gegenstand auf Kollisionskurs näherkam.

Bis jetzt hatten sie die äußeren Zonen des Asteroidengürtels durchquert, in denen die Gefahr eines Zusammenstoßes noch äußerst gering war. Aber nun, da sie sich dem Halleluja-Knoten näherten, mußten sie doch vorsichtig sein. Die Prospektoren, die hier draußen arbeiteten, lächelten über solche Maßnahmen. Sie behaupteten immer, die Unfallrate in den Asteroidenzonen sei nicht höher als in Mexico City.

Als sie nach drinnen gingen, war das Essen fertig. »Anruf für dich, Käpt'n«, sagte Hazel.

»Jetzt schon?«

»Von City Hall. Ich sagte ihnen, daß du zurückrufen würdest. Welle neun Komma sechs Zentimeter.«

»Komm, Liebling, iß jetzt, bevor alles kalt wird.«

»Fangt inzwischen an, ich bin gleich wieder da.«

Er behielt recht. Dr. Stone sah ihn fragend an, als er sich setzte. »Der Bürgermeister«, erklärte er. »Willkommen in Rock City und so fort. Sagte mir, daß das Bürgerkomitee eine Geschwindigkeitsbeschränkung von hundert Meilen für Schiffe eingeführt hat, die sich in der Nähe von City Hall befinden.«

Hazel wurde giftig. »Hoffentlich hast du ihnen gesagt, was sie mit ihren Beschränkungen tun können?«

»Nein. Ich entschuldigte mich brav, daß ich unwissentlich gegen ihre Gesetze verstoßen hatte, und sagte, daß ich mich morgen bei ihnen vorstellen würde.«

»Erst dachte ich, wir hätten auf Mars ein wenig Ellbogenfreiheit«, knurrte Hazel. »Und was fanden wir vor? Halsabschneider und Steuereintreiber. Also flogen wir hierher in die Weite des Raumes — um zuallererst ein paar Verkehrspolizisten zu begegnen. Und mein einziger Sohn hat nicht den Mumm, ihnen gehörig Bescheid zu sagen. Ich fliege nach Saturn.«

»Warum nicht gleich nach Jupiter?« erkundigte sich Roger. »Pol, wirf mir das Salz herüber.«

»Jupiter? Ungünstige Ausgangsposition. Außerdem habe ich gehört, daß man auf Ganymed mehr Vorschriften als in einem Mädchenpensionat hat.«

»Mutter, du weißt genau, daß eine künstliche Kolonie ihre Vorschriften haben muß!«

»Nichts als eine Ausrede für kleine Napoleons. Das ganze System steckt in einem Zwangskorsett.«

»Was ist ein Korsett?« wollte Lowell wissen.

»Äh — der Vorläufer des Raumanzugs.«

Lowell war immer noch verwirrt. Seine Mutter meinte: »Wenn wir wieder daheim sind, zeige ich dir eines im Museum.«

Sie beschlossen, sich alle hinzulegen, als ein Alarmsignal schrillte. »Kollisionskurs!« sagte der Kapitän atemlos. »Alle festhalten!« Er selbst packte sich Lowell und griff mit der anderen Hand nach einem Wandhaken.

Aber dem Alarm folgte kein Ruck. »Grün«, verkündete Hazel ruhig. »Das Ding scheint sich nicht schnell genug zu bewegen, um uns zu gefährden.«

Kapitän Stone holte tief Atem und nickte. »Hoffentlich hast du recht. Ich bin allmählich nervös.«

Meade räumte das schmutzige Geschirr zusammen und trug es nach hinten. Kurze Zeit später kam sie mit großen Augen zurück. »Paps — jemand ist an der *Tür.*«

»*Was?* Meade, das bildest du dir ein.«

»Nein. Ich habe es genau gehört.«

Sie horchten. In die Schleuse zischte Luft. Roger Stone war mit einem Satz an der Tür. Aber ein scharfer Ruf seiner Mutter ließ ihn zurückweichen. »Warte!«

»Was ist?«

»Geh weg vom Eingang!« Sie richtete ihre Pistole auf die Tür.

»Sei doch nicht albern. Was willst du mit deinen Hustenbonbons?«

»Er weiß nicht, daß das Ding nicht geladen ist.«

»Mutter Hazel, weshalb bist du so nervös?« fragte Dr. Stone.

»Versteht ihr das nicht? Wir haben ein Schiff mit allen möglichen Vorräten. Hier draußen gelten nicht die Gesetze von Luna City. Es könnte sein, daß jemand in Versuchung gerät.«

Dr. Stone wandte sich ihrem Mann zu, und der sagte nervös: »Geh' mit Lowell und Meade nach vorn. Ihr schließt die Trennwand, laßt aber die Mikrofone offen. Wenn etwas vorfällt, ruft ihr City Hall an.«

Als die beiden mit dem Kleinen verschwunden waren, öffnete sich die innere Luftschleusentür. »Sollen wir ihn anspringen, Paps?« flüsterten die Zwillinge.

»Nein. Bleibt mir aus der Schußlinie.«

Eine Gestalt im Raumanzug stand geduckt im Eingang. Durch den Helm konnte man keine Gesichtszüge erkennen. Als der Fremde die Pistolen auf sich gerichtet sah, breitete er die leeren Hände aus und sagte: »Was ist los?« Seine Stimme klang vorwurfsvoll. »Ich habe doch nichts getan.«

Kapitän Stone konnte sehen, daß der Mann keine Waffe trug. Er legte seine eigene Pistole weg. »Entschuldigen Sie. Warten Sie, ich nehme Ihnen den Helm ab.«

Unter dem Helm kam ein rothaariger Mann mit sanften Augen zum Vorschein. »Was ist los?« wiederholte er.

»Nichts. Wir wußten nur nicht, wer an Bord kam, und waren ein wenig nervös. Mein Name ist übrigens Stone. Ich bin der Kapitän.«

»Freut mich, Käpt'n. Ich heiße Shorty Devine.«

»Willkommen an Bord, Mister Devine.«

»Shorty reicht.« Er sah sich um. »Äh, Sie müssen verzeihen, daß ich hier eindringe und Ihnen Angst einjage, aber ich hörte, daß Sie einen Arzt an Bord haben. Einen echten Doktor, keinen von diesen komischen Wissenschaftlern, die sich die gleichen Titel zulegen.«

»Ja, das stimmt.«

»Also, das ist großartig. In der Stadt gibt es seit dem Tod des alten Doc Schultz keinen Arzt mehr. Und ich brauche dringend einen.«

»Das tut mir leid. Pol, hol' deine Mutter.«

»Ich komme«, hörte man Ediths Stimme über das Mikrofon. Sie öffnete die Tür und sagte: »Ich bin die Ärztin, Mister Devine. Liebling, ich werde den Mann hier behandeln. Könntet ihr alle verschwinden?«

Der Besucher sagte hastig: »Oh, das ist nicht nötig.«

»Ich untersuche nicht gern vor Publikum«, erklärte Edith fest.

»Aber ich habe noch gar nicht alles erklärt, Madam. Nicht ich bin krank — meinen Partner hat es erwischt.«

»Oh!«

»Er hat sich das Bein gebrochen. Quetschte es zwischen zwei Kernmetallstücke. Ich bin leider kein guter Sanitäter, und es geht ihm verdammt schlecht. Könnten Sie gleich mitkommen, Frau Doktor?«

»Natürlich.«

»Aber Edith!«

»Castor, hol mir die Tasche — die schwarze. Hilfst du mir mit dem Anzug, Liebling?«

»Aber Edith, du . . .«

»Es geht alles in Ordnung, Käpt'n. Ich habe mein Boot draußen. Wir sind nur an die neunzig Meilen entfernt. Es dauert bestimmt nicht lange.«

Kapitän Stone seufzte. »Ich komme mit. Ist in Ihrem Boot Platz für drei?«

»Natürlich!«

»Übernimm du das Kommando, Hazel.«

»Aye, aye, Sir.«

Sie waren die ganze Nacht weg. Hazel saß am Kontrollbord und verfolgte ihren Weg mit. Als sie zurückkamen, teilte Devine das Frühstück mit ihnen. Er bedankte sich immer wieder. Eben, als er gehen wollte, kam Lowell mit Fuzzy in den Salon. Devine starrte das Tierchen an. »Eine Flachkatze! Oder träume ich?«

»Natürlich ist es eine. Sie heißt Fuzzy, und sie kommt von Mars.«

»Also, das ist doch — sag' mal, darf ich sie einen Moment lang streicheln?«

Lowell sah ihn mißtrauisch an und gewährte ihm dann gnädig die Bitte. »Ist die süß — fast hat man das Gefühl, wieder auf Mars zu sein.« Er gab sie zögernd wieder zurück und machte sich auf den Heimweg.

Dr. Stone bewegte die Finger. »Zum ersten Mal seit meiner Praktikantenzeit habe ich eine Operation im freien Fall durchgeführt. Ich muß wieder etwas üben.«

»Liebling, du warst großartig. Und Jock Donaher hatte großes Glück, daß wir kamen.«

»Stand es schlimm, Mami?« wollte Meade wissen.

»Ziemlich«, erwiderte ihr Vater. »Die Einzelheiten will ich dir ersparen. Aber deine Mutter hat genau das Richtige getan. Und ich war keine schlechte Krankenschwester, wenn ich das sagen darf.«

»Du darfst nicht, aber du tust es trotzdem«, meinte Hazel.

»Roger?« sagte Dr. Stone. »Dieses komische Ding, in dem sie leben, kann doch nicht als Schiff benutzt werden?«

»In seinem augenblicklichen Zustand würde ich es eher als Floß bezeichnen.«

»Was machen sie, wenn sie fort von hier wollen?«

»Wahrscheinlich wollen sie nicht fort. Sie werden in Rufweite von Rock City sterben — was Jock jetzt beinahe getan hätte. Ich schätze, daß sie ihr Metall hier oder auf Ceres verkaufen.«

»Aber die ganze Stadt wandert. Irgendwann müssen sie sich bewegen.«

»Mit ein paar Jato-Einheiten kommen sie schon weiter, wenn sie vorsichtig sind. Allerdings würde ich das Ding vorher dekomprimieren.«

16

Als die *Moostöter* Rock City erreichte, hatte der Asteroidengürtel eine Bevölkerungsdichte von einem Menschen pro 2×10^{21} Kubikmeilen. Etwa die Hälfte dieser etwa sechstausend Seelen lebte auf den größeren Planetoiden — Ceres, Pallas, Vesta und Juno. Die anderen dreitausend waren die ›schwebende Bevölkerung‹ im wahrsten Sinn des Wortes; sie lebten und arbeiteten im freien Fall. Fast alle von ihnen hatten sich zu einem halben Dutzend lockerer Gemeinden vereinigt, welche die Knoten oder Haufen des Asteroidengürtels bearbeiteten. Sie suchten nach Uran, Transuranen und Kernmaterial, verkauften ihre Funde auf dem nächstgelegenen größeren Asteroiden und wanderten gelegentlich zu einem anderen Knoten. Vor dem Fund im Halleluja-Knoten hatte die Gruppe, die sich Rock City nannte, den Kaiser-Wilhelm-Knoten ausgebeutet; nun waren alle hierhergekommen.

Keine dieser Gemeinden war ganz unabhängig, aber die Gier der terranischen Industrie nach den wertvollen Metallen war so groß, daß die Prospektoren einigermaßen gut versorgt waren. Andrerseits besaßen sie Hydroponiktanks und Gärungsbehälter, die ihnen Gemüse und Eiweiß lieferten. Wasserstoff und Sauerstoff kamen von Ceres oder Pallas.

Der Mensch geht eben nicht unter, wenn er irgendwo einen kleinen Strohhalm findet.

Beinahe drei Tage lang schwebte die *Moostöter* langsam durch Rock City. Dann zündete der Kapitän eine Jato-Einheit. Vor ihm lagen City Hall und einige andere kleinere Asteroiden. Das Schiff war eine achtel Meile von ihnen entfernt. Roger Stone rief den Bürgermeister an.

»Wir haben Sie beobachtet, Kapitän«, erklärte der Bürgermeister.

»Gut. Mister Fries, wie komme ich am besten zu Ihnen hinüber?«

»Ich schicke Ihnen einen Mann mit einer Leine. Unsere

Jungs sind recht geschickt bei der Arbeit im freien Fall.«

Hazel, der Kapitän und die Zwillinge streiften die Anzüge über und verließen die Schleuse, um auf den Mann zu warten. Sie konnten eine kleine Gestalt vor dem gegenüberliegenden Schiff erkennen. Das Schiff selbst war viel größer als die *Moostöter*. Es handelte sich um ein rundes, völlig veraltetes Modell, das nicht direkt auf einem Planeten landen konnte. Roger Stone schätzte, daß man die Kiste hier herausgebracht hatte, nachdem sie aus dem offiziellen Verkehr gezogen worden war.

Dicht neben der City Hall war ein gedrungener Zylinder. Entweder befand er sich weiter weg von dem Schiff, oder er war ein gutes Stück kleiner. Und rings um diese Formen befanden sich noch andere Schiffe, oft kaum von den Sternen im Hintergrund zu unterscheiden.

Der Mann war nach einer halben Minute bei ihnen angelangt. Er landete am Bug des Schiffes, und die anderen begrüßten ihn.

»Hallo, Käpt'n! Ich bin Don Whitsitt, Mister Fries' Buchhalter.«

»Hallo, Don.« Er stellte die anderen vor. Die Zwillinge halfen, das Stahlkabel und das leichtere Telefonkabel einzuholen. Don Whitsitt befestigte beide am Schiff.

»Bis später im Laden«, sagte er und verschwand wieder. Er hielt sich nicht an der Leine fest.

Pollux sah ihm nach. »Das könnte ich auch.«

»Glaubst du?« meinte sein Vater. »Dann bleib' bei dem Glauben und häng' dein Seil an das Leitkabel.«

Mit einem kleinen Abstoßen überbrückten sie den Zwischenraum. Whitsitt war nach drinnen gegangen, aber er hatte die Schleuse wieder so eingestellt, daß sie eintreten konnten.

Im Innern wurden sie von Jonathan Fries, dem Bürgermeister von Rock City, begrüßt. Er war ein kleiner, glatzköpfiger Mann mit umfangreichem Bauch und fröhlichen Augen. Hinter seinem Ohr steckte ein Schreibstift. Er schüttelte Roger Stone begeistert die Hand. »Willkommen, willkommen! Freut uns sehr, daß Sie hier sind, Herr Bürgermeister. Ich müßte Ihnen eigentlich den Schlüssel der Stadt von Ehrenjungfern überreichen lassen.«

Roger schüttelte den Kopf. »Erstens bin ich nicht mehr Bürgermeister, und zweitens können Sie die Jungfern ruhig weglassen. Ich bin verheiratet.«

»Ein Glück — wir haben nämlich keine. Sonst würde ich sie auch für mich behalten.«

»So?« Eine dicke und ebenso fröhliche Frau tauchte hinter ihm auf.

»Oh, Martha.« Er stellte seine Frau vor, und Mrs. Fries nahm Hazel ins Schlepptau. Die Zwillinge folgten den Männern in den vorderen Teil des Schiffes. Er war Lagerraum und Laden zugleich; an den Strebepfeilern waren Regale und Borde angebracht, in denen sich Vorräte aller Art befanden. Don Whitsitt hatte sich auf einer Art Sattel festgeschnallt und schrieb auf den Knien.

Die Augen der Zwillinge wurden groß, als sie einen Blick in die Regale warfen. Zu ihrem Leidwesen waren die Vorräte durch die Vermehrung der Flachkatzen so geschwunden, daß man zuletzt ihre Luxuswaren angegriffen hatte und pietätlos Kaviar und Chikago-Würstchen verzehrt hatte. Pollux flüsterte Castor zu: »Ich hatte keine Ahnung, daß die Konkurrenz so scharf sein würde.«

»Ich auch nicht.«

Ein Mann kam auf Fries zu. »Einheitspreis, was diese Zentrifuge betrifft . . .«

»Später, Sandy. Ich habe zu tun.«

Kaptän Stone widersprach. »Aber ich will Sie nicht von Ihren Geschäften abhalten.«

»Oh, Sandy kann ohnehin nichts tun als warten. Stimmt's, Sandy? Gib mal Käpt'n Stone die Hand — seine Frau hat Jocko wieder zusammengeflickt.«

»Tatsächlich? Ich bin mächtig stolz, Sie kennenzulernen, Käpt'n.« Er wandte sich an Fries. »Ernenn' ihn gleich fürs

Komitee.«

»Heute abend.«

»Einen Augenblick«, protestierte Roger Stone. »Ich bin doch nur als Besucher hier. Was sollte ich in Ihrem Gemeinde-Komitee?«

Fries schüttelte den Kopf. »Sie haben keine Ahnung, was es für unsere Leute bedeutet, einen Arzt in der Nähe zu wissen. Das Komitee hat keine Arbeitstagung. Es will Ihnen nur sagen, wie froh wir sind, Sie hier zu haben. Und Mrs. Stone können wir zum Mitglied machen, wenn sie will. Sie wird allerdings wenig Zeit für die Gemeindearbeit haben.«

Kapitän Stone fühlte sich in die Enge getrieben. »Immer langsam! Wir wollen so bald wie möglich von hier zur Erde aufbrechen — und meiner Frau fehlt es auch an Praxis. Wir befinden uns auf einer Vergnügungsreise.«

Fries sah beunruhigt drein. »Sie wird sich nicht um die Kranken kümmern? Aber sie hat doch Jock Donaher auch geholfen?«

Stone wollte schon energisch seinen Standpunkt klarlegen, als ihm einfiel, daß er in diesen Dingen nicht viel mitzureden hatte. »Ja, gut, sie wird sich um die Kranken kümmern. Aber, verdammt noch mal, deshalb sind wir nicht hergekommen. Meine Frau macht im Moment Urlaub.«

Fries nickte. »Wir werden sehen, daß wir ihr die Aufgabe so leicht wie möglich machen. Die Dame kann natürlich nicht wie Doc Schultz von einem Felsen zum anderen sausen. Ist das klar, Sandy? Wenn jemand krank ist, soll er sehen, daß er hierherkommt.«

Der Prospektor nickte feierlich. »Klar, Einheitspreis.«

Sandy verschwand, und Fries fuhr fort: »Gehen wir zurück ins Restaurant. Martha wird frischen Kaffee haben. Wir müssen uns über ein paar Verwaltungsprobleme unterhalten.«

»Ehrlich gesagt, ich habe keine Ahnung von Ihrem Leben hier draußen.«

»Oh, dann muß ich eben zugeben, daß ich einfach jemanden zum Unterhalten brauche. Man sieht hier nicht jeden Tag ein neues Gesicht. Wollen Sie übrigens etwas kaufen? Werkzeuge? Sauerstoffzylinder? Prospektorenausrüstung?«

»Nichts Besonderes — das heißt, ein Boot könnten wir gebrauchen. Am besten wäre es, wenn wir es in Miete bekämen.«

Fries schüttelte den Kopf. »Freund, schade, daß Sie ausgerechnet danach gefragt haben. Genau diesen einen Artikel führe ich nicht. Sämtliche Prospektoren von Mars und sogar von Luna strömen hierher, und alle wollen Boote. Aber vielleicht können Don und ich Ihnen so ein Ding aus Ersatzteilen zusammenschweißen, wenn in zwei Monaten die *Leuchtkäfer* anlegt.«

Roger Stone runzelte die Stirn. »Hm, das dauert zu lange. Der Start zur Erde ist bereits in fünf Monaten fällig.«

Ein Mann klopfte Fries auf die Schulter und sagte: »He, Krämer, ich . . .«

Das Gesicht von Fries verdunkelte sich. »Sie können mich mit ›Bürgermeister‹ ansprechen.«

»Häh?«

»Außerdem sehen Sie doch, daß ich beschäftigt bin.« Der Mann zog sich zurück, und Fries schäumte: »Freund und Feind nennt mich hier Einheitspreis. Wenn er das nicht weiß, kann er mich mit meinem Titel anreden — oder anderswo sein Geschäft abwickeln. Wo war ich? Ach ja, Sie könnten es beim alten Charlie versuchen.«

»Wie?«

»Haben Sie den Riesentank gesehen, der an der City Hall festgemacht hat? Das ist Charlies Bude. Er ist ein verrückter alter Knochen und in die Felsbrocken hier verliebt wie alle anderen. Außerdem genießt er sein Einsiedlerleben. Bisher hauste er immer am Rand der Gemeinde und ging den anderen aus dem Weg — aber bei dem jetzigen Boom wurde er ängstlich und fragte, ob er hier im Zentrum anlegen dürfte. Einige der Neuankömmlinge sind ja wirklich rauhes Gesindel.«

»Das klingt, als wäre er einer der Oldtimer von Luna. Was ist mit ihm?«

»Charlie hat einen Kramladen der schlimmsten Sorte — das sage ich übrigens nicht aus Konkurrenzneid. Immer wenn ein Prospektor stirbt, landet sein alter Plunder in Charlies Höhle. Ich glaube nicht, daß er ein Boot hat — aber vielleicht besitzt er genug Einzelteile, aus denen man eines zusammenbauen könnte. Können Sie mit Werkzeug umgehen?«

»Einigermaßen.« Er sah sich nach den Zwillingen um und entdeckte sie schließlich an den Warenregalen. »Cas! Pol! Kommt her!«

Fries erklärte ihnen rasch die Lage. Castor nickte. »Wenn wir die Ersatzteile hätten, könnten wir es schaffen.«

»So ist es gut. Und nun zum Kaffee.«

Castor verlangsamte seinen Schritt. »Paps? Warum können Pol und ich nicht hinübergehen und nachsehen, was er hat? Das spart uns Zeit.«

»Hm — meinetwegen. Aber haltet euch an der Verbindungsleine fest.«

Die Zwillinge gingen. Pollux war wütend. »Paps will ja nur, daß wir vorsichtig sind«, tröstete ihn Castor.

»Ja, aber das muß er nicht immer vor allen Leuten zeigen.«

Charlies Behausung war früher ein Zugtank gewesen, mit dem man Sauerstoff zu den Kolonien gebracht hatte. Die Zwillinge betätigten die Schleuse. Als der Druckausgleich stattgefunden hatte, wollten sie die innere Tür öffnen. Aber sie rührte sich nicht. Pollux klopfte mit dem Schraubenschlüssel an seinem Gürtel dagegen, während Castor nach einem Schalter suchte. Die Schleuse war miserabel beleuchtet.

»Hör auf mit dem Lärm«, sagte Castor. »Wenn er noch lebt, hat er dich inzwischen gehört.«

Eine unterdrückte Stimme rief: »Wer ist da?«

»Castor und Pollux Stone von der *Moostöter* aus Luna City.«

Jemand kicherte. »Mich könnt ihr nicht an der Nase herumführen. Und ohne einen Haftbefehl komme ich auch nicht mit. Außerdem lasse ich euch gar nicht herein.«

Castor war am Explodieren. Pollux rief: »Wir sind keine Polypen! Dazu sind wir gar nicht alt genug!«

»Nehmt eure Helme ab.«

»Nicht«, warnte Castor. »Er kann die Schleuse öffnen, während wir es tun.«

Pollux öffnete trotzdem seinen Helm; Castor folgte zögernd seinem Beispiel. »Lassen Sie uns herein.«

»Weshalb?«

»Wir sind Kunden. Wir wollen etwas kaufen.«

»Was habt ihr zu bieten?«

»Bargeld.«

»Bargeld?« Ein Kichern erreichte sie. »Das nützt mir hier gar nichts. Habt ihr Schokolade?«

»Cas?« flüsterte Pollux. »Haben wir noch ein paar Riegel Schokolade übrig?«

»Sieben bis acht Pfund, mehr nicht.«

»Natürlich haben wir Schokolade.«

»Ich möchte sie sehen.«

Cas unterbrach die Verhandlung. »Was ist denn das für ein Unsinn? Komm, Pol, gehen wir zurück zu Mister Fries.«

»Nein«, stöhnte die Stimme. »Er betrügt euch bestimmt.«

»Dann öffnen Sie!«

Nach kurzem Schweigen fragte die Stimme bettelnd: »Aber ihr tut dem alten Charlie auch nichts?«

»Natürlich nicht. Wir wollen nur ein Geschäft abschließen.«

Endlich öffnete sich die Tür. Ein altes, verschrumpeltes Gesicht zeigte sich vorsichtig im Eingang. »Langsam — und versucht keine Tricks.«

Als sich ihre Blicke an das Halbdunkel gewöhnt hatten, sahen sie sich um. Der Tank war randvoll mit allem möglichen Kram angefüllt. Und er stank. Anders konnte man es nicht ausdrücken.

Der Besitzer war dünn und knochig und trug nichts außer schwarzem Unterzeug, das früher einmal wohl Heizspiralen enthalten hatte. Seine Füße waren nackt. Old Charlie hatte seine Inspektion beendet und grinste sie an. »Nette Jungs«, sagte er. »Ich wußte, daß ihr dem alten Charlie nichts tun würdet.«

»Wir wollten Sie nur kennenlernen und vielleicht einen kleinen Handel mit Ihnen abschließen.« Castor sah sich um. »Hübsch haben Sie's hier.«

»Bequem. Und praktisch. Gerade richtig für einen Mann, der Firlefanz nicht mag. Man kann nachdenken und ein gutes Buch lesen. Mögt ihr Bücher?«

»Sicher.«

»Wollt ihr meine Bücher sehen?« Ohne ihre Antwort abzuwarten, huschte er wie eine Fledermaus ins Dunkel und kehrte nach wenigen Sekunden mit Büchern in beiden Händen zurück.

Die meisten Bücher waren im alten Stil gebunden, und Castors Augen wurden groß, als er die Ausgabedaten las. Er fragte sich, was das Astrogationsinstitut dafür bezahlen würde. Unter anderem entdeckte er einen Mark-Twain-Band.

»Seht sie euch nur an, Jungs. Ihr habt nicht gedacht, hier einen Literaturinteressenten vorzufinden, was? Ihr könnt doch lesen, oder?«

»Natürlich.«

»Wußte es nicht. Heutzutage bringen sie der Jugend die verrücktesten Dinge bei. Wenn man ein paar lateinische Brocken einwirft, gaffen sie mit offenem Maul. Wollt ihr was essen?« Er sah sie ängstlich an.

Die beiden versicherten, daß sie eben erst gegessen hätten, und er wirkte erleichtert. »Es hat schon Zeiten gegeben, in denen ein Mann seinen verstorbenen Partner verzehrte. Ich hab's selbst erlebt. Aber ich finde, es gehört sich nicht.«

Die Zwillinge versicherten, daß es nicht mit der Etikette zu vereinen sei.

»Ich finde, man muß sich auf die Mitglieder der eigenen Familie beschränken, wenn man nicht ausdrücklich einen Vertrag gemacht hat. Schon ein paar Geister gesehen?«

Sein Wortgesprudel war so wirr, daß die Zwillinge nur mühsam folgen konnten. »Geister?«

»Ihr werdet ihnen noch begegnen. Ich habe oft mit Henderson gesprochen — das ist der Mann, der verspeist wurde. Er sagte, daß er seinem Partner nichts nachträgt — hätte es an seiner Stelle auch so gemacht. Überall sind Geister. Die Prospektoren, die hier draußen sterben, können nicht zurück in die Erde. Sie befinden sich in einer ständigen Bahn um die Sonne, versteht ihr?« Er beugte sich vertraulich vor. »Manchmal sieht man sie, aber meistens flüstern sie einem in die Kopfhörer. Und hört gut zu, wenn sie's tun — denn nur sie kennen die guten Adern.«

Sie nickten, und er fuhr fort: »Und jetzt erzählt etwas von euch, Jungs.« Zu ihrer Überraschung schien er das ernst zu meinen. Als sie fertig waren, fragte er nach Einzelheiten und flocht hin und wieder ein paar Anekdoten ein. Schließlich beschrieb Castor das Fiasko mit den Flachkatzen. »Und deshalb haben wir nicht mehr viele Nahrungsmittel zu verschachern. Aber es ist noch etwas Schokolade da.«

Charlie ließ sich hin und her treiben. »Flachkatzen, hm. Ich habe jahrzehntelang keine mehr gestreichelt. Hübsch, so ein Tier um sich zu haben. Sind philosophische Dinger, wenn man sie nur versteht.« Er fixierte Castor plötzlich. »Was habt ihr mit all den Flachkatzen vor?«

»Nichts.«

»Das dachte ich mir. Wollt ihr einem einsamen alten Mann nicht eine abgeben?«

Castor sah Pollux an, und sie wußten beide, daß bei einem eventuellen Handel eine Flachkatze ihre Dreingabe sein würde. »Was wollt ihr? Ein Boot? Ihr wißt, daß der alte Charlie kein Boot hat — bis auf sein eigenes, und das braucht er, um am Leben zu bleiben.«

Castor sprach davon, daß man aus alten Teilen ein Boot

zusammensetzen könnte. Charlie kratzte sich über den Stoppelbart. »Ich glaube, ich hatte mal einen Raketenantrieb — macht euch doch nichts, wenn ein oder zwei Ventile fehlen? Oder habe ich ihn an Gonzales verkauft? Nein, das war ein anderer. Moment, ich werde nachsehen.« Er grub sich in seine Abfallberge und kam schließlich mit einem Riesending wieder. »Da! Praktisch neu. Nichts, das zwei schlaue Jungs nicht richten könnten.«

Pollux sah Castor an. »Was ist der Antrieb wert?«

»Er müßte uns noch etwas bezahlen, daß wir ihm das Ding abnehmen.«

Nach zwanzig Minuten hatten sie sich geeinigt, den Apparat für drei Pfund Schokolade und eine Flachkatze mitzunehmen.

17

Es dauerte fast zwei Wochen, bis der alte Antrieb wieder lief, und eine weitere Woche, bis sie aus den alten Rohren von Fries' Metallvorräten einen Bootsrahmen gebaut hatten. Schön war das Gefährt nicht, aber nachdem sie das Stereo-Radargerät der *Moostöter* installiert hatten, war es wenigstens sicher. Kapitän Stone schüttelte den Kopf und unterzog es endlosen Tests, bis er es endlich zur Benutzung freigab.

Inzwischen hatte das Komitee einen Taxidienst für die Stones eingerichtet. Jeweils ein Prospektor im Abstand von fünfzig Meilen stellte sein Boot für dringende Krankheitsfälle zur Verfügung. Die Stones sahen wenig von Edith. Offensichtlich hatte sich jeder Bürger von Rock City seine Krankheiten bis zu ihrer Ankunft aufgehoben.

Aber wenigstens waren sie nicht auf Hazels stümperhafte Kochkunst angewiesen. Mrs. Fries hatte eine ausgezeichnete Hydroponikanlage und kochte wunderbar.

Während die Zwillinge das Boot bauten, hatten sie genug

Zeit, um über das Problem der Flachkatzen nachzudenken. Eines stand fest: In Rock City gab es einen Absatzmarkt für Flachkatzen. Die Frage blieb: Wie schlug man einen möglichst hohen Gewinn aus dieser Tatsache?

Wenn man die Tiere schön langsam der Reihe nach abgab, bekamen sie bei ihren neuen Besitzern bald Junge, und das Geschäft war verdorben. Das Boot durften sie nicht allein benutzen; es gehörte der ganzen Familie. Es nützte auch nichts, im Laden von Fries ein Schild aufzustellen, denn die meisten Prospektoren kamen nur alle drei bis vier Monate zum Einkaufen.

Doch sie fanden einen Weg. Der Asteroidengürtel, so weit draußen er auch lag, war im Grunde ein richtiges Klatschnest — vielleicht sogar wegen seiner Lage. Man unterhielt sich per Anzugfunk. Draußen in der Dunkelheit des Raumes war es gut zu wissen, daß jemand nachforschen würde, wenn man sich längere Zeit nicht mehr meldete.

Die stärkeren Schiffsfunkgeräte dienten zum Verbreiten der Neuigkeiten von Knoten zu Knoten. Rock City besaß sogar seinen eigenen Nachrichtendienst. Zweimal am Tag fing Einheitspreis die Nachrichten von der Erde auf und gab sie dann mit entsprechenden Kommentaren weiter. Die Zwillinge beschlossen, die gleiche Wellenlänge zu benutzen und im Anschluß an die Nachrichten eine Musik- und Plaudersendung mit eingeblendeter Werbung zu bringen.

Fuzzys liebevolles Schnurren wurde auf Band aufgenommen, dazu ein paar flaue Witze, die dennoch ankamen. Castor versprach, daß jeder, der eine Flachkatze erwarb, kostenlos ein Pin-up-Bild mitnehmen konnte. Manchmal sang auch Meade. Sie hatte keine Konzertreife, aber ihre Stimme war warm und rein. Wenn man eines ihrer Lieder gehört hatte, brauchte man unbedingt eine Flachkatze. Meade zog mehr als alle Witze, und die Zwillinge mußten sie schließlich am Gewinn beteiligen.

Die Leute strömten herein und rissen sich um die Flachkatzen. Prospektoren von Luna, die noch nie so ein Tier gesehen hatten, kamen aus Neugier und kauften ebenfalls. Die kleinen Kätzchen waren ein Ventil für die lange unterdrückten Einsamkeitsgefühle.

Der Vorrat an Flachkatzen schmolz, und der Vorrat an Kernmetallen wuchs.

Roger Stone beantwortete ihren Vorschlag, ein paar der Tiere als Zuchtmaterial zu behalten, mit einem kategorischen Nein. Fuzzy konnte bleiben, solange sie Diät fraß, aber das reichte.

Die Zwillinge hatten nur noch ein paar Exemplare im Laderaum, als ein müde aussehender, grauhaariger Mann nach ihrer Sendung auftauchte. Es waren noch mehrere andere Kunden da, und er hielt sich im Hintergrund. Er hatte ein kleines Mädchen bei sich, das kaum älter war als Lowell. Castor hatte ihn noch nie zuvor gesehen, aber er schätzte, daß es sich um Mister Erska handelte. Es gab nämlich nur wenige Familien am Knoten, und Familien mit Kindern waren noch seltener. Die Erskas lebten im Norden und kamen nicht oft nach City Hall. Mister Erska sprach die Einheitssprache nicht sehr gut; die Familie hatte am Isländisch ihrer Vorfahren festgehalten.

Als die anderen Kunden weg waren, setzte Castor sein berufsmäßiges Lächeln auf und stellte sich vor. »Und was kann ich für Sie tun, Sir? Eine Flachkatze?« fragte er.

»Leider nicht.«

»Wie wäre es mit einem Projektor? Mit einem Dutzend Bändern? Genau das richtige für einen Abend im trauten Familienkreis.«

Mister Erska wirkte nervös. »Äh, sehr nett, bestimmt. Aber nein.« Er zerrte das kleine Mädchen zu sich heran. »Wir gehen jetzt, Kleines.«

»Nicht so eilig. Mein kleiner Bruder muß irgendwo in der Nähe sein. Er spielt bestimmt gern mit Ihrer Tochter. Ich suche ihn.«

»Wir gehen lieber.«

»Aber weshalb? Er kann nicht weit sein.«

Mister Erska schluckte verlegen. »Meine Kleine. Sie hat Ihr Programm gehört. Sie wollte eine Flachkatze sehen. Jetzt sieht sie eine, und wir gehen wieder.«

»Oh.« Castor beugte sich zu dem Kind hinunter. »Möchtest du gern eine in die Hand nehmen?«

Sie gab keine Antwort, sondern nickte nur feierlich.

Pollux holte ein Kätzchen und legte es ihr auf den Arm. Das Ding begann sofort zu schnurren. Ganz still drückte das Mädchen die Katze an sich. Castor wandte sich an ihren Vater. »Möchten Sie die Katze nicht kaufen?«

Der Mann wurde rot. »Nein, nein.«

»Weshalb nicht?«

»Ich *kann* nicht.« Der Mann sah zur Seite.

»Aber Sie möchten gern.« Castor sah Pollux an. »Wissen Sie, was Sie sind, Mister Erska? Unser *fünfhundertster* Kunde!«

»Wie?«

»Haben Sie unser Angebot nicht gehört? Wahrscheinlich habe Sie einige der Sendungen ausgelassen. Die fünfhundertste Katze gibt es *umsonst*!«

Das kleine Mädchen sah verwirrt drein, ließ aber das Tier nicht los. Ihr Vater schien zu zweifeln. »Machen Sie Spaß?«

»Nein.«

Pollux nickte feierlich. »Es ist wahr, Mister Erska. Und obendrein entweder zwei Pin-up-Girls oder zwei Stangen Schokolade.«

Mister Erska war nur halb überzeugt, aber als er ging, umklammerte das kleine Mädchen eine Flachkatze und zwei Schokoladeriegel. Die Tür schloß sich, und Castor sagte: »Das mit der Schokolade war dumm. Ich wollte die letzten beiden Riegel gar nicht verkaufen.«

»Ich habe sie ja nicht verkauft. Ich habe sie verschenkt.«

Castor grinste und zuckte mit den Schultern. »Hoffentlich verdirbt sie sich nicht den Magen damit.« Er drehte sich um und sah Hazel im Eingang stehen. »Was gibt es denn zu lachen?«

»Nichts, nichts. Ich freue mich nur über zwei hartgesottene Geschäftsleute.«

»Geld ist nicht alles.«

»Außerdem war es eine gute Reklame«, fügte Pollux hinzu.

»Reklame? Wo euer Vorrat erschöpft ist?« Sie grinste. »Und ich möchte wetten, daß das mit der fünfhundertsten Flachkatze nicht gestimmt hat.«

»Ach was, sie wollte das Tier!« sagte Castor unwirsch. »Was hätte ich tun sollen?«

Hazel legte jedem von ihnen eine Hand auf die Schulter: »Leute, ich glaube, allmählich werdet ihr doch erwachsen. In vierzig, fünfzig Jahren seid ihr vielleicht so weit, daß wir euch in die menschliche Gesellschaft eingliedern können.«

»Nun reicht es aber!«

18

Die Gewinnaufteilung des Flachkatzengeschäfts stellte sich als äußerst schwierig heraus. Die Tiere waren alle Nachkommen von Fuzzy, und die befand sich in Lowells Besitz. Aber die Vermehrung war eine Folge der Fütterung, die wiederum zum Verbrauch der Luxusgüter geführt hatte, welche die Zwillinge verkaufen wollten. Die Idee zum Verkauf der Flachkatzen stammte von Pollux und Castor, doch sie hatten bei ihren Transaktionen das Familienschiff mitsamt elektronischer Ausrüstung benutzt.

Roger Stone traf eine salomonische Entscheidung. Vom Bruttogewinn wurden Meades Prozente für ihre künstlerische Betätigung abgezogen. Die Zwillinge erhielten die Kosten für die eingekauften Luxusgüter zurück; der restliche Gewinn sollte durch drei geteilt und zwischen Castor, Pollux und Lowell aufgeteilt werden.

Die Zwillinge hatten zum ersten Mal keine Idee, was sie

mit ihrem Gewinn anfangen sollten. Prospektoren wollten sie nicht werden; sie wußten inzwischen zuviel über das Gesetz des Zufalls. So gondelten sie ziellos durch die Gegend und hatten eines Tages das Pech, um eine Stunde zu spät heimzukommen.

Ihr Vater war nicht beunruhigt. Aber die Zwillinge verbrachten die nächste Woche im Schiffsinnern.

Dr. Stone arbeitete weiter als Ärztin, wenn die schlimmste Zeit auch vorüber war. Manchmal wurde sie von ihrem Taxi zu den Kranken gebracht, manchmal übernahmen die Zwillinge den Transport. Eines Vormittags nach den Sprechstunden im Schiff von Mister Fries kam sie heim und sah sich nach den Zwillingen um. »Wo sind die beiden?« fragte sie.

»Ich habe sie seit dem Frühstück nicht mehr gesehen«, erwiderte Hazel. »Weshalb?«

Dr. Stone runzelte ein wenig die Stirn. »Nicht so tragisch. Muß ich eben Mister Fries bitten, das Taxi für mich zu bestellen.«

»Ein Besuch! Ich bringe dich hin, wenn diese Lümmel das Boot nicht beschlagnahmt haben.«

»Das ist wirklich nicht nötig, Mutter.«

»Mir macht es Spaß. Ich habe Lowell schon seit Wochen einen Flug versprochen. Oder dauert die Sache zu lange?«

»Eigentlich nicht.« Die Ärztin mußte sich nicht an die örtlichen Geschwindigkeitsbegrenzungen halten. »Es ist knappe achthundert Meilen draußen.«

»In zwei Stunden sind wir wieder da.«

Los ging es, mit einem aufgeregt schnatternden Buster.

Ihr Ziel war eine uralte Rakete, deren Steuerflossen man abgetrennt und zeltförmig wieder angeschweißt hatte, um mehr Wohnraum zu gewinnen. Hazel fand, daß die Behausung schäbig und verschlampt aussah — aber das taten viele der alten Schiffe hier draußen. Sie ging trotzdem nach drinnen, zog Lowell für eine Weile den Raumanzug aus und akzeptierte einen Beutel Tee. Der Patient, Mister Eakers, hatte das Bein geschient. Da seine Frau das Boot nicht bedienen konnte, hatte sich Dr. Stone zu dem Hausbesuch bereit erklärt.

Während sie den Mann behandelte, erhielt sie einen Anruf. Sie kam mit besorgter Miene ins Wohnzimmer zurück. »Was gibt es?« erkundigte sich Hazel.

»Mrs. Silva. Ich bin eigentlich nicht einmal überrascht — es ist ihr erstes Kind.«

»Hast du die Koordinaten und das Signal? Ich bringe dich hinüber.«

»Lowell?«

»Ach so, ja.« Es würde für den Kleinen zu lange dauern.

Mrs. Eakers schlug vor, daß man das Kind bei ihr lassen könne. Bevor Lowell in Geheul ausbrechen konnte, sagte Dr. Stone: »Danke, aber das ist nicht tötig. Mister Silva ist nach hierher unterwegs. Hazel, es ist vielleicht besser, wenn ich mit ihm fliege und euch beide allein heimschicke. Macht es dir etwas aus?«

»Natürlich nicht. Sei still, Lowell. Ich bin in einer dreiviertel Stunde daheim, und dann kann der Fratz schlafen oder seine Tracht Prügel beziehen, je nach Bedarf.«

Sie gab Dr. Stone für alle Fälle eine der beiden Reserve-Sauerstoffflaschen. Dann berechnete sie den Rückflug. Ohne Ediths Gewicht hatte sie nun zusätzliche Reaktionsmasse. Ganz gut, wenn sie sich beeilte, bevor der Kleine quengelig wurde . . .

Sie stellte den Kurs auf City Hall ein, drehte das Boot so, daß die Sonne sie nicht blendete, schaltete den Kreiselkompaß ein und jagte los.

Im nächsten Moment torkelte das Schiff im freien Fall dahin. Sie erinnerte sich durch lange Übung, daß das Ventil zu schließen war, aber erst nach einer geraumen Spanne zielloser Beschleunigung.

Sie lachte verwirrt. »Tolle Fahrt, was, Lowell?«

»Mach' das noch einmal, Großmutter.«

»Lieber nicht.« Rasch überprüfte sie alles. An dem kleinen Boot konnte nicht viel versagen, da es nur aus dem Raketenantrieb, dem Gestell mit den Sätteln und den Sicherheitsgurten bestand. Natürlich waren es die Kreisel; dem Antrieb fehlte nichts.

Hazel versuchte sich zu orientieren. Mal sehen — die Sonne ist da drüben — und das da ist Beteigeuze — also mußte City Hall etwa dort liegen. Sie warf einen Blick in das Stereo-Radargerät. Jawohl, da war es!

Das Schiff der Eakers war der einzige Punkt, an dem sie ihren Vektor messen konnte. Sie zuckte zusammen, als sie sah, wie weit entfernt es war. Sie waren wohl noch eine Zeitlang weitergeschwebt, während sie die Kreisel per Hand verstellt hatte. So beschloß sie, Mrs. Eakers anzurufen und sie zu bitten, für alle Fälle City Hall zu verständigen.

Aber Mrs. Eakers rührte sich nicht. Diese Schlampe hat wahrscheinlich die Alarmglocke ausgeschaltet, damit sie schlafen kann, dachte sie verbittert. Faules Gesindel! Man sah es dem Haus an.

Hazel ließ die Funkverbindung offen und rief immer wieder um Hilfe, in der Hoffnung, jemand, der in der Nähe vorbeikam, würde sie hören. Nebenbei richtete sie den Vektor nach City Hall neu ein — per Hand. Die Sache gefiel ihr nicht.

»Was ist los, Großmutter Hazel?«

»Nichts, Junge, gar nichts. Großmutter sucht nach ein paar Verkehrszeichen.« Sie wünschte sich nichts sehnlicher als ein automatisches Notsignal. Hazel schaltete Lowells Empfänger aus und rief dann wiederholt um Hilfe.

Keine Antwort. Sie schaltete Lowells Empfänger wieder ein. »Weshalb hast du das getan, Großmutter?«

»Nur eine Routineüberprüfung.«

»Das glaube ich nicht. Du hast Angst. Weshalb?«

»Nicht gerade Angst, Liebling. Ich bin nur etwas besorgt. Und nun sei still, ich habe einiges zu tun.«

Ganz vorsichtig drehte sie das Schwungrad wieder um ein paar Millimeter. Dann band sie Lowell in seinem Sattel fest und überprüfte die Stellung. »Ganz stillhalten«, mahnte sie.

»Wenn du deinen kleinen Finger rührst, skalpiere ich dich.«

Ebenso genau kalkulierte sie ihre eigene Stellung. Ohne Kreisel mußte man das Boot exakt ausbalancieren. »So«, sagte sie vor sich hin, »jetzt kannst du beweisen, ob du mehr als eine Sonntagspilotin bist.« Sie hatte den Punkt von City Hall im Fadenkreuz und setzte den Antrieb ein, nachdem sie die Kreisel ausgeschaltet hatte.

Der Punkt rutschte zur Seite, und sie drosselte sofort die Energiezufuhr. Wieder überprüfte sie den Vektor. Er war jetzt etwas besser. Als sie zwischendurch um Hilfe rief, machte sie sich nicht mehr die Mühe, Lowells Empfänger auszuschalten. Der Kleine sah ernst drein und sagte nichts.

Hazel ging alles noch einmal durch — Vektorprüfen, Hilferuf, Antrieb einschalten . . .

Ein dutzendmal versuchte sie es. Und dann war die Energie zu Ende. Hazel hatte es jetzt nicht mehr eilig. Sie maß den Vektor an Eakers' Schiff, das jetzt weit entfernt war, und verglich die Zahlen mit den Koordinaten von City Hall. Eigentlich hatte sie Erfolg gehabt. Sie würden City Hall höchstens um ein paar Meilen verfehlen. Nur die Geschwindigkeit war deprimierend. Sie würden sich in etwa sechzehn Stunden ihrem Ziel nähern.

Wieder rief sie um Hilfe, dann beschloß sie, alles noch einmal durchzurechnen. Vielleicht hatte sie sich um eine Dezimale getäuscht. Während sie das Fadenkreuz auf City Hall einstellte, erlosch der kleine Punkt mit einemmal. Ihre Ausdrücke veranlaßten Lowell zu der Frage: »Was ist nun los, Großmutter?«

»Nichts Besonderes. An manchen Tagen sollte man einfach nicht aufstehen. Es lohnt sich nicht.« Das Problem war ganz einfach, aber unlösbar — die drei Ladungen in der Energie-Einheit des Radargerätes waren erschöpft.

»Oma Hazel! Ich will heim.«

»Wir fliegen ja heim. Aber es wird eine Weile dauern.«

»Ich will *jetzt* heim.«

»Tut mir leid, das ist unmöglich.«

»Aber . . .«

»Sei still, sonst vermöble ich dich, sobald wir aus der Klemme sind. Ich meine es ernst.« Wieder rief sie um Hilfe.

»Spielen wir Schach?« fragte sie anschließend den Kleinen.

»Bekomme ich die weißen Figuren?«

»Meinetwegen. Ich schlage dich auch so.«

Zu ihrer Überraschung gelang es ihr. Es war ein langes Spiel; Lowell hatte wenig Übung ohne Brett, und sie mußte ihm viele Züge doppelt und dreifach erklären. Zwischen den Zügen rief sie um Hilfe. Als das Spiel etwa zur Hälfte fertig war, ging ihr Sauerstoff zu Ende, und sie mußte die Reserveflasche anschließen. Lowells Vorrat war noch nicht zu Ende — er verbrauchte weniger Sauerstoff als sie.

»Noch ein Spiel?« fragte sie schließlich. »Willst du Revanche?«

»Nein. Ich will *heim*.«

»Ich erzähle dir eine Geschichte.« Der Kleine hörte nicht recht zu, aber er war wenigstens still. Nach einiger Zeit bemerkte Hazel, daß sein Sauerstoffanzeigegerät blinkte.

»Noch eine Geschichte«, quengelte das Kind.

»Nicht jetzt, Lowell.« Sie klemmte ruhig das Kabel ihres Sauerstoffzylinders ab und befestigte es an Lowells Gerät. Einen Moment lang dachte sie daran, eine Querverbindung zu ihrem Anzug zu schaffen, aber dann zuckte sie mit den Schultern und ließ es sein. »Lowell . . .«

»Ja, Großmutter?«

»Paß gut auf, Liebling. Du hast gehört, wie ich um Hilfe rief. Das mußt du jetzt übernehmen. Alle paar Minuten und immerzu.«

»Warum?«

»Weil Hazel sehr müde ist, Liebling. Hazel muß schlafen. Versprich, daß du es tun wirst!«

»Na schön — meinetwegen.«

Sie versuchte sich ganz still zu halten und so flach wie möglich zu atmen. Es ist nicht so schlimm, dachte sie. Sie hätte zwar noch gern die Saturnringe gesehen — aber eigentlich hatte sie sonst nichts ausgelassen.

»Großmutter? Großmutter Hazel!«

Sie gab keine Antwort. Er wartete, und dann begann er zu weinen, hemmungslos und ohne Hoffnung.

Dr. Stone traf auf der *Moostöter* nur ihren Mann. »Wo ist Hazel, Liebling?« fragte sie. »Und Lowell?«

»Was? Sind die nicht mir dir zurückgekommen?«

»Nein.« Sie erklärte, was vorgefallen war.

Er sah sie verblüfft an. »Sie sind zur gleichen Zeit gestartet wie du?«

»Sie hatten es vor. Hazel erklärte, sie wolle in einer dreiviertel Stunde daheim sein.«

»Vielleicht sind sie noch bei den Eakers. Ich werde anrufen.«

Als die Zwillinge heimkamen, fanden sie ihr Schiff und ganz City Hall in Aufruhr. Sie hatten ein paar interessante Stunden beim alten Charlie verbracht.

Ihr Vater wandte sich vom Funkgerät ab. »Wo wart ihr beide?«

»Nur bei Charlie drüben. Was ist los?«

Roger Stone erklärte die Sachlage. Die Zwillinge sahen einander an. »Hazel hat Mutter in *unserem* Boot geflogen?« fragte Castor bleich.

»Natürlich. Weshalb sollte sie nicht?«

»Weißt du — es war so . . .«

»Schneller!«

»In einem der Kreisel war ein Lager ausgeleiert«, gestand Pollux elend. »Wir wollten es reparieren.«

»Tatsächlich? In Charlies Laden?«

»Wir gingen hin, um zu sehen, ob er Ersatzteile hatte, und dann hielt er uns auf.«

Ihr Vater sah sie eine Zeitlang ausdruckslos an. Dann sagte er leise: »Ihr habt nicht eingetragen, daß ein Teil des Schiffes fehlerhaft war. Ihr habt auch dem Kapitän nicht Bescheid gesagt.« Er machte eine Pause. »Geht auf euer Zimmer.«

»Aber Paps! Wir wollen helfen.«

»Bleibt in eurem Zimmer. Ihr habt Arrest.«

Die Zwillinge gehorchten. Während sie hilflos abwarteten, wurde ganz Rock City alarmiert. Die Nachricht vom Verschwinden des Bootes verbreitete sich. Die Boote wurden getankt und bereitgehalten.

»Pol, sei nicht so nervös.«

»Ich kann nicht anders.«

»Wir müssen sie finden. Das Stereoradargerät müßte sie doch auf jedem Schirm zeigen.«

Pollux überlegte. »Ich weiß nicht. Erinnerst du dich noch, daß ich sagte, die Energiezufuhr zum Radargerät könnte beschädigt sein?«

»Ich dachte, du hättest das repariert.«

»Ich wollte — aber erst nach der Lager-Reparatur.«

Castor schüttelte den Kopf. »Scheußlich.« Er fuhr auf. »Aber hör' trotzdem mit dem Gezapple auf. Überlegen wir statt dessen. Was ist geschehen? Wir müssen alles rekonstruieren.«

»Was geschehen ist? Soll das ein Witz sein? Wenn das Boot erst einmal zu schlingern anfängt, kann alles geschehen. Es ist keine Kontrolle mehr da.«

»Mann, überlege! Was würde *Hazel* in diesem Fall tun?«

Beide schwiegen einen Moment lang, dann sagte Pollux: »Cas, das verdammte Ding hat immer nach links gedreht, nicht wahr?«

»Was nützt uns das? Links kann im Raum überall sein.«

»Nein! Du hast gefragt, was Hazel tun würde. Hazel war auf der Heimfahrt, und sie richtete es immer so ein, daß sie die Sonne im Rücken hatte. Du weißt, ihre Augen sind nicht mehr sehr gut.«

Castor versuchte sich die Szene vorzustellen. »Eakers' Schiff liegt da und City Hall dort drüben; wenn die Sonne hier steht, dann schlingert das Boot in *diese* Richtung, wenn die Kreisel versagen.«

»Gut. Und was würde sie dann tun? Versuchen, den richtigen Vektor einzustellen, nicht wahr?«

»Wie denn? Ohne Kreisel?«

»Überlege doch! Hazel ist ein guter Pilot. Sie würde das Boot wie einen Besenstiel reiten. Also würde sie *hier* entlang zurückkommen — und ganz Rock City sucht sie *dort drüben*!«

Castor runzelte die Stirn. »Könnte sein.«

»Muß so sein.«

»Komm mit!« rief Castor.

»Paps sagte, daß wir unter Arrest stehen.«

»Komm mit!«

City Hall war leer. Nur Mrs. Fries stand mit roten Augen am Funkgerät. Sie schüttelte den Kopf. »Noch nichts.«

»Wo können wir ein Boot bekommen?«

»Nirgends. Alle sind auf der Suche draußen.«

Castor zupfte Pollux am Ärmel. »Der alte Charlie.«

»Wie? Sagen Sie, Mrs. Fries, beteiligt sich Charlie auch an der Suche?«

»Ich glaube nicht, daß er Bescheid weiß.«

Sie streiften in aller Eile die Anzüge über und waren im Nu bei Charlie. Der Alte ließ sie herein. »Was soll die Aufregung, Jungs?«

Castor erklärte es ihm. Charlie schüttelte den Kopf. »Furchtbar ist das. Es tut mir ehrlich leid.«

»Charlie, Sie müssen uns Ihr Boot leihen.«

»Ist das ein Witz?« Charlie sah sie erstaunt an. »Das kann außer mir keiner bedienen.«

»Charlie, es geht um eine ernste Sache. Sie müssen uns helfen.«

Der Alte kratzte sich nachdenklich. »Ich fliege euch«, sagte er schließlich.

»Gut, gut, aber schnell. Wo ist Ihr Anzug?«

»Immer mit der Ruhe. Mit Hast verderbt ihr mehr, als ihr gewinnt.«

Charlie verschwand in seinem Wust und kehrte nach einiger Zeit mit einem geflickten Anzug zurück. Während er sich hineinquälte, murmelte er: »Das kommt nur daher, weil eure

Mutter überall herumschnüffeln muß. Ich brauche keine Ärzte. Mir hat sie ein Bad verordnet, und alle Tiere, die mich je gebissen haben, sind dabei ersoffen.«

Als Charlie sein Boot startklar machte, waren sie froh, daß er es selbst steuerte. Es war nicht nur ein uraltes Modell, das mit Ersatzteilen von allen möglichen anderen Booten ausgestattet war. Obendrein hatte Charlie die Steuerung so eingerichtet, daß er sie mit Händen und Füßen gleichzeitig bedienen konnte. Er hing vor der Konsole wie ein Affe. »Haltet euch fest. Wohin geht die Reise?«

Sie erklärten ihm ihre Theorie. Charlie nickte und startete.

Seine Kiste war uralt, aber Charlie konnte eine Menge Reaktionsmasse unterbringen. Auch der Antrieb ging wie geschmiert. Das ›Radargerät‹ bestand aus einer alten Radiokompaß-Antenne. Die Zwillinge hatten so ein Ding noch nie gesehen. Charlie erkannte ihre Ratlosigkeit und sagte: »Wenn man einen Blick für die richtigen Winkel hat, braucht man keine tollen Radargeräte.«

Sobald sie sich im freien Fall befanden, erklärte er ihnen, daß sie die Kabel einfach anstelle der normalen Empfänger in ihren Helm einführen sollten. »Wenn ihr ein Signal aufnehmt, müßt ihr die Antenne so herumdrehen, daß das Zeichen möglichst leise ertönt. Das ist dann die Richtung des Signals — eine Verlängerung des Antennenwinkels.«

»Aber der Winkel führt in zwei Richtungen — nach vorn und nach hinten.«

»Das muß man erraten. Wenn man sich getäuscht hat, kehrt man eben um und versucht es auf der anderen Seite noch mal.«

Castor übernahm die erste Wache. Er empfing eine Menge Signale, denn im Knoten schwirrten die Nachrichten hin und her. Er fand auch heraus, daß die Antenne nicht mehr als ein Signal auf einmal aufnahm. Er schwang das Ding herum, hörte einem Signal nur so lange zu, bis er sicher war, daß es nicht von Hazel kam, und drehte weiter.

Pollux tippte ihm auf den Arm und legte den Helm an seinen. »Schon etwas entdeckt?«

»Nichts. Wenn ich sie nicht finde, kehre ich gar nicht um.«

»Hör' auf, den billigen Helden zu spielen.«

City Hall blieb hinter ihnen. Endlich überließ Castor zögernd die Wache seinem Bruder. Pollux war etwa zehn Minuten an der Antenne, als er heftig winkte und den anderen bedeutete, ganz still zu sein. »Was ist los?« fragte Castor.

»Klang wie ein weinendes Kind. Es hätte Buster sein können.«

»Wo?«

»Ich habe es verloren, als ich versuchte, das Minimum einzustellen.«

Charlie hatte bereits wortlos das Schiff gewendet und flog mit der gleichen Beschleunigung wie vorher zurück. Pollux schwang langsam die Antenne.

»Da ist es wieder!« Er boxte seinen Bruder.

Der alte Charlie wartete, bis das Minimum eingestellt war.

»In welche Richtung?« fragte Castor.

»In die hier.«

»Ich sehe aber nichts.«

»Ich auch nicht. Ist nur so eine Ahnung.«

Castor sagte nichts. Es war völlig gleichgültig, in welcher Richtung sie zuerst suchten. Charlie steuerte das Boot, grob gesehen, auf Wega zu. Pollux nickte nach ein paar Minuten heftig. Das Signal war stärker und das Minimum klar eingegrenzt. Aber immer noch war nichts zu sehen. Castor sehnte sich nach einem echten Radargerät. Nun konnte er selbst das Weinen hören. Es war Buster — es *mußte* Buster sein.

»Da!«

Das war Charlie. Castor konnte nichts erkennen. Doch dann folgte sein Blick dem ausgestreckten Finger des Alten — ein Lichtpunkt, zwischen den Sternen kaum zu erkennen.

Charlie manövrierte das Boot so lässig wie ein Fahrrad. Als sie angekommen waren, beharrte er darauf, selbst an Bord zu gehen.

Lowell war zu hysterisch, um zusammenhängend sprechen

zu können. Als sie sahen, daß ihm weiter nichts fehlte, wandten sie sich sofort Hazel zu. Sie saß angeschnallt da, ein leichtes Lächeln auf dem Gesicht. Ihre Augen waren offen, aber sie antwortete nicht, als die Zwillinge sie anredeten.

Charlie sah sie an und schüttelte den Kopf. »Keine Chance mehr, Jungs. Sie trägt nicht einmal einen Sauerstoffbehälter.«

Dennoch befestigten sie einen Zylinder an ihrem Anzug — und die Zwillinge machten die Rückreise mit einem Sauerstoffbehälter, den sie beide anzapften. Charlie jagte mit Höchstgeschwindigkeit auf City Hall zu und verbreitete unterwegs die Neuigkeit.

Man brachte Hazel zu Mister Fries, da dort am meisten Platz war. Mrs. Fries schob die Zwillinge zur Seite und wandte selbst künstliche Atmung an. Zehn Minuten später wurde sie von Dr. Stone abgelöst.

Es hatte den Anschein, als drängte ganz Rock City sich am Eingang. Fries jagte alle nach draußen und verrammelte zum ersten Mal in der Geschichte die Tür zu seinem Laden. Nach einer Weile wechselte sich Dr. Stone mit ihrem Mann ab, dann übernahm sie wieder die Behandlung.

Meade weinte still vor sich hin; Charlie zupfte an seinen Fingern und sah unglücklich drein. Dr. Stones Gesichtszüge waren hart und männlich, während sie künstliche Atmung anwandte. Lowell weinte nicht mehr. Er schmiegte sich an Meade und starrte leer vor sich hin. Er wußte nicht, was vorging. Er hatte den Tod bisher noch nicht erlebt. Castor und Pollux schluchzten.

Wieder wechselten Roger Stone und Edith die Plätze. Als Roger zurückkam, war sein Gesicht ohne Hoffnung. »Paps?« flüsterte Pollux. »Ist sie . . .?«

Erst jetzt bemerkte der Kapitän seine beiden verzweifelten Söhne. Er legte ihnen je einen Arm um die Schulter. »Ihr dürft nicht vergessen, daß sie alt ist, Jungs.«

Hazel öffnete die Augen. »Ist sie das?«

19

Hazel hatte einen alten Fakirtrick angewandt. Sie hatte so flach wie möglich geatmet und sich dadurch ganz rasch in ein Koma versetzt. Wenn man sie hörte, hatte nie eine echte Gefahr bestanden. Sterben? Pah, so schnell erstickte man nicht! Natürlich, sie hatte sich mit den Hilferufen auf Lowell verlassen müssen, weil er weniger Sauerstoff verbrauchte als sie. Aber Selbstmord, um den Jungen zu retten? Lächerlich!

Erst am nächsten Tag rief Roger Stone die Söhne zu sich. »Ihr habt bei der Rettung ganze Arbeit geleistet. Vergessen wir deshalb, daß ihr meinen Befehl mißachtet habt.«

Castor zuckte mit den Schultern. »Die Idee stammte von Hazel selbst. Sie kommt in einer ihrer Serien vor. Weißt du, Kapitän Sterling mußte . . .«

»Egal. Darüber wollte ich nicht mit euch sprechen. Es war auf alle Fälle eine schöne Leistung. Mit den herkömmlichen Suchmethoden hätten wir sie nie rechtzeitig gefunden. Ihr seid zwei intelligente junge Männer — wenn ihr euch Mühe gebt. Aber ihr habt euch nicht früh genug Mühe gegeben — nicht bei den Kreiseln.«

»Aber, Paps, wir hatten doch keine Ahnung . . .«

»Genug.« Er griff nach seinem Gürtel. Die Zwillinge bemerkten, daß er einen altmodischen Lederriemen trug. Ihr Vater nahm ihn ab. »Das hier hat eurem Urgroßvater gehört. Er gab ihn eurem Großvater, und der wiederum gab ihn mir. Ich weiß nicht, wie weit er zurückreicht, aber man könnte sagen, daß die Stone-Familie darauf gegründet wurde.« Er machte eine Schlinge und schlug sich damit leicht über die Handfläche. »Alle von uns verknüpfen sehr zärtliche Erinnerungen damit — nur ihr beide nicht.«

Castor fragte: »Willst du uns damit verhauen, Paps?«

»Sollte ich nicht?«

Castor sah Pollux an, seufzte und trat vor. »Ich zuerst, ich bin der ältere.«

Roger ging an eine Schublade und legte den Gürtel hinein.

»Ich hätte ihn vor zehn Jahren benutzen sollen. Jetzt ist es zu spät.« Er schloß die Schublade.

»Wirst du uns nicht verhauen?«

»Ich hatte niemals die Absicht.«

Die Zwillinge sahen einander an. »Uns wäre es aber lieber.«

»Viel lieber«, fügte Pollux hinzu.

»Das weiß ich. Auf diese Weise wäre die Sache für euch erledigt. Aber ihr müßt mit der Last leben. So machen es die Erwachsenen.«

»Aber, Paps . . .«

»Zurück in eure Kabine, Sirs.«

Als es für die *Moostöter* Zeit wurde, nach Ceres zu starten, wurde die Familie Stone von der ganzen Gemeinde verabschiedet. Charlie, frisch gebadet, heulte öffentlich. Bürgermeister Fries hielt eine Rede und überreichte ihnen eine Rolle, die sie alle zu Ehrenbürgern von Rock City machte. Roger Stone wollte ebenfalls eine Rede halten, blieb aber vor Rührung stecken. Meade sang noch einmal für alle Anwesenden, diesmal nicht von Werbetexten unterbrochen. Zehn Minuten später war die *Moostöter* unterwegs.

Das Schiff wurde in einer Parkbahn um Ceres gelassen. Hazel, der Kapitän und Meade ließen sich von der Fähre nach Ceres City bringen — der Kapitän, um ihr Kernmaterial gegen bereits eingeschmolzenes und gereinigtes Metall einzutauschen, Hazel aus unerfindlichen Gründen, und Meade, um sich die Gegend anzusehen. Dr. Stone blieb wegen Lowell daheim — die Fähre war nicht gerade bequem für ein kleines Kind.

Die Zwillinge standen immer noch unter Arrest.

Als Meade zurückkam, versicherte sie ihnen, daß sie nichts versäumt hätten. »Wie Luna City, nur kleiner und enger. Macht überhaupt keinen Spaß.«

»Sie hat recht«, fügte Roger hinzu. »Nehmt es also nicht tragisch. Unsere nächste Landung ist ohnehin auf Luna

City.«

»Oh, wir haben uns ja nicht vorgedrängt«, sagte Castor steif.

Roger Stone grinste. »Mich könnt ihr nicht täuschen. Aber in ein paar Wochen geht es nun endgültig heim. Irgendwie tut es mir leid. Es waren doch zwei schöne Jahre.«

»Sagtest du ›heim‹, Paps?« fragte Meade plötzlich. »Ich habe immer das Gefühl, daß wir im Schiff daheim sind. Wir gehen zurück nach Luna, aber wir bringen die Heimat mit.«

»Wie? Irgendwie hast du recht. So habe ich die Sache noch nicht betrachtet.« Er tätschelte die Schiffswand. »Was meinst du, Mutter?«

Hazel war ungewöhnlich schweigsam gewesen. Nun sah sie ihren Sohn an. »Oh, sicher. Natürlich.«

»Was hast du denn in der Stadt gemacht, Hazel?« fragte Dr. Stone.

»Ich? Nicht sehr viel. Ein paar alte Freunde besucht und die nächsten Episoden aufgegeben. Übrigens, Roger, die nächste Serie kannst du dir wieder ausdenken.«

»Wie? Was war das, Mutter?«

»Du hast richtig gehört. Ich gebe die Serie wieder an dich ab.«

»Gut — aber weshalb?«

»Hm, ich weiß auch nicht, wie ich es sagen soll.« Sie wirkte verlegen. »Hört mal — wäre es schlimm für euch, wenn ich die *Moostöter* verlassen würde?«

»Was meinst du damit?«

»Ich könnte mit der *Wellington* zur *Helena von Troja* gebracht werden. Der Kapitän der *Wellington* hat sich bereit erklärt, weil er ohnehin Reaktionsmasse abliefern muß. Die *Helena* ist unterwegs nach Titan.«

Bevor die anderen Einspruch erheben konnten, fuhr sie fort: »Nun seht mich nicht so an. Ich habe mir schon immer brennend gewünscht, die Ringe zu beobachten — ganz aus der Nähe. Es muß der herrlichste Anblick des ganzen Systems sein. Ich dachte darüber nach, als die Luft etwas knapp wurde — ihr wißt schon, wo. Damals sagte ich mir vor: Hazel, du wirst nicht jünger. Du ergreifst die erstbeste Gelegenheit, die sich bietet. Eine Chance habe ich bereits ausgelassen, Roger, als du drei warst. Es wäre großartig gewesen, aber sie wollten keine Kinder mitnehmen — ach, ist ja egal. Aber jetzt will ich sie endlich sehen.«

Sie machte eine Pause. »Macht doch keine solchen Leichenbittermienen. Ihr braucht mich jetzt nicht mehr. Lowell wird größer und muß nicht mehr so beaufsichtigt werden.«

»Wir brauchen dich immer, Mutter Hazel«, sagte ihre Schwiegertochter ruhig.

»Danke. Aber es stimmt nicht. Ich habe Meade alles in Astrogation beigebracht, was sie wissen muß. Die Zwillinge haben alle Hinterhältigkeiten übernommen, die ich ihnen bieten konnte. Sie werden sich gut zur Wehr setzen können, wenn es einmal nötig ist. Und du, Sohn, du ernährst mich ohnehin, seit du deinen kurzen Hosen entwachsen bist.«

»Mutter!«

»Ja, Junge?«

»Weshalb willst du wirklich fort?«

»Weshalb? Weshalb ging der Bär um den Berg herum? Weil er die Gegend kennenlernen wollte! Ich will noch die Ringe sehen. Das ist Grund genug für die Reise. Unsere Rasse ist nun einmal so angelegt. Die Einfältigen bleiben daheim — und die Klugen sehen sich in der Welt um. Es ist das menschliche Schema. Dazu braucht man keinen Grund, ebensowenig, wie eine Flachkatze einen Grund zum Schnurren braucht.«

»Wann kommst du zurück?«

»Vielleicht niemals. Mir gefällt es im freien Fall. Das ist nicht so anstrengend. Sieh dir den alten Charlie an. Weißt du, wie alt er ist? Ich habe einige Nachforschungen angestellt. Mindestens hundertsechzig! Daneben komme ich mir wie ein junges Mädchen vor. Vielleicht sehe ich noch ein paar interessante Dinge.«

»Natürlich, Mutter Hazel«, sagte Dr. Stone.

Roger Stone wandte sich an seine Frau. »Edith?«
»Ja, Liebling?«
»Was meinst du?«
»Eigentlich gibt es keinen Grund, weshalb wir ausgerechnet jetzt nach Luna zurückkehren sollen.«
»Das dachte ich mir auch. Aber Meade?«
»Was ist mit mir?« fragte Meade.
»Sie finden, daß es höchste Zeit zum Heiraten für dich wird«, erklärte Hazel trocken.
Dr. Stone sah ihre Tochter an und nickte leicht.
»Pah!« sagte Meade. »Ich habe es nicht eilig. Außerdem gibt es einen Patrouillenstützpunkt auf Titan. Da finde ich sicher eine Menge junger Offiziere.«
»Es ist eine Patrouillen-*Forschungs*station, Liebling«, meinte Hazel. »Nichts als verknöcherte Wissenschaftler.«
»Vielleicht kann ich sie erweichen.«
Roger Stone wandte sich an die Zwillinge. »Jungs?«
»Dürfen wir mitstimmen?« fragte Castor. »Dann sind wir selbstverständlich dafür.«
Roger Stone hielt sich an einem Seil fest. »Dann ist alles erledigt. Hazel, die Zwillinge, Meade — ihr beginnt schon mal mit den Kursberechnungen. Ich übernehme die Masseberechnung.«
»Langsam, Sohn — mich mußt du ausnehmen.«
»Wie?«
»Hast du schon mal nachgesehen, was sie hier für Wasserstoff verlangen? Wenn wir eine Kometenbahn nach Saturn einschlagen, muß ich zurück in die Tretmühle. Ich spreche mit New York wegen einer Vorauszahlung, dann wecke ich Lowell und koche. Ihr anderen paßt auf eure Dezimalen auf.«

Alle Stationen waren bemannt und startbereit. Hinter den Piloten- und Kopilotensitzen hatte man eine Lehranlage aufgebaut, von der Meade den Countdown leitete. Roger Stone sah seine Mutter an und flüsterte: »Was gibt es zu lachen?«

»Und fünf! Und vier!« leierte Meade.

»Nichts Besonderes. Nach Titan könnten wir . . .«

Der Start unterbrach ihren Satz. Aber Roger Stone wußte, was sie meinte. Saturn — Uranus — Pluto . . .

Goldmann Verlag München

Theodore Sturgeon
Wiederbelebung

Mit hinreißenden Ideen und schriftstellerischem Elan führt Theodore Sturgeon, einer der bedeutendsten und bekanntesten Science Fiction-Autoren unserer Zeit, den Leser in eine Welt der erschreckendsten und phantastischsten Abenteuer.
„SF-Erzählungen, für die wir dankbar sind", sagt Alfred Bester im „Magazine of Fantasy & Science Fiction".

Science Fiction-Stories.
(23264)
Deutsche Erstveröffentlichung

Bob Shaw
Skirmish

Die Symbiose des Menschen mit einem fremden Wesen zerbricht an der Dummheit des **homo sapiens** – mit bösen Folgen . . .
Ein Psi-Detektiv entdeckt zahllose Mona-Lisa-Bilder da Vincis. Aber ein empörter Italiener zerstört die vermeintlichen Pornos . . .
Ein Raumfahrer stößt auf eine seltsame Nachbildung der Erde und landet durch ein Zeittor auf dem Mount Everest, wo er seine Freundin wiederfindet . . .

Science Fiction-Stories.
(23261)
Deutsche Erstveröffentlichung

**Goldmann
Verlag
München**

**Frederik Pohl
Gateway**

Gateway: ein Asteroid oder der Kern eines Kometen. Von außen ein verkohlter Materieklumpen. Von innen: der Flugsteig zum Universum! Seit Jahrtausenden verlassen wie die Raumschiffe, die dazu geschaffen wurden, mit Überlichtgeschwindigkeit in die entferntesten Räume des Universums zu fliegen. Das Ganze hat nur einen Haken: der Reisende wußte nicht, wo die Fahrt endete. Eine erfolgreiche Reise konnte unermeßlichen Reichtum bringen. Aber nur zu oft brachte sie den Tod!

Science Fiction-Roman. (23299)

**Clifford D. Simak
Als es noch Menschen gab**

Es sind Hunde, die sich Geschichten über die Menschen erzählen... Der Mensch – ein Fabelwesen, ein Produkt der Volksdichtung? Unser Rat an den Durchschnittsleser: nehmen Sie die Erzählungen nicht zu ernst, denn auf diesem Weg lauert Wirrnis, wenn nicht der Wahnsinn...

Science Fiction-Roman. (23036)

Goldmann Verlag München

Arthur C. Clarke
Die letzte Generation

Gigantische Raumschiffe schweben über den größten Städten der Erde. Wer sind die Besucher aus dem Weltall? Sie nennen sich die »Overlords« und bestimmen das Schicksal der Erde. Im Auftrag einer kosmischen Macht entführen sie die Kinder der Menschen, um sie auf einem fernen Planeten für eine Gemeinschaftsaufgabe vorzubereiten.

Science Fiction-Roman. (23070)

Brain M. Stableford
Schmetterlinge im Paradies

Der Planet Dendra war zu schön, um wahr zu sein. Ein Waldparadies mit idealem Klima, ohne gefährliche Bestien und mit einer ausgewogenen Ökologie – der ideale Ort für eine menschliche Kolonie!
Aber die Besatzung des Raumschiffs Dädalus stellt fest, daß die Menschen, die dort leben, zu primitiven Wilden, ja zu einer Art Neo-Neandertalern geworden sind. Warum?

Science Fiction-Roman. (23285)

Goldmann Taschenbücher

Aktuell. Informativ. Vielseitig. Unterhaltend...

Große Reihe
Romane
Erzählungen
Filmbücher

Eine Love-Story

Regionalia
Literatur der deutschen Landschaften

Moderne Literatur

Klassiker
mit Erläuterungen

Goldmann Schott
Taschenpartituren
Opern der Welt
Monographien

Goldmann Dokumente
Bücher zum aktuellen Zeitgeschehen

Sachbuch
Zeitgeschehen, Geschichte
Kulturgeschichte, Kunst
Biographien
Psychologie, Pädagogik
Medizin, Naturwissenschaften

Grenzwissenschaften

Rote Krimi

Science Fiction

Western

Jugendbücher

Ratgeber, Juristische Ratgeber

Gesetze

Goldmann Magnum
Großformat 21 x 28 cm

Goldmann Verlag
Neumarkter Str. 22

8000 München 80

Bitte senden Sie mir
Ihr neues Gesamtverzeichnis

Name:

Strasse:

Ort: